꽃피는 용산

딸에게 보낸 편지

꽃피는 용산
딸에게 보낸 편지

초판 1쇄 발행 2013년 1월 19일 ＼**초판 4쇄 발행** 2016년 1월 20일
지은이 김재호 ＼**펴낸이** 이영선 ＼**편집 이사** 강영선 ＼**주간** 김선정 ＼**편집장** 김문정
편집 김종훈 김경란 하선정 김정희 유선 ＼**디자인** 정경아 이주연
마케팅 김일신 이호석 김연수 ＼**관리** 박정래 손미경 김동욱

펴낸곳 서해문집 ＼**출판등록** 1989년 3월 16일(제406-2005-000047호)
주소 경기도 파주시 광인사길 217(파주출판도시) ＼**전화** (031)955-7470 ＼**팩스** (031)955-7469
홈페이지 www.booksea.co.kr ＼**이메일** shmj21@hanmail.net

ⓒ김재호, 2013
ISBN 978-89-7483-579-8 03810
값 16,000원

이 도서의 국립중앙도서관 출판시도서목록(CIP)은 e-CIP 홈페이지(http://www.nl.go.kr/ecip)에서
이용하실 수 있습니다.(CIP제어번호: CIP2013000129)

꽃피는 용산

| 딸에게 보낸 편지 |

김재호 지음

서해문집

만화로 엮어낸 용산참사 당사자의 증언

이 책은 일반적인 만화책이 아니다. 이 책의 지은이는 서울구치소와 공주 교도소에 3년 9개월 동안 복역하면서 이 만화를 그렸다. 감옥에 가기 전에는 만화를 그려본 적이 없던 그 사람은 컬러 펜으로 노트 종이에 만화들을 그려 냈다. 생이별을 한 딸에게 만화를 그려서 내보냈다. 딸에게 보낸 만화 편지는 때로는 절절한 그리움으로 넘쳐났고, 때로는 자신의 억울한 심정을 토로했고, 잘못된 세상을 고발하는 내용들이었다. 그런 중에서 딸이 착하게 살기를, 엄마와 함께 착하게 살아내기를 염원하는 그 마음으로 만화를 그려냈다. 감옥 안의 아빠와 세상에 홀로 남겨진 딸을 이어주던 만화가 책으로 묶여 나온다니 용산참사의 그때로부터 집행위원장의 직책을 맡고 있는 나로서는 감회가 남 다르다.

2009년 1월 20일, 서울 용산구 한강대로변의 남일당에서는 있어서는 안 되는 대형참사가 일어났다. 용산참사로 불리는 그 대형사고의 현장에 김재호 씨도 있었다. 누군가 "뛰어" 하는 소리를 질렀고, 그 순간 물이 고여 있던 남일 당 옥상 바닥에 철퍼덕 떨어졌다. 그리고 망루 옆 난간을 붙잡고 올라간 그 순 간 대형 화재가 발생했다. 불길이 걷잡을 수 없이 치솟자 그는 "여기 사람이 있다"고 소리쳤다. 그 화재의 현장에서 빠져나오지 못한 이상림 씨를 비롯한 5명의 철거민과 김남훈 경찰특공대원이 죽었다. 용산참사의 생존자로 그는 구속되었고, '도심 테러리스트'라는 폭도의 오명을 쓰고 징역 4년을 확정받았다.

동네에서 1984년부터 진보당이라는 이름의 금은방을 운영하던 평범한 소시민이었던 김재호 씨는 평소에도 딸을 끔찍이도 아끼던 아버지였다. 딸은 아빠만을 졸졸 따랐는데, 어느 날 갑작스런 생이별을 감당하기 너무 힘들어서 우울증을 심하게 앓기도 했다. 그해 아홉 살이었던 딸이 열두 살, 초등학생 6학년이 되었다. 지난해 10월 26일 만기 3개월을 앞두고 가석방으로 공주교도소를 출소한 그에게는 몇 권으로 묶인 만화가 있었다. 출소하고는 딸과 손을 꼭 잡고 잠을 잔다는 그 사람이 감옥에서 컬러 펜만으로 그려낸 만화책이 이 책이다.

그는 출소 때 영화 〈두 개의 문〉 티셔츠를 입고 나왔다. 세상에 나온 그는 다시 가족들과 살아갈 길이 막막하지만, 용산참사가 재심을 통해 진실이 밝혀지기를 염원하는 그의 메시지의 표현이었을까. 처음 당사자의 입장에서 용산참사에 대해 세상에 말을 거는 이 만화책은 그래서 더욱 의미가 깊다. 이 책은 폭도로 포장된 평범하기 그지없는 용산 철거민들을 친근하게 이해할 수 있도록 도와줄 것이고, 평범한 사람들이 쫓겨서 망루에 오르고, 다시는 국가폭력의 희생이 없어야 한다는 공감을 불러일으키는 역할을 하리라 믿는다. 그 공감의 지대가 확산되어 용산참사의 진상이 철저히 밝혀지고, 그 책임자들이 처벌받는 날이 하루 속히 오기를 지은이와 함께 기원한다.

박래군 (용산참사진상규명위원회 집행위원장/인권재단 사람 상임이사)

꽃피는 용산을 꿈꾸며

　내 인생의 절반을 가게에서 장사하며 앞만 보고 달려온 지금 지난날을 가만히 되돌아보면 내 주위에 있는 인맥들은 "법이 없어도 살 사람이야"라며 말하기도 하고 그 섬세한 손재주와 차분한 성격은 어디에서 나느냐며 묻기도 했습니다.

　오랜 세월 동안 종로 4가와 봉익동을 오가며 눈으로 보고 익힌 세공일과 시계수리 기사생활을 하며 나름 30년 가까이 흘렀습니다. 그동안 IMF와 어려운 고비도 넘겼습니다. 그러나 이런 소박했던 행복도 그리 오래가지는 않았습니다. 2009년 1월 19일 용산 4구역의 개발 과정에서 무자비한 공권력의 살인 진압으로 용산 참사가 발생했고 그날 하루아침에 테러리스트가 되어 구속되었습니다. 감옥 안 4년의 긴 세월 동안 가족에 대한 그리움을 만화편지에 담아 세상 밖으로 보냈습니다. 너무도 억울하고 비통한 마음으로 지난 4년 동안 세상과 고립된 또 하나의 세상이 되어 출소할 날만 손꼽아 기다렸습니다. 그동안 가족에게 해주지 못했던 것들과 또 딸을 사랑했던 아빠의 애절한 마음을 담아 딸아이에게 주 2~3번 보냈습니다. 이젠 전보다 더 아내와 딸아이를 사랑하겠노라고 다짐합니다. 지금의 나 자신을 다시 한 번 되돌아보며 하루의 주어진

삶에 충실하고 살아 있음을 흔적으로 남기고 싶습니다.

"잠을 설치면서 눈을 뜨면 눈앞에 그려지는 그리운 모습... 좁은 창살 사이로 하늘에 떠 있는 수많은 별 속에서 아내와 딸아이의 얼굴을 그려 봅니다. 검은 그림자처럼 보이는 산들거리는 나뭇잎 사이로 아내와 딸아이의 부드러운 모습을 완성해보기도 했지만 이내 지워지고 말지요 한겨울의 차디찬 마룻바닥 기온에 온몸은 움츠러들고 비록 참기는 힘들었지만 사랑하는 가족을 만날 수 있다는 희망에 싸늘한 기온과 마음 시린 날임에도 따스함으로 느껴지곤 합니다."

김재호

일러두기

이 책은 만화를 그려본 경험이 없는 저자가 감옥에서 가족의 소식을 듣고,
때로는 추억을 바탕으로 상상해서 그린 내용입니다.
감옥이라는 척박하고 제한된 장소에 굴하지 않고 펜과 복사지로
편지 검열이라는 제약까지 극복해가며 그려 밖으로 보낸 편지.
이 편지를 모아 가족의 일상을 중심으로 구성하였습니다.

차례

프롤로그

84년부터 살던 곳.
용산...

먹고, 자고, 일해온
정든 가게...

오락과 휴식을 하며 모든 것을
즐기면서 손님과의 만남의
장소가 되었던 곳...
뿅~

때는 2008년 5월.
관리처분과 함께 조합에서
감정평가를 한다며
다니고 있었고,
도시정비사업
TEL ~ 000-0000 무의~

이미 동네에서는 용역들이
문신한 팔뚝을 내보이며
장사하는 세입자들에게
겁을 주고 다녔습니다.
용역

초등학생 딸이 학교에서
오는 길에 용역의 행패를
보고는 무서워 집에
가려고 하지
않았습니다.

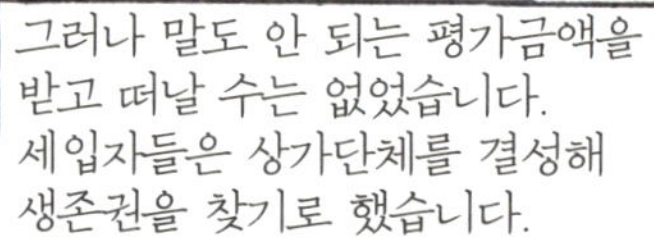
몇 달 후, 명도소송이 시작되었고,
식사시간에 맞춰서 위협적인
분위기가 조성되었습니다.
꽝
TEL:790

그러나 말도 안 되는 평가금액을
받고 떠날 수는 없었습니다.
세입자들은 상가단체를 결성해
생존권을 찾기로 했습니다.
광어도매
투쟁
용산4 철대위 사무실

그 와중에도 한쪽에서는 빈집을
철거하기 시작했습니다.

내가 태어날 때부터 지내던 가게가
없어지면 이제 어떡하지.
혜연이 놀 곳이 있어 정말 좋았는데...

딸에게 설명을 해줬습니다.
혜연아! 6개월만 기다리면
만날 수 있어. 그때까지
엄마 말 잘 듣고 있어.
?

그러곤 단체원들이 농성 중인
망루에 올라가기 위해 옷을
챙겼습니다.
아빠!
빨리 오는
거지?
응

집 앞까지 마중해준 가족들.
저는 가벼운 마음으로
떠났습니다.
몸조심하고,
혜연이는
걱정 마
빨리와!
열렬~

2009.1.19. 새벽부터
용역과 수백 명의
경찰이 망루 주위에
배치되었습니다
동양대부속병원
용일당

우리는 임시상가와 임대아파트를
보상해줄 것을 요청했습니다.
경찰은 철수하라
남일당

우리가 경찰과 대치한 장소에는
내 사랑하는 가족도 나와
있었습니다. 그리고 다음 날 새벽
6시 물대포의 총공세가
시작되었고,

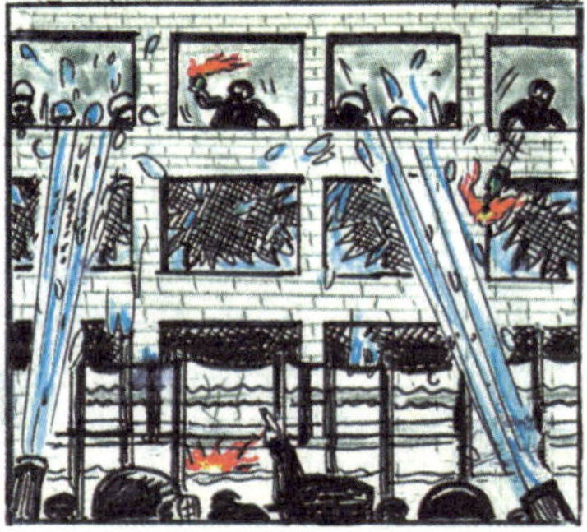

특공대의 강경
진압으로 인한
으~악~
단결

화재와

사람의 목숨이
불타버린 대참사,

그 속에서도
저는 살아
남았습니다.
~흑~흑~
네놈들이
철거민을
다 죽였다!
으~

그 순간 처는 딸 혜연이와 TV 뉴스를 보며
하염없이 울고 있었습니다.
용산에~서 참사가~
우리~ 아빠가~
엄마! 어떻게~ 살아
6명 사망
흑으흑

그때 처가 연락을 받고 급히 집을
나섰습니다.
아빠가!
살아계신데~
응?
정말?

서울구치소에 접견 온
딸과 처 그리고 저는
함께 울었습니다.
엄마~

선고일까지 독거방에서 공부도 하고...

열심히 운동하며 시간을 보냈습니다

그리고 형사 합의 27부 선고일. 검찰과 재판부 모두 한통속이었습니다.
징역5년!!
법질서 확립

먼저 뉴스를 들은 딸은 말했습니다.
엄마! 어떡해! 아빠 징역 5년이래... 진짜야? 그때면 혜연이는 중2야...

그 충격으로 딸아이는 정신과 치료를 받아야 했습니다.
중대부속병원

아빠가 나와야만 나을 병인데...

제발좀
이러지마!

아빠가 그립다... 너무... 너무나 보고 싶다...

서울구치소! 이 싸움의 끝은 어디인가. 또 한 해가 저물어 갑니다...

혜연이는 아빠랑 찍은 사진을 늘 가지고 다니며 본다고 합니다.

그래도 가족이 있어

힘이 됩니다

사랑하는 내 소중한 딸, 그리고 자기야. 오늘도 안녕?

아빠가 편지를 쓰는 지금 밖의 온도가 영하 10도가 넘는다는데 춥게 지내지 않는지 많이 걱정되는구나. 혜연이는 위험하니까 학교 운동장에서 절대 혼자서 놀지 마. 엄마 기다릴 때도 데이콤 건물 안에 들어가지 않고, 밖에서 추운데 떨고 있었다며? 그렇게 숫기가 없어 어떡하노. 앞으로는 그러지 마. 요전에 엄마랑 접견 왔다가 나가면서 짜증을 냈다고? 혜연아 10분은 너무 짧은 시간이야. 몇 마디 하지도 못하고 끝나버려. 빨리 신종플루가 끝이 나야 우리 딸 좀 안아볼 텐데. 아빠도 많이 기다려져. 조급하게 생각하지 말고 기다리자. 그날 화가 나서 아빠한테 안 온다고 했다며? 그러면 아빠는 너무 섭섭하지. 아빠는 혜연이가 말을 다 못하고 갔다 해도 얼굴 보여주는 것만으로 큰 위안이 돼. 얼마나 네가 보고 싶었으면 잠깐만 널 봐도 기분이 좋았겠니... 혜연아 옛날에 너 처음 싱싱카 탈 적에 재미있을 줄 알았는데 막상 타고 보니 한발로 밀 때 그 다리가 아프다고 했던 거 기억나? 혜연이는 끈기가 없는 것 같아. 무슨 계획이든 세우면 끝까지 하는 사람이 성공하거든. 무엇이든지 열심히 해봐. 파이팅 해줄게... 자기는 내가 말 안 해도 알지? 얼마큼 사랑하는지 질 때 자기 표정만 봐도 난 알아. 가 자기에게 너무 소홀히 했고 또 야 자기의 소중함을 깨달은 것 같 이... 혜연아, 그리고 엄마랑 옷 엄마가 원래 너 어릴 때도 두껍 네가 추울까 봐 그러는 거야. 부 다 너를 사랑해서야. 엄마를 이해 요즘은 알아서 청소도 한다고 엄마 아빠가 나가면 맛있는 것 많이 해줄 스러운 아빠의 딸이 되어주길. 하나님 안녕.

자기에 대한 모든 것이 그립구나. 헤어 이곳에 들어오고 보니까 지난날 내 부족한 게 너무 많았어. 이제서 아. 연이야, 사랑한다. 많이많 입는 것 때문에 다투지 마. 게 입히기 선수였어. 지금도 모 마음은 다 그렇단다. 그게 할 줄 아는 착한 딸이 돼야지. 가 칭찬을 많이 하던데! 나중에 게. 착한 아이니까 누구보다 자랑 께 기도하고 또 볼 때까지 잘 있어.

아빠가~

2009.12.21.

가정을 파괴하는 범죄자 가운데는
여러 부류가 있을 것입니다.
그중에 제일은 아동유괴와
성범죄일 것이고,

살인자도 거기 속할 것입니다.

또 연약한 여인을 납치하는
성폭행범도 있습니다.

가정을 파탄에 이르게 하는
사기범이 있는가 하면

힘들게 키워주신 부모의 은혜도
모르는 패륜아가 있습니다.

직접 몸에 해를 가해야만
폭력은 아닙니다.

무죄인 사람에게 유죄를 선고한다면
이 또한 범죄입니다.

많이 배웠다는 무기로 높은 자리
꿰차고 앉아 한마디 말로 사람을
죽이기도 하고 살리기도 하는…

그들이야말로 더 흉악한
가정파괴범이 아닐까요?

그들 마음대로 법을 만들고, 용산
철거민에게도 그대로 적용했습니다.

미처 빠져나오지 못하고 불에 탄
철거민에게 살인자라는 죄명을…

가까스로 목숨만 건져 뛰어내린
이에게도 범죄자라는
낙인을 찍어…

모든 죄를 뒤집어씌운
이 더러운 세상...

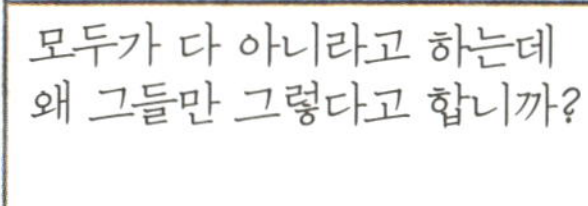

모두가 다 아니라고 하는데
왜 그들만 그렇다고 합니까?
철거민 을, 즉시,
석 방 하라!

이들 모두가 가정파괴범이 아니면
무엇이겠습니까?

부모와 자식을 이별하게 해놓고
고통 속에 신음하는 그 가정은

어떻게 되든 상관하지 않는
그런 세상...

우리 사회는 가정 파괴범을 가장
악한 중범죄자로 여기고 있습니다.

그런데 이들이야말로 행복했던
가정을 파괴하고 말았습니다.

사랑하는 처와
눈에 넣어도
아프지 않을 것 같은
딸을 생이별
시켜놓았습니다.

이들이야말로 가정 파괴범이 아니고
무엇입니까?

아빠를
"돌려"주세요
제발

딸은
지금도
애타게
부르짖고
있답니다.

휴대전화의   문자메시지.
T.ill
자기야…
돌아온때도
모든것 그대로
있을 테니…
아무걱정말고
돌아와..
우리 가족,지켜줘!

호송버스 안에서 울린 휴대전화 문자메시지였다. 아내의 사랑이란 이런 것인가 보다.

나는 아무런 행동도 하지 못한 채 창밖을 보며 눈물만 흘렸다.

평소 아내는 조금은 무뚝뚝하다고 느낄 정도의 퉁명스러운 말투…

사랑한다는 말 또는 애정 표현 등도 오히려 내가 하는 편이 많았지만

아내는 현명하고 슬기로우며 가족을 정말 사랑할 줄 아는 가슴이 따뜻한 사람이다.

죄를 지었으면 죗값을 치르는 것이 당연하지만

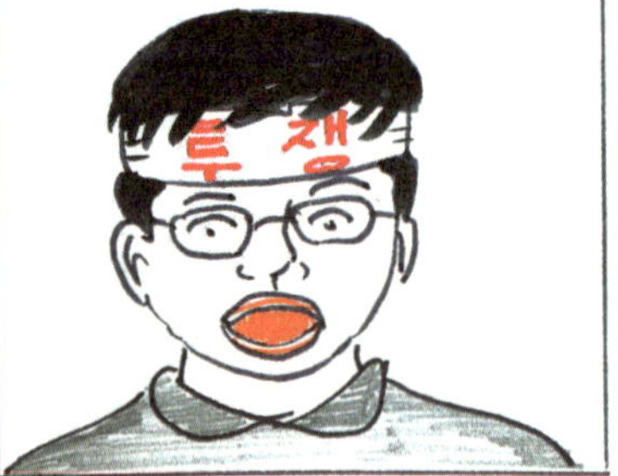

나는 큰 죄를 지은 일이 없다. 우리는 개발을 반대한 것도 아니다. 장사를 계속하게 해 달라고 했을 뿐.
투쟁

내가 집을 비울 5년 동안 힘들게 지내야 할 아내와 딸,

가족의 고통을 잘 알기에 걱정과 슬픔만이 마음속에 가득 차 눈물로 하루하루를 보내고 있다.

나의 행동으로 소박한 행복을 꿈꾸던 우리 가정에 이렇게 큰 날벼락이 떨어질 줄은 꿈에도 몰랐지만.

아내는 어떠한 일이 있어도 긍정적으로 생각하며 나름대로 현실에 대처하며 살아가려는 현명한 사람이다.

자기! 불에 타 죽은 분도 계시는데
이렇게 죽지 않고 살아 내려온 것만으로도
감사해...

걱정하지 마,
당신이 살아야 우리 가족이 살아~
어떤 일이 있어도 우리 슬퍼하지 말고
긍정적으로 생각하며 꿋꿋하게 지내자.

내가 없는 동안 무턱대고 기다리며
놀 수 없으니 생활비라도 번다며
나를 위로해주는 아내다.

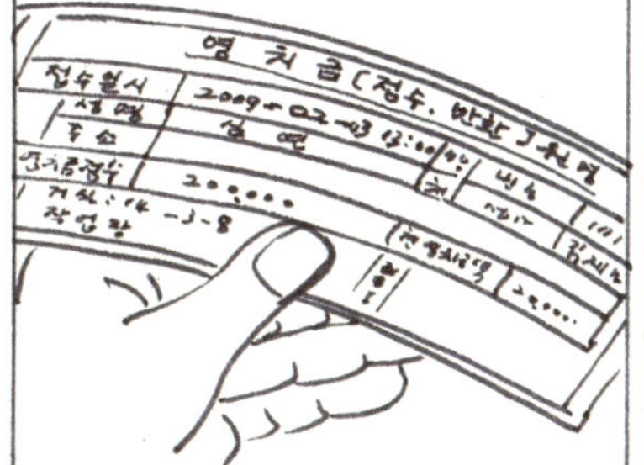

또 돈이 없으면 기운도 없다고
영치금까지 챙겨 넣어주던 아내를
보았을 때...

나는 앞으로도 이 사람과
우리 가족만을 위해
살아가야 한다는
생각뿐,
다른 어떤 생각도
할 수가 없었다.

자기...
아무 걱정 하지 말고
건강히 있다가 나와

라는 말을
들었을 때는
많은 위안을
얻었다.

무뚝뚝하지만 진정한 사랑이
무엇인지 아는 아내...

자신보다 가족을 먼저
배려하는 아내...

못난 남편 만나 여유로운 생활
한 번 못했지만 작고 소박한 것에
만족하며 행복해하던 아내...

나는 지난 일로
죗값을 치르게 됐지만

긍정적으로 생각하며 딸애의 학비와
생활비를 걱정해야 하는 아내...
이야말로 참사랑을 아는
내 아내의 모습이다.

이렇게 착하고 아름다운
사람에게 못난 남편,
못난 아빠가 되어
가정을 힘들게 한
죄까지 달게
받으며

이곳에서 성실히 노력하며
생활한 후에

가족의 품으로 돌아가 아내의
말처럼 비워둔 제자리를 다시 채워
반드시 우리 가족의 행복을
책임지겠다고...

오늘도 감방 안에서 하나님과
약속합니다.

그리고 자기야...
자기와 우리 딸과의 약속 변하지 않도록
더욱 열심히 살고 자기 더 이상 눈물 흘리는 일 없도록 할게...
속삭 ─속삭 ─
나 역시
자기 정말 많이
사랑해.
고마워...

눈코 뜰 새 없이 바빴던 하루를
보내고 집으로 돌아온 엄마에게
엄마 웬일이야.
요즘 정말
날씬해진 것 같아!

마냥 반가운 혜연.
와~ 엄마 요즘
다이어트 했어?
살도 더 빠지고
예뻐졌네!!

엄마, 요즘 날씨
정말 따뜻해졌지?
응... 그래~

누군가가 그랬다.
세상사는 마음먹기에 달렸다고.
이래도 한세상
저래도 한세상
인생은 흘러간다.
내게 주어진 힘들고
고된 인생의 시간은
아무런 소리 없이
지금 이 순간에도 흘러간다.

거의 매일 오다시피 하는
11시 접견. 사랑하는 처와 딸.
가족의 이야기는 이 세상 어떤 것
보다... 운동 후 갈증을 해소하는
물 한 모금보다 소중하고
감사함마저 느끼게 한다.

특공대를 투입하기 전. 그들이 한 번 더 생각하고, 상대방을 배려하고 이해하는 마음의 여유가 단 몇 분만이라도 있었더라면... 하는 생각이 든다.

이렇게 수감 되고 보니 이런 감정의 소중함을 알게 된다.

가족과 접견 때 해주고 싶은 말이 많았다. 우리가 깊이 생각하지 않고 내뱉은 말을 되뇌어 본다.

사람이라면 살면서 정직과 성실을 가족에게 제일 먼저 실현해야 하지 않겠는가?

가족은 항상 나를 믿는 후원자라고 너무 쉽게 생각하며 대하는 것 아닌가.

진실한 소중함이란 내 가까이 손 닿는 곳에 있는 가족부터 사랑하고, 삶의 터전에서 가족의 삶을 위해 최선을 다하는 것이리라.

어느 날 접견 중 아내가 딸의 작은 소원을 전달한 적이 있다. 정말 보잘 것 없는 소원일지도 모른다. "엄마! 아빠 한번 만져봤으면 좋겠어."라는...

그 순간 나는 모든 것이 무너지는 전율을 느꼈다. 이토록 어려운 걸까? 그저 눈물만 흐를 뿐, 그 어떤 말보다 가장 순수하고 행복한 소원이다.

이곳에 있는 이들은 저마다 사연을 안고 수감자라는 미결수로 생활하며 자유인으로 돌아가려고 노력하리라 생각한다.

또한 자유인으로 돌아가기 전에 지나쳐버린 나의 일상 속에서 옳고 그름을 말하고 판단하기에 앞서

아빠 한번 만져보고 싶다는 그 작은 소원도 실천 못하는 수감자 신분이 되어 지나온 과거를 돌아보며, 다시 태어난다는 생각으로 진정 미래에 대하여 준비하는 계기가 되기를 다짐해 본다.

첫 번째 이야기.

우리가 살던 용산

혜연이가 태어나기까지

처를 만난 건 12년 전이었습니다.
이름은 심연이고요.

그때 제가 장사하는 가게에서
처음으로 알게 되었습니다.

그날은 말을 몇 마디 안 하고
조금 앉아 있다가 나갔습니다.

며칠이 지나 밝게 웃는 모습으로
다시 가게에 왔습니다.

함께 차를 마시는 연이의 얼굴에는
수심이 가득해 보였습니다.

겉으로는 웃지만 마음은 그게
아니었습니다. 그때 알았습니다.
어머니께서 돌아가셨다는 것을...
가 볼 수도 없는 실정이라는 것도
알았지요.

아버님은 살아계시고요.
가서 볼 수가 없었기에 얼굴에
그늘이 졌다는 것도 그때 알았어요.

아버님은 경북 풍산에서 태어나,
6·25전쟁 때 중국으로 피난해
사셨다고 합니다.

연이가 서울에 살기 시작한 것은
저와 만나기 훨씬
전이었습니다.

남산이 올려다보이는 이태원에
살고 있었습니다.
이태원
→

만난 지 얼마 되지 않았고,
그때는 외국인을 만난다는 것은
상상도 못했습니다.

그러나 자주 만나게 되자, 착하고
예쁜 연이와 헤어지면 다음
만남이 기다려졌습니다.

그때만 해도 마음을 확실히 정하지 못했고 한동안 갈등도 있었습니다.

그러나 시간이 지나면서 저희는 떨어질 수 없을 정도로 정이 들었습니다.

오랜 시간 만나면서 서로 마음속 깊은 고민과 모든 사정을 이해할 수 있었습니다.

주위 사람 때문에 많은 어려움도 있었고...

헤어지려고 생각했던 때도 있었습니다.

그러나 우리는 헤어질 수가 없었습니다.

결국 우리는 부모의 허락을 얻어 함께 살기로 약속했습니다.

처가로 가기 위해 인천공항으로 갔습니다.

그러고는 장춘행 비행기에 올랐습니다. 비행기 안에서 내려다본 풍경은 온통 구름뿐이었습니다.

도착한 저희는 장인어른이 계시는 아파트로 찾아갔습니다.

장인어른을 뵙고는 음식을 차려놓고 술 한잔 마셨습니다. 중국 맥주가 그렇게 독한지 그때 처음 알았습니다.

그곳에 머무르면서 준비해온 서류로 혼인신고를 했습니다.

그곳에서는 몇백 년씩 된 소나무가 우거진 숲을 거닐며 즐겁게 지냈습니다.

그리고 떠나야 할 시간이 되자 아름다운 풍경을 마음속에 간직한 채 비행기에 탑승했습니다.

한국으로 온 우리는 행복한 나날을 보내며 얼마 후 딸아이를 낳게 되었습니다.

임신 때부터 아들보다는 딸을 더 바랐던 처는 결국 딸을 낳았습니다.

그 후 제 고향인 제천 예식장에서 결혼식을 했습니다. 드레스를 입은 연이는 정말 아름다웠습니다.

아빠, 엄마가 결혼하는지도 모르고 잠든 딸이 너무 귀여웠습니다.

식을 마친 저희는 서울로 올라와 용산에 살림을 차렸습니다.

그로부터 3년 후. 귀여운 딸아이와 놀다 보면 시간 가는지도 몰랐습니다.

7년이 더 지난 지금 딸아이는 의젓한 초등학교 4학년입니다.

옛날 처를 만난 가게의 재개발이 참사로 이어지고... 구치소에서의 1년... 변함없이 면회 오는 처와 딸...

사랑해, 심연아. 내가 얼마나 사랑하는지 알지?

그리고 소중한 딸 혜연아! 너 또한 정말 사랑한다.

연이야! 결혼 전 처음 만날 때 너를 믿지 못하고 속상하게 한 점. 그리고 지금까지 살면서 부족했던 것들이 너무 부끄럽구나... 너희 둘이 이제는 내가 살아갈 희망이 되었다.

내 꿈인 너희가 있어 아빠는...

오늘은 토요일. 처와 사랑하는 딸이 접견 오는 날이다. 오후에 딸과 처는 밝은 모습으로 접견장에 들어왔다. 난 딸을 보자 어찌할 줄 몰랐다. 혜연이는 아빠한테 선전포고를 한다. 대학에 안 간다고. 이제 초등 4학년이 대학 걱정이라니 말도 안 된다며, 딸에게 목표를 정하고 나아가라고 했다. 좀 걱정이다. 오늘은 아빠에게 할 말이 많은가 보다. 어제가 딸의 생일이었는데 아무것도 못 해줬다고 한다. 돌아가면 생일을 챙겨주라고 했다. 자기야, 아무 염려하지 말고 항상 혜연이 신경 좀 써주고 너무 밖으로만 나돌지 말고 잘하길 바라. 어제는 변호사님이왔다가 갔다. 검찰의 기피신청으로 3월 말에나 재판이 열릴 것 같다고 한다. 경찰 쪽의 진술과 좀 더 보강된 수사기록으로 재판할 가능성도 있다고 한다. 좀 더 빨리 가족과 함께 지내고싶다. 자기야, 옛날 생각하면서 지냈던 일을 그려 봤어. 빠진 내용이 수도 없이 많지만 간신히그렸어. 다 그리려면 책 한 권은 될 거야, 그렇지? 사랑하는 마음 알지? 자기에 대해선 내가잘 아니 잘 생활해주리라고 믿어. 혜연아~ 제발~ 귀찮다고 포기하지 말고 운동 좀 부탁해! 줄넘기 하루에 100번 이상씩 매일 해. 안녕!

2010.1.30. 아빠

손님!

투쟁한답시고 밖으로만 나도는 아빠 때문에 몹시 화가 난 엄마.
도대체! 그놈의 투쟁인지 나발인지는 시도 때도 없이 하냐? 밤낮 나돌아 다니고. 애 좀 챙겨라! 바쁘면 자기만 바빠?
엄마의 스트레스는 아빠에게로 집중공격 된다.
나도 직장 다니는 사람인데!! 어디에 계집 숨겨놨냐?
그럼 어떻게 하냐, 다 살자고 하는 짓인데...
시장에서 장사하시는 충청도 집에서 동지와 소주를 마셨다. 속이 상한 상태라 금세 취기가 오른다.
왜 그래, 고민 있나?
거나하게 술에 취한 아빠는 새벽이 되어서야 일어섰다.
으~ 취한다~ 택~쉬~
생전 한 번도 안 타본 모범택시를 잡을 정도니 많이 취하긴 취했나 보다.
모범
택시
신용산역으로 가주세요~
네! 네!
그런데 기사 아저씨는 뭔가 이상한 느낌을 받고...
어? 두리번
두리번
손님! 여기가~ 신용산 역인데요!!
으~ 그래요~
?
갑자기 지갑에서 돈을 꺼내는 아빠.
딸 꾹~
수고~했습니다~
그런~데 기사 아~저씨~ 요즘 총알택시가 너무 많다는데 이렇게 빨리 운전하다 교통사고라도 나면 책임질 거예요? 앞으로는 절대 그러지 마세요~ 네?!!

무제

사랑하는 자기야, 그리고 혜연아, 잘 지냈지?

큰아빠랑 같이 와서 조금 긴 시간 이야기할 수 있어서 좋았어.

4월에 이사 간다니 참 잘됐구나. 거지같이 다 쓰러져 가는 집에서 힘들었지?

쥐새끼가 있는 집에서 잘 참아주었다.

조금은 넓은 집에서 이제 공부도 좀 더 알아서 해주고.

화요일엔 친구 따라 어린이공원에 간다고, 조심해야 해! 바짝 붙어 다녀 알았지?

그리고 저녁에 1시간만 조금 일찍 자고 지각하지 말고.

괜한 걱정 한다고 하겠지만 아빠는 네가 아직도 아기 같은 느낌이야.

사랑하는 자기야, 건강하게 잘 지내길. 또 보자 안녕.

2010.2.20.

보이지 않는 끈

몇 해 전 일입니다.
가게에서 한창 바쁘게 일하는데
초등학교 3학년인 딸아이가
따르릉

울면서 전화했습니다.
엄마! 머리가 너무 아파.
열이 나고 죽겠어!

우선 아이에게 해열제를
먹으라고 했습니다.
냉장고에 보면 오렌지색 약이 있어.
한 스푼만 마셔, 응?
엄마 금방 갈께~

가게 일이 한가한 틈을 타
집으로 달려갔습니다.
헉~헉~

이마에 손을 얹어보니 열이
조금 내린 것 같았습니다.

다행이다 싶어 한숨을 돌리는데

나를 지켜보던 1학년 조카가
이렇게 말하는 것이 아니겠어요?
엄마! 우리 가족은
보이지 않는 무언가로
연결된 것 같아요.

누나가 아프다고
큰엄마에게 전화하면서
울 때...

내 마음에도 누나의 아픔이
전달돼 나도 울 뻔했어요...

그래서 가족은
싸울 때도 있지만

빨리 사이가
좋아지나 봐요.

그 말을 듣는 순간
눈물이 핑 돌았습니다.

가재가 미꾸라지를!

오늘은 온 가족이 제천 고향 집 할머니 할아버지를 뵈러 가는 날.

동네 과일집에서 여러 가지를 샀다. 요즘 수박도 제철이라 달고 맛이 좋을 때다. 큼직한 놈을 골라 차에다 넣고 모든 준비를 끝냈다.
빨리 가려고 지름길을 택해 고개를 넘기로 했다.

시골에 도착한 우리는 할아버지 할머니께 절을 했다.
오냐

혜연아, 할아버지가 주는 거니까 받아! 자~ 어서.

혜연이가 시골에 온 목적은 따로 있었나 보다.
아빠! 미꾸라지 잡아줘! 어항에서 기르게~ 응?
물고기?

성화에 못 이겨 족대를 챙기고 장화도 신고 얕은 개울로 갔다.

다리 위에 도착한 우리는 밑을 내려다보았다.
아빠 왜?

물고기가 있는지 보려고 일단 물로 들어갔다.
기다려! 왕창 잡을 테니까!
아빠 믿어도 돼? 뻥 아니야?

그물을 드는 순간
와~ 이것봐!!
와!! 많다~

빨리 담아야지! 도망가니까!
아빠 가재 좀 봐. 난리 났어.

미꾸라지를 움켜잡은 혜연.
오~오 귀여운 것. 너 어데 있다가 이제 왔노.
쪽~쪽~
내. 귀염둥이 아가야~

가재의 집게발에 겁먹은 혜연.
아빠 가재 좀 봐. 찝으려고 해, 이건 아빠가 집어넣어 얼른~!

물고기 세 마리 잡고 신이 났다.
아빠 나도 물고기처럼 숨 안 쉬고 물속에 오래 있을 수 있으면 좋겠다.
그래?

할머니 앞에서 자랑하고 싶은 혜연.
할머니 보세요. 쌩쌩해요.
에게~

할머니 병 있어요? 입구가 넓은 걸로 주세요.
그려~

이거면 되겠어? 커피 담았던 병이야.
와 좋다!

갑자기 물고기를 째려본다.
이러면, 큰일인데

서울 구경시켜줄게. 잘 들어가 있어라.
호~호~

가재 때문에 고민이던 차에 아빠는 다른 통을 가지고 오셨다.
가재는 잘 안 죽으니까 반찬통에 담아가도 돼.

마개에 숨구멍 몇 개를 뚫고 꽉 막는 아빠.
아빠! 그거 숨구멍이야? 고기도 숨을 쉬는구나!

그래! 예쁜 어항을 하나 사달라고 해서 키워볼까?
할 일이 생겼구나.
매일 생물을 연구 관찰하는 거야, 흐~흐~

이렇게 우리는 떠날 채비를 하고 할아버지 할머니께 인사를 했다!
혜연아~ 잘가그 조성해운전해~ ~라~
네

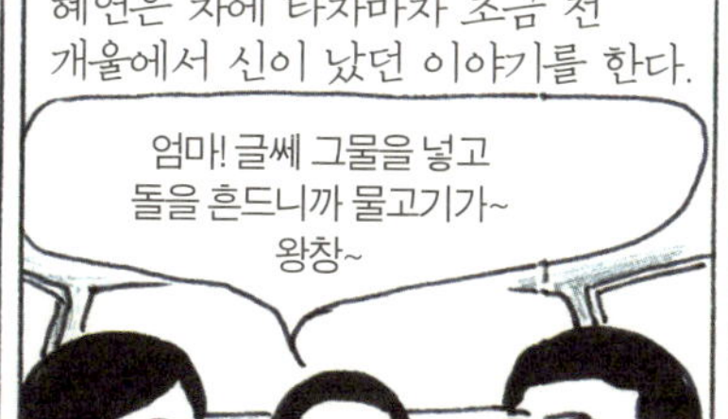

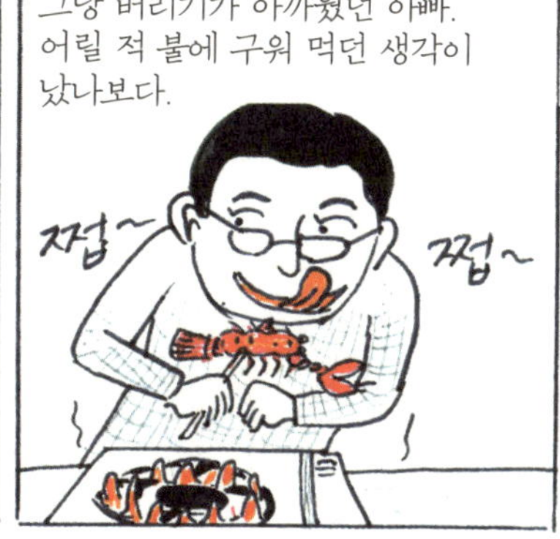

내 눈을 즐기기보다는 자연 그대로에서 살도록 해야 탈이 없는 법이다.

똑똑

딸아이가 다섯 살 때 일입니다.

물놀이 다녀온 혜연이의 얼굴에는
잠이 가득하더군요.

그런데 막 꿈나라에 들어선
혜연이가

갑자기 눈을 번쩍 뜨며 말하더군요.

엄마 내 등에
똑 똑 똑 해주세요.

왜? 등을 두드려?
소화가 잘 안 되니?

혜연이는 이렇게 대답했어요.
아니 등에서
자꾸 땀이 나오잖아.
땀이 다시 들어갈 수 있
게 똑똑- 해주세요.

나는 터져 나오는 웃음을 참으며
똑똑~ 혜연이 등아.
땀 다시 들어가도 되니?
똑
똑

시키는 대로 했지요.
그러자 혜연은
네! 들어 오세요

엄마 고마워.
엄마 덕분에 이제 덥지 않아요.

나는 귀여운 그 모습에

혜연이를 꼭 안아 주었답니다.

사람은 언제나 '집단'에
속하기 마련이다.

고등학교 때 아홉 명 집단에 있었는데, 그중
주도적 역할을 하던 친구에 의해 '왕따'를 당했다.

무척 합리적이지 못한 일이었지만. 놀랍게도
그전까지 친했던 모든 친구가 나를 무시했다.

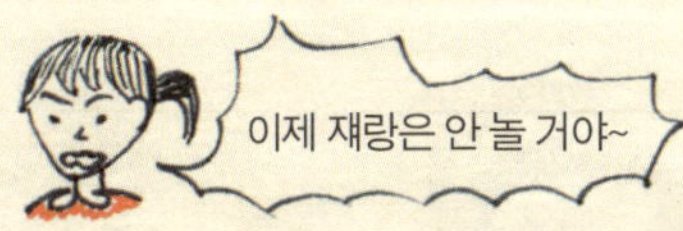

그중에 단 한 명.
끝까지 나를 변함없이 대해주던 '미선이'

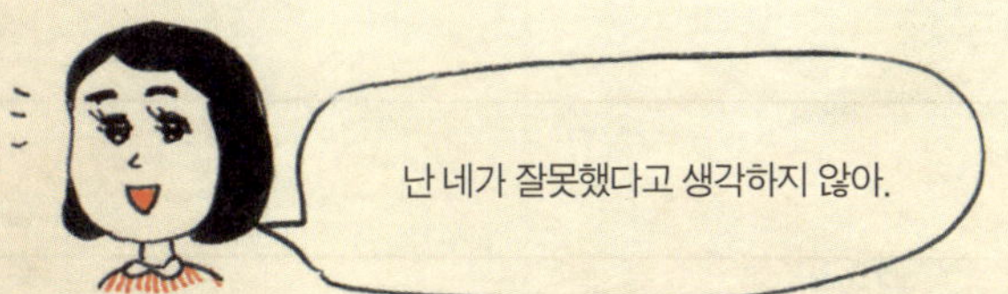

그땐 얼마나 힘이
되었는지 모른다.

학교보다 더 큰 '사회'란 집단을 만나면서

미선이는 정말 용기 있는
친구였다는 걸 알았다.

모두가 'Yes'를 따를 때. 소신껏 'No'를
외친다는 것은 정말 어려운 일이다.

나는 나의 소중한 친구 같은
사람이 되고 싶다...

현실적인 왕자님

아빠는 급한 용무가 있어
화장실로 간다.

볼일을 본 아빠.
휴지가 한 사람 분량밖에 없다.
다행히 일을 마친다.

화장실에서 나온 아빠는
보충할 휴지를 찾지만 없다.
그때 주유하면서 얻은
일회용 휴지가
얼핏 눈에 띄었다.

자기 방에서 꼼짝도 않는 혜연.
나도 어릴 땐 동화책을 무척 좋아했는데.
하지만 동화책 속에 나오는 이야기는
현실과 너무 동떨어져 있어.

개구리가 갑자기 왕자가
된다는 '동화'를 보면,
개구리가 왕자가
되었다고 마음이 달라져
결혼할 여자도 없겠지만

자기가 개구리였을 때
그렇게 구박한
공주랑 결혼하고
싶어하다니...

잠자는 숲 속의 공주는 잠만 자다가
웬 놈이 키스하자 깨어나 좋다고
한다. 이런 말도 안 되는...

또 백설공주는 난쟁이 집에 침입해
절도까지 했는데도 예쁘다는 이유
하나로 일곱 명의 난쟁이와
동거한다.

죽은 공주의 시신을 보고 한눈에
반한 왕자는 현실이었다면 변태다.

이런 생각 저런 생각을 하다
스트레스를 받은 혜연.
갑자기 배가 아파 화장실로 급하게
뛰어간다.

화장실 변기에 앉아 또 생각한다.

야채를 별로 즐기지 않는 혜연.
항상 힘들었는데 오늘은 모처럼
시원스럽게 내버린다.
더듬- 어?
더듬

사랑하는 딸 혜연아. 네가 많이 보고 싶은 데도 아빠는 참는다.

늘 네 생각하며 만화를 그리다 보면 지나간 일들이 생생히 떠오른다.

그래서 아빠 머릿속에서 엄마와 네 생각이 잠시도 떠날 시간이 없어.

네 모습을 생각하며 지금도 그림을 그리고 있으니까. 오늘은 엄마가 접견을 왔다 갔어.

안경 쓴 네 엄마 모습이 너무 멋져 보였어. 둘이 잘 지내지? 혜연이 네가 엄마보고 극장에 가자고 했다며.

아빠도 많이 생각나. 빵모자 잃어버리던 때도 생각나고. 팝콘과 콜라 먹던 생각 모두가 생생해.

언제 우리 딸 손잡고 온갖 곳 다 가보려나. 아빠는 그때를 희망하며 지내.

한여름 밤의 꿈

올여름은 그 어느 해보다
유별나게 덥다.
후덥지근한 밤.
우리 세 식구는 밥상 앞에
마주 앉았다.

낮에 마트에서 사놓은
수박을 먹기로 했다.
쭤~억~

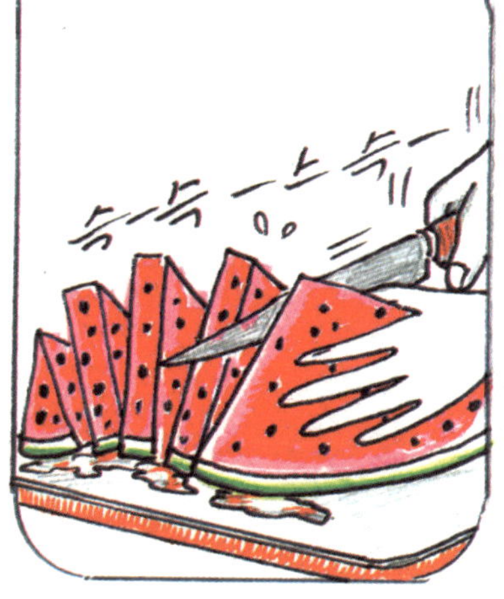

엄마의 수박 자르는 솜씨...
슥~슥~ 스~슥~

와~
꿀이다 꿀!

배를 내밀고 TV 앞에 앉은
두 부녀.

결국엔 슬며시 눕고 만다.

으이~그. 딸년 키워봤자
아무 소용 없어!
누가 즈그 아빠 딸
아니랄까 봐
누운 모냥새까지
저래 똑같냐!

자기야~ 수박 먹은 껍질 좀
버리고 오지?
너무 늦었는데 내일 아침에
버리면 안 돼?

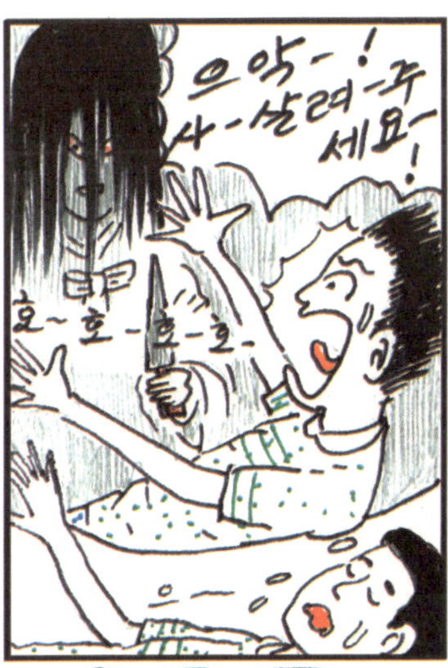

그렇게 한여름 밤은 점점 깊어간다.

쪽!

다섯 살 딸아이는
동화책을 좋아한다.

그래서인지 가르쳐주지 않은
단어도 알고
종종 엉뚱한 말도 한다.

하루는 내게 이런 말을 했다.
아비야, 물 마시고 싶다.
아빠한테 아비가 뭐야?

아빠라고 불렀는데
대답이 없어서 그랬어.
할머니가 "아비야" 하면
아빠는 바로 "네" 하잖아.

또 한 번은 감기에 걸려
잘 먹지 못하는 게 안쓰러워
한마디 했다.
우리 딸 살이 쪽 빠졌네.
아빠
'쪽' 이 뭐야?

'많이'라는 뜻이야.

그러자 딸아이는 빙그레 웃으며 내 볼에 '쪽'하고 뽀뽀를 했다.
아빠,
쪽은 '많이'가 아니고 사랑한다는 뜻이야.
쪽

5시 1분

여행을 떠나기로 한 전날 밤.
몇 가지 물건을 사려고
여섯 살 혜연이와
동네 마트에 갔습니다.

초등학교 2~3학년으로 보일
만큼 키도 크고 통통한 혜연이가
마트에서 과자 한 개를
덥석 집더니

간절하고 애교 섞인 표정에

하며 정말 좋아했습니다.

그렇게 다짐받고 사온 과자…

하지만 집으로 돌아온 혜연이가
아무리 기다려도 5시 1분이
되려면 새벽이잖아요.

그러니 그 시간이
빨리 올 리가 없죠.

결국, 혜연이는
5시 1분만 눈 빠지게
기다리다 지쳐
잠들었답니다.

"

아빠와 나 1

혜연이가 어릴 때 구입한 TV가 오래되다 보니 늘 말썽이다.

혜연이가 좋아하는 개그콘서트의 달인을 보는 중.
왕짜증~ TV가 유명 메이커면 뭘 해~ 매일 고장인데!

혜연아, 왜 그래? TV가 또 말썽이야?
응 한참 재미있었는데 이게 뭐야! 흥~

요즘 LED TV라는 게 나왔다던데... 너무 비싸서.
엄마는 참 옛날 소리 하시네. 더 신형인 3DTV 시대야.

왜 극장에서 안경 쓰고 보는 거 있잖아! 그런데 단점은 너무 비싸다는 것. 나 참 470만 원이래. 다들 미쳤어.
아는 척 그만하고 뒤에 선 빠졌나 봐.

그때 대단한 아빠께서 마침 들어오셨다.
-땅-땅-
중서령, 중인
?

지금 두 모녀가 뭐 하는 거야.
어? 아빠. TV가 먹통이 됐어.

음... 어디 좀 보자~
아빠 내가 그런 거 아니야. 저절로 안 나왔어.

이놈의 TV~ 왜. 말썽이야.. "돈" 달라고 하나?

재빠른 손놀림으로 전체적으로 점검하시는 아빠.
역시...

그때 갑자기 사정없이 두드리는 아빠.
이런 놈은 매가 약이야.
팍
팡-

나~온~다~
우-쭐
짝~짝
와~ 와~

아빠와 나 2

저는 초등학교 4학년입니다.
저희 아빠는 성격이 좀 특이합니다.

어느 날, 아빠는 약속이 있어서
열심히 씻고 있었습니다.

그때 방 안에 있던 아빠의
휴대전화가 시끄럽게 울리고
(저의 TV 시청을 방해했죠)

TV를 열심히 보던 저는
얼른 일어났죠.

벨소리가 끊어지기 전에 아빠에게
가져다주기로 마음먹은 저는

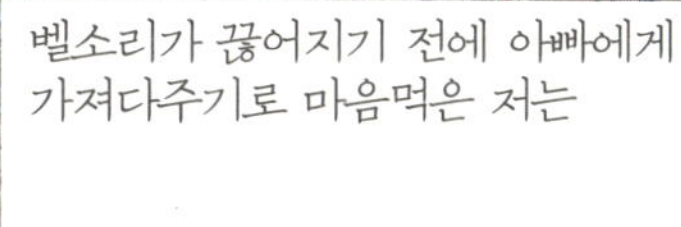

화장실 문을 향해 갔습니다.

샤워하는 아빠에게

순간 시끄럽게 울리던 벨소리가
뚝 끊겼고, 아빠가 물었습니다.

혜연아~ 아빠야. 오늘은 어떻게 지냈어? 요즘은 지각 안 하겠지. 학교 마치고 곧장 집으로도 잘 올 테고.

이젠 네 방 어때? 예쁘게 꾸며놓았어? 한번 보고 싶구나. 지금 아빠가 집에 있으면 뭘 하고 있을까?

아마 우리 딸이랑 꼭 붙어 있겠지. 빨리 네게로 돌아가고 싶구나. 언제나 아빠의 마음속에서 네 모습은

떠나지 않고 자리 잡고 있구나. 자나 깨나 늘 가족 생각이지. 그리고 네 새로 산 노트북 느려서 금방 못 써.

요즘은 업그레이드를 시켜가며 사용해야 해. 2기가 정도 돼야 진짜 속도가 짱이지. 아빠 나가면 최고 속도

컴퓨터를 만들어줄게. 만날 때까지는 딴생각 말고 학교나 잘 다녀. 알았지! 또 보자. 안녕 아빠가. 2010.4.9.

아빠와 나 3

혜연아, 너라도 옆에 있으니 힘이 된다.

우리에게 닥쳐오는 불운을
나는 얼마나 비껴갈 수 있을까?
우리는 점점 약해져 가고 있다.

사랑전선 이상 없음

녹초가 된 처를 보고 저는 말했죠.

지금도 여전히 덤벙대지만 그만큼 저의 사랑 또한 듬뿍 받고 있답니다.

연이야, 혜연아, 건강하지?

새싹 파랗게 돋아나는 걸 보니 이젠 완연한 봄이구나.

우리는 살면서 수많은 난관과 부딪혔고 또 상처받고 쓰러지더라도 그 힘든 고난과 역경을 잘 견뎌냈지?

사랑하는 연이, 딸 혜연아, 우리 너무 쉽게 포기하고 낙심해버리는 실수를 저지르진 말자.

잠시 뒤 곧 이어올 생이 어떻게 될지는 알 수 없지만 그래도 우리의 의지 속에서 매 순간 담대하게

맞을 수 있어. 잠시 뒤에 일어날 그 어떤 것도 우린 장담 할 수 없잖아.

그렇지만 잠시 뒤에도 우리는 분명히 현재를 살고 있을 거야. 순간순간을 인생의 마지막처럼 살면서

내일을 꿈꾸고 있을 거라는 거야. 연이야, 혜연아, 우리 힘든 일이 있더라도 조금 참고 견디자.

아빠의 사랑하는 딸 혜연아. 너를 믿는다. 꿋꿋하게 잘 지내고 있겠지?

엄마 아빠 실망시키는 일 없이 지혜롭게 행동하길.

항상 네 곁에 있는 이 세상에 하나뿐인 유일한

네 엄마와 서로 정답고 사이좋게 지내주길 빌게.

서울구치소 아빠가.

2010. 3. 31.

심부름

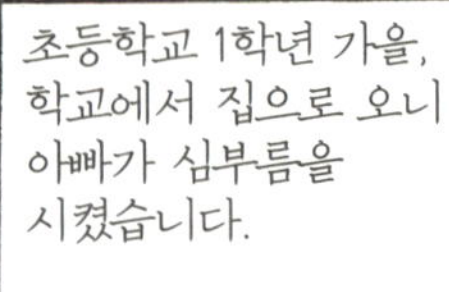

초등학교 1학년 가을,
학교에서 집으로 오니
아빠가 심부름을
시켰습니다.

아빠가 통장을 주시며 은행에
입금하고 오라는 것이었습니다.
은행에 혼자 가본다는 생각에
저는 마냥 신이 났습니다.

은행에 도착한 저는 여직원에게
통장과 돈을 건넸습니다.

마침내 혼자 해냈다는 들뜬 기분에
아빠에게 자랑하고 싶어 집으로
급히 왔습니다.

그런데 이게 웬일입니까.
그만 통장을 놓고 왔지 뭡니까.

아빠에게 혼이 날 것을 생각하니
도저히 집에
들어갈
수가
없었
습니다.

집으로는 도저히 못 가고
어린 마음에 이웃 아줌마 집으로
갔습니다.

그곳에서 심부름 일은 다 잊고
저녁까지 먹고 논 뒤, 아줌마 집을
나왔지만 차마 집에 들어갈 수가
없었습니다.

종일 혼날 일만 생각한 탓에
졸음이 밀려 오기 시작했습니다.
그 순간,

전에 친구들과 숨바꼭질하던
좁은 계단이 생각났습니다.
계단에 잠깐 앉았는데 그때...

아빠가 골목에
서 있는 것이었습니다.

아빠는 저를 애타게
찾아다녔나 봅니다.

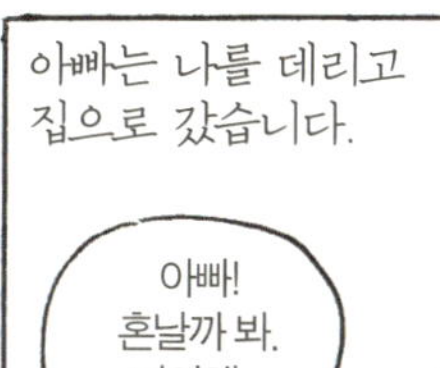
아빠는 나를 데리고
집으로 갔습니다.

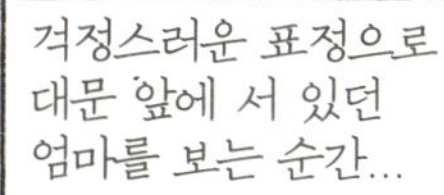
아빠!
혼날까 봐.
미안해...

겨정스러운 표정으로
대문 앞에 서 있던
엄마를 보는 순간...

눈물이 쏟아졌습니다.
엄마도 나를 보자 울며
꼭 안아주셨습니다.

아빠와 엄마는 아무리 기다려도
오지 않는 나를 찾아 은행으로
가셨대요.

제일은행 용산

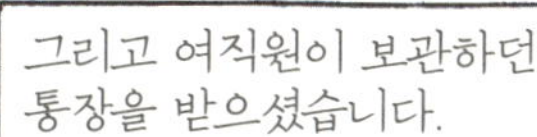
그리고 여직원이 보관하던
통장을 받으셨습니다.

그때 내가 통장을 잃어버려 혼날까
두려워 집으로 못 들어온 것을
아시고 사방을 다 찾아다니신
것입니다.

일 년 후, 우리 집은 이사했습니다.
이삿짐을 싣는 동안 정들었던 곳을
가보았습니다.

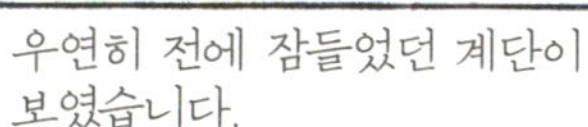
우연히 전에 잠들었던 계단이
보였습니다.

그리고 집에 들어가지 못했을 때
저녁까지 먹여주시던 아줌마 집.

이제는 모두 안녕입니다...

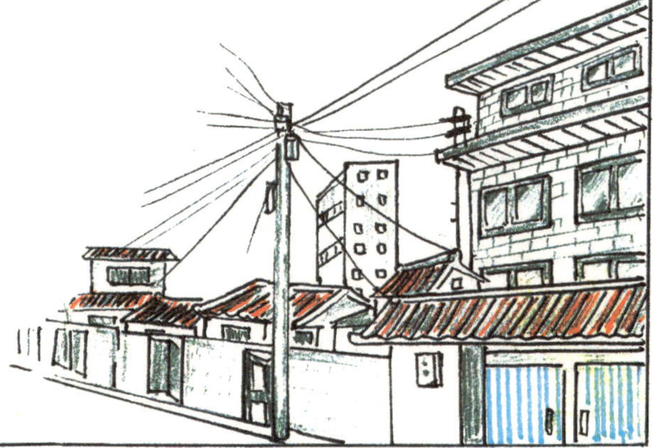
몇 년이 지난 뒤 동네를 찾았습니다.
외동딸로 외로움을 누구보다 많이 탔던 제게는
정든 동네가 엄마 품처럼 아늑했고, 다정했던 골목,
집 앞의 흔적들, 그 시절 순수했던 제 모습이
이제껏 저를 기다렸던 것처럼 바라보고 있었습니다.

아내가 변했다

거울을 보던 아내가 갑자기 물었다.
나 이제 정말 아줌마 됐지?
응, 좀 변했지.

맞장구친다고 한 말이
아내에게 상처를 주고 말았다.

아내는
원망 가득한
눈으로
나를 바라봤다.

정신없이 흘러간 일 년이었다.

아이가 생긴 건 형용할 수 없는
기쁨이었지만
고통도 많았다.

특히 출산 후 아내에게 요구되는
희생은 지켜보기 안쓰러울
정도였다.

퇴근해 들어오면
퉁퉁 불은 라면이
싱크대에 널려
있기 일쑤였다.

아기 울음소리에 라면을 먹다 말고
급하게 달려갔을 아내 모습이
눈에 선하다.
으~앙

어느 정도 육아에 익숙해지자
아내는 잠시 자신을 뒤돌아봤을
것이다.

어머니와 아내에서
여자로 돌아왔을 때,

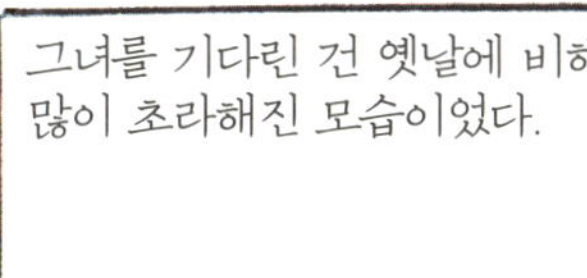
그녀를 기다린 건 옛날에 비해
많이 초라해진 모습이었다.

그 마음을 알면서도
보듬어 주지 못한 나는
바보 같은 남편이었다.

다음 날 저녁, 아내는 오랜만에
화장을 곱게 하고 예쁜 치마를
입은 채 나를 맞이했다.

장난 섞인 말투로 묻자.

하며 뽀로통하게 대답한 아내.
그러나 아내는 얼마 못 가 화장을
지우고 늘 입던 원피스로
갈아입었다.

이젠 제법 종종거리는 '딸'아이가
치마를 붙잡고 늘어지자 불편해
못 살겠다고...

엄마란 이름으로 돌아간 것이다.

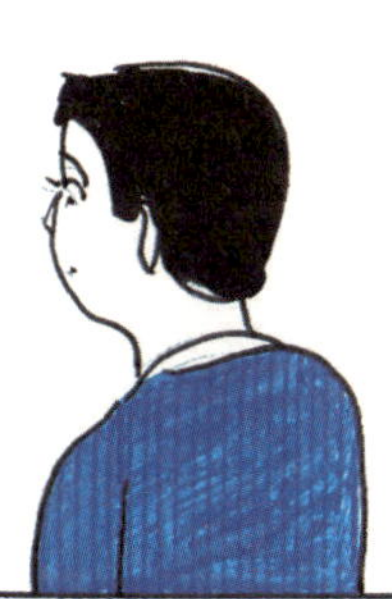

그날 밤 아이를
보듬고 잠든 아내가
측은 했고
많이 변해 있었다.

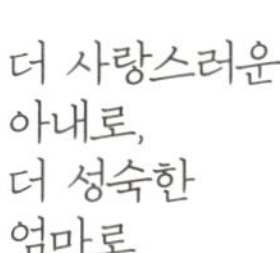
더 사랑스러운
아내로,
더 성숙한
엄마로...

더 깊고 넓은 마음을
간직한 사람으로
말이다.

아빠는 안 돼?

어느 늦은 밤.
남편은 만취해 돌아와서는
갑자기 펑펑 울었습니다.
훌—쩍~

깜짝 놀라 왜냐고 물었더니 서울 있는 딸이
보고 싶다는 거예요, 글쎄...
우리 혜연이 보고 싶다.
보고 싶다.
흐—흑—
응?

눈물 콧물 범벅이 돼 훌쩍거렸지요.

그러면서 남편은 하소연했습니다.
아이고~ 우리 딸하고 헤어진 것도 이렇게 마음이 짠한데
혼자 계신 장모님은 어떠시겠어.

취중 진담을 했습니다.
자기야, 내가 앞으로
장모님께 더 잘할게.
그동안 내가 너무 무관심 했어.

아이고~ 귀여운 우리 남편,
얼른 주무세요.
하고 토닥토닥
재웠지요.
토닥—토닥

어제 딸에게서 편지가 왔습니다.

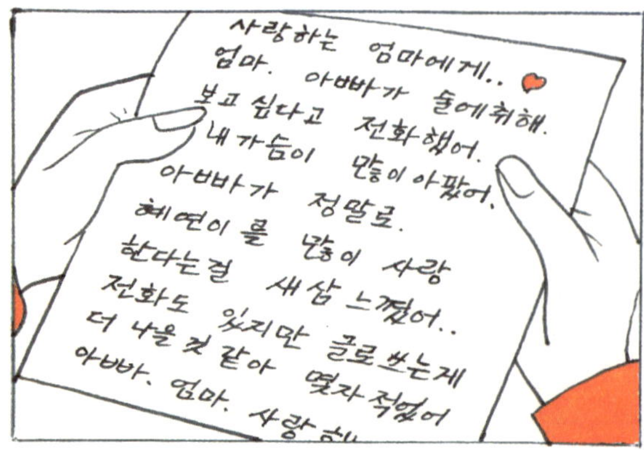

사랑하는 엄마에게..
엄마. 아빠가 술에 취해.
보고 싶다고 전화했어.
내 가슴이 많이 아팠어.
아빠가 정말로.
혜연이를 많이 사랑
한다는걸 새삼 느꼈어..
전화도 있지만 글로 쓰는게
더 나을 것 같아 몇자 적었어
아빠. 엄마. 사랑하

아마도 술에 취한
그날...
딸에게 전화를
했던 모양입니다.

딸에게 전화를 걸었습니다.
내일 엄마가 올라가는데 필요한 거 있니?
엄마. 카메라랑 샴푸, 수건 두 장하고 또... 응...

아, 빨리 말해. 다 가져갈게.
응. 아빠는 안 돼?

그 말을 듣는 순간 전 가슴이 쿵 하며 내려앉았습니다.

그래, 너도 아빠가 많이 보고 싶었구나.

이 이야기를 남편한테는 차마 하지 못했습니다.

전날 밤 딸의 목소리가 아련하게 귓가에 맴돌아 밤 새워 뒤척였지요.

우리 딸 혜연이. 날이 새면 만나러 갑니다. 딸을 많이 보고 싶어 하는 아빠는 못 데려가지만요.

사랑으로 감싼 마음

어느 토요일. 초등학교에 간 딸아이가 울면서 집에 들어왔습니다.
훌쩍~
훌쩍~

혜연아! 왜? 무슨 일 있었어?

우리 반 남자 아이가 때리고 확 밀었단 말이야.

애지중지하는 딸이 맞았다니 화가 몹시 나더군요.
요놈의 자식. 내일 내가 혼내주마. 울지 마!

하고 달랜 뒤
우리 딸이 좋아하는 자장면 시켜줄게. 자, 가방 벗고.

잠시 뒤 자장면이 배달됐죠.
아빠. 저 아저씨 오늘따라 무진장 빨리온다. 그치?

자장면을 먹는데 딸아이를 보면서 불현듯 옛일이 생각났어요.

제가 초등학교 5학년 때쯤 일이었죠.

학교가 끝난 후에 반 여자아이와 사소한 일로 다투다 홧김에 그 애를 밀치고 한 대 때렸어요.

여자아이는 울면서 집에 갔고요. 조금 미안했지만

금세 잊고 놀다가 집에 가려고 교문을 나서는데
초등학교

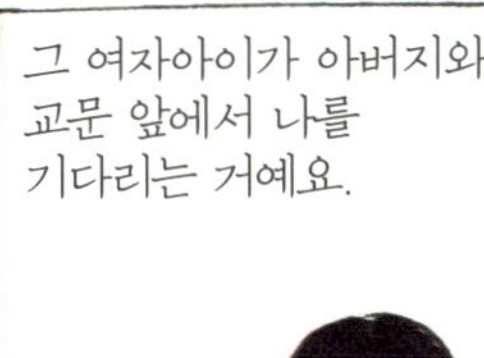

그 여자아이가 아버지와
교문 앞에서 나를
기다리는 거예요.

여자아이가 손가락으로
나를 가리키며
아빠!
쟤가 때렸어.

아저씨는 나에게 이리오라고
손짓을 하셨죠.
학생, 이리 와봐.

나는 잔뜩 겁먹은 얼굴로
아저씨에게 다가갔어요.
너 나랑 같이 갈 데가
있으니 따라와라.

가는 도중 벌벌 떨었죠.
한데 아저씨가 나를 데려간 곳은
바로 자신이 운영하는
중국집이었어요.

아저씨는 저를 식탁에 앉히고
잠시 기다리라 하시더니

주방에서 자장면을 만드셨어요.
당시 자장면은 생일에나 먹는
귀한 음식인데

아저씨는 자장면 한 그릇을
내 앞에 내려놓으면서
맛있게 먹고 우리 딸과
사이좋게 지내렴.
네.

순간 너무 미안했어요.
자장면을 먹고 나오면서
다시는 그 여자아이와
싸우지 말아야겠다고 다짐했죠.

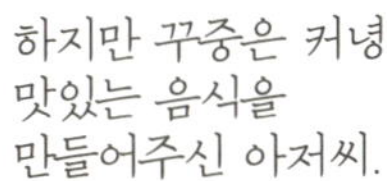

실은 아저씨도 귀여운 딸을 때린 나를
혼내고 싶었겠죠.

하지만 꾸중은 커녕
맛있는 음식을
만들어주신 아저씨.

사랑으로 감싼 마음,
나도 그 마음을 배워야겠네요.

혜연이와 강아지

딸아이가 여섯 살 때 강아지를
사달라고 졸랐습니다.

강아지를 키운다는 것이 무척
손이 많이 가는 일이라는 것은
잘 알고 있었고,
떠드득
흑

털도 날려 특히 아이한테는
해롭다는 것을 알기에
키울 상황이 아니었죠.

그래서 아빠가 스위치를 켜면
움직이는 강아지 인형을 사주자
무척 좋아했습니다.
와!

하루는 혜연이가 강아지 인형과
몇 시간을 놀다 잠들었기에
스위치를 꺼놓았습니다.

그리고 싱크대에 와서
설거지하는데
엄마!
강아지가 안 움직여.

잠에서 깬 혜연이는
손에 물이 묻어 대신
말을 해 주었죠.
혜연아!
온(on) 하면 움직여.

하고는 하던 설거지를 마치고
방으로 가보았습니다.

저는 그만 그 모습을 보고는 바닥에
때굴때굴 굴렀습니다.
깔~깔~
깔~

온온온
글쎄 혜연이는
강아지 턱에
손가락을 대고
온온온온~온온~
하는 게
아니겠어요?

오빠 괜찮아!

우리는 학교 공부를 마치면
방과 후 공부를 한다.
1학년 두 명, 2학년 세 명이
함께 공부한다.

겨울 방학을 며칠 앞둔 날,
나는 아이들을 불러 모아놓고
말했다.

아이들과 새해 달력을
꾸며보기로 했다.

2학년 현중이가 빨간색으로
열심히 날짜를 쓰는데
1월
월 화 수 목 금 토
3 4 5 6 7 8 9
10

그걸 본 은영이가 한마디 했다.
일요일만 빨간색으로 해야지!
모두 노는 날이면 어떻게 해?
아~참

실수를 깨달은 현중이는 난감한
표정을 지으며 어쩔 줄 몰라 했다.

그러자 1학년 혜연이가
하는 말이 그럴듯했다.
오빠, 괜찮아. 1월은
한 달 동안 방학이잖아.

아~하~ 그렇지.
전부 빨간 날짜로 써도 되지.
노는 날이니까.

혜연이의 말에 힘을 얻은 현중이는 방긋 웃으며
다시 날짜를 썼다.

천진난만한
아이들을 지켜보면서
나도 그때 그 시절로
잠시 돌아가 보곤 한다.

꽃밭

보슬보슬 비가 내리는 어느 날.

아빠와 나는 꽃밭을
만들기로 했어요.

아파트 1층인 우리 집 화단에요.
잠시 후 비가 그쳤어요.

아빠가 오랫동안 모아둔 꽃씨 중에
내가 좋아하는 애기똥풀과
달맞이꽃도 있고요.

엄마가 좋아하는 봉숭아와
해바라기씨도 있고
개망초와 꽃향유도 있어요.

아빠가 좋아하는
엉겅퀴도 있었지요.

아빠랑 내가 화단에
씨앗을 뿌리자 경비 아저씨는
꼬마 아가씨,
지금 뭐 하는 거야?
꽃밭 만들어요.

아파트 경비 아저씨도
내 머리를 쓰다듬으며 말했어요.
혜연이가 아저씨 일까지
도와주네.

나는 기분이 좋아 발로 흙을
쿡쿡 눌렀습니다.
씨앗들아 어서어서
예쁜 꽃을 피워라.
쿡ㅡ쿡ㅡ

그 후로 아빠와 나는 날마다
화단에 물을 주었어요.

아주머니들이 싹이 났느냐고
물으시면 난 신났어요.
여기도 나고
또 저기도 났어요!

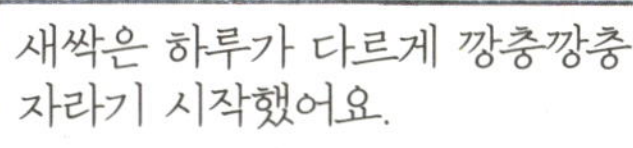

때마침 모여든 친구들...

나는 힘주어 말했어요.

달맞이꽃 속에 담긴 꿀을 먹고.

나비를 타고 꽃밭 위를 날아다녔어요.

꿈에서 깨면 밖으로 나가 화단을 오래오래 들여다보았어요.

그러던 어느 날이었습니다. 아침에 창밖을 내다본 나는 깜짝 놀랐어요.
헉~!

꽃이 하얀 뿌리를 드러낸 채 모두 뽑혀 있었습니다.
엄마! 누가 내 꽃을 다 뽑아 버렸어요.

나는 그만 울음을 터뜨렸습니다.
에휴~ 내 그럴 줄 알았다니깐.
으앙~ 난 몰라.

뽑힌 꽃들이 나를 보며 말하는 것 같았습니다.
우리 좀~ 살려 줘~

나는 갑자기 어지럽고 열이 나 병원에 가서 주사를 맞고 약까지 먹어야 했습니다.

그러고는 하루 종일 잠을 잤어요.

다음다음 날이었어요. 밖에 나가자 경비 아저씨가 내 손을 잡아끌었어요.
혜연아~ 이리와 보렴. 아저씨가 보여줄 게 있단다. 네가 심은 건 산이나 들에서 자라는 잡초란다. 사람들이 보기 싫다고 해서 어쩔 수 없이 뽑았어. 대신 이 아저씨가 진짜 꽃을 심었단다.

아저씨 말대로 화단에는 많은 꽃이 심어져 있었어요.
이건 샐비어란다. 예쁘지? 꽃밭에는 이런 꽃을 심는 거야.

물론 나도 샐비어를 좋아하지만 애기똥풀이랑 달맞이꽃을 더 좋아해요.

하지만 아저씨는 자꾸 애기똥풀이랑 달맞이꽃을 잡초라고 했어요.
애기똥풀이나 달맞이꽃은 야생초로 잡초란다.

아빠에게 물었다.
아빠, 경비 아저씨가 그러는데 내가 심은 꽃은 '잡초' 래. 그런데 잡초가 뭐야?

자세히는 말해주지 않으시고
그래 우리가 화분에다 다시 키워서 잡초도 꽃이라는 걸 알려주자.

다음 날 아빠는 베란다에 화분을 줄줄이 놓았어요.

그러고는 달맞이꽃, 향유꽃, 엉겅퀴, 구절초 등등 온갖 꽃을 심었어요. 나팔꽃도요...

하지만 나는 경비 아저씨에게 들은 '잡초'라는 말이 자꾸 떠올라 화분을 들여다보질 않았어요.
잡초 란다

며칠이 흐른 어느 날 저녁이었어요. 밖에서 웅성거리는 소리가 들려 베란다로 가보니 사람들이 우리 집을 바라보며 말했어요.
어쩜 저렇게 예쁠까? 향기도 좋네!

베란다 창문을 열고 고개를 내밀자 달맞이꽃 향기가 코를 찔렀어요. 한 아주머니가 말했어요.
혜연이는 좋겠다. 밤새 달맞이꽃 향기를 맡을 테니!
진짜 좋아요!

며칠 뒤 비가 내리자 구절초랑 엉겅퀴, 참취, 오이풀까지 꽃을 피웠어요.

나팔꽃은 보라색 꽃봉오리를 터트리고 손을 뻗으며 올라가고 있었어요.

아무리 바쁜 사람이라도 우리 집 유리창 앞에서는 잠시 걸음을 멈추고 아름다운 꽃을 감상했지요. 그리고 이렇게 말했어요.
어머, 꽃밭이야! 맞아, 아파트 꽃밭이야!

딸아이의 상처

마흔이 훌쩍 넘어 어렵게 낳은
외동딸이 있습니다.

금이야 옥이야 하며 애지중지
키우던 2005년 어느 날.
네 살이 되던 해였습니다.

밖에서 들어오는 길에 소각장
분리수거함에서 핑크색 어린이용
카세트가 너무 예뻐 들고
들어왔습니다.
재활용

딸아이는 신기해하며
좋아했습니다.
아빠. 혜연이가
이 안에 있쪄~

며칠 후 저녁을 먹고 난 후
상을 치우고 설거지를 끝낸 아내와
내가 안방에서 쉬고 있을
때였습니다.

건넌방에선 딸아이가 카세트를
틀어놓고 흘러나오는 노래에
맞춰 춤추며 동요를 따라
부르고 있었습니다.
아빠곰은 ~ 뚱뚱해.
엄마 곰은 날씬 ~ 해

그때 갑자기 딸아이의 비명이
들렸습니다.
악
안!

깜짝 놀란 아내와 저는 아이가
있는 방으로 뛰어갔습니다.

방문을 여는 순간
그만 기겁을 하고 말았습니다.
딸아이가 쓰러져 비명을
지르고 있었으니까요.
으 앙

뒤뚱거리며 율동을 하다 넘어져
날카로운 TV 장식장 모서리에
부딪혀 상처가 나고 말았습니다.

딸아이의 이마에선 붉은 피가
얼굴로 흘러내렸습니다.
혜연아! 어머!! 어떡해~
앙

아내는 어쩔 줄 몰라 하며
아이 가까이엔 가지도 못하고
울상이었습니다.
빨리 병원으로
가야지~!!

나는 아이를 안고 수건으로
이마를 감싸며 지혈했습니다.
으
~앙

그러고는 차에 올랐습니다.

아내의 원망 섞인 목소리가
귓가에 쩡쩡 울렸습니다.
자기가 주워온
카세트 때문에
혜연이가 다쳤잖아!!

난 할 말이 없었죠. 운전하며
가는 동안 생각했습니다.
밤늦은 시간이라 인근 작은 병원은
모두 진료가 끝났을 거라는 사실을.
서비
부동산
점타

용산에 있는 종합병원밖에
없다는 생각에 야간 응급실
앞에 차를 세웠죠.
원＋
안응급실

딸아이를 부둥켜안고 응급실로
들어갔습니다.

고통을 호소하며 우는 아이를
침대에 눕히자 야간 근무 의사가
오셨습니다.
아가~ 어디 좀 보자.

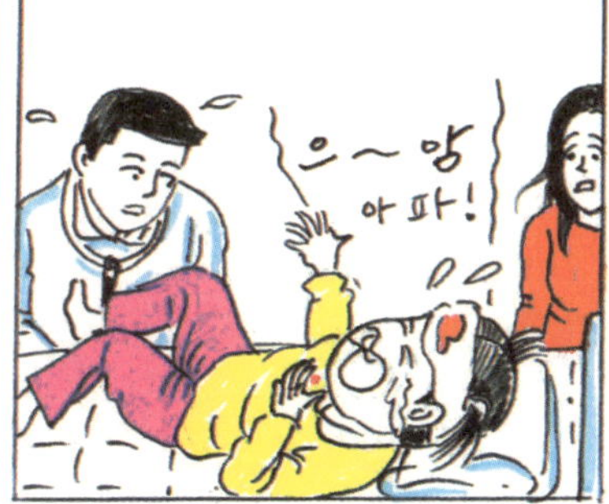

딸아이는 아프다며
숨이 넘어갈 듯 울었습니다.
으~앙
아파!

선생님, 빨리 치료해
주세요.
네, 접수창구에
접수하시고 오세요.

자세히 상처를 살펴보던
의사 선생님은 말했습니다.
천만다행이네요.
자칫 잘못했으면
눈을 다칠 뻔했어요.

울고불고 난리인 딸아이를
진정시키느라 진땀을 뺐습니다.
응~ 그래 아가~
금방 안 아파질 거야~
울지 마~ 착하지

마취 주사를 놓으면
잠이 들 겁니다.
그때 수술을 시작하죠.
으~앙~

무섭다며 버티는 딸아이에게
가까스로 마취제를 주사했습니다.
난 더 못 보겠어~
흑~

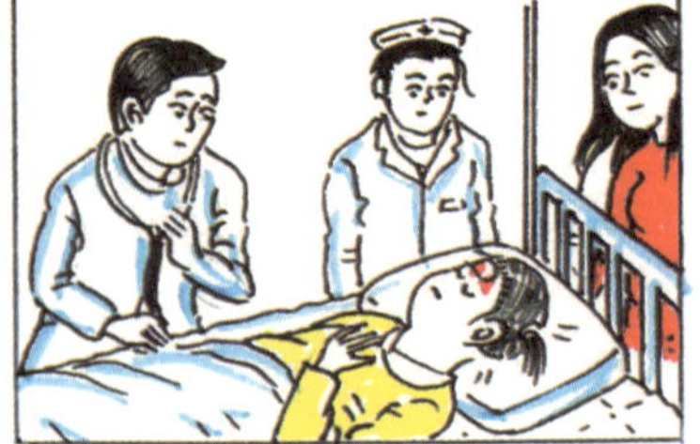
그렇게 20분쯤 지나자
고통을 호소하던 딸아이는
언제 그랬나 싶게 평온하게
잠들었습니다.

아내는 수술은 차마 못 보겠다며
제게 들어가 보라 했지요.
자기가 따라 들어가 봐.
난 무서워서 못 보겠어~

수술이 시작되었습니다.
찢어진 상처부위를 벌려가며
소독약으로 여러 차례
씻어냈습니다.

의사 선생님은 곧바로 딸아이의
이마를 한 바늘 한 바늘 깁기
시작했습니다.

뾰족한 바늘 끝이 어린 딸아이의
살을 파고들 때마다 내 가슴 또한
새까맣게 타들어 가는 듯한
아픔을 경험했습니다.

차라리 이 아빠가 대신 아팠으면
하는 생각에 가슴이 미어졌습니다.

30분이 넘어서야 수술이 끝나
대기실로 나왔습니다.

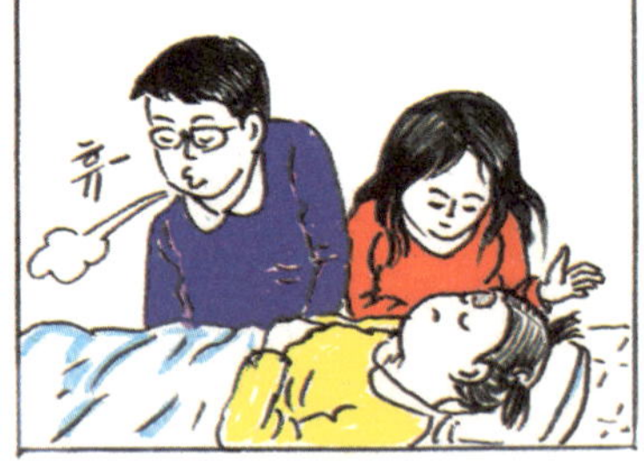
아무것도 모르고 잠든 천사 같은
딸의 모습을 보며 안도의 한숨을
내쉬었습니다.
휴~

내 몸이 아픈 건 견디겠지만,
분신 같은 하나밖에 없는
딸아이의 아픔을 보는 것이
더 큰 고통이란 걸
절실히 느꼈습니다.

문득 예수님이 떠올랐습니다.

하나님께서도 그런 마음이었을
거라고요. 외아들이신 예수님이
십자가에 매달리셨을 때
말이에요.

아마 그때 제 심정보다 수백 아니
수천 배 더 아프셨을 것입니다.

저희 사람이 무엇이건대 이렇게까지
하시며 구원해주시는지요.

다음 날, 날이 새자 카세트를
가져다가 재활용함에 버렸죠.
재활용

그날 이후 멀쩡한 물건을 서슴없이
버리는 사람들을 원망했습니다.
이런~
괘씸!

습관이란 참 고치기가 어렵죠.
쓸 만한 물건이 눈에 들어오면
그냥 지나치지 못하는 버릇.
두리번
두리번

그런 일이 있은 후, 6년이 지난
지금도 딸아이 이마에 있는 작은
흉터만 보면 그때 일이 생생하게
떠오릅니다.

아내는 주워오는 물건이 무엇이든
여전히 못마땅해합니다.
자기 그건 또 뭐야!
또 주워 왔지!
아냐!
휙!

이젠 딸아이까지 날 닮아가는지
학교에서 돌아와 가방을 열어보니
못 보던 물건이 보였습니다.
아빠! 이것 봐라 귀엽지?
그런데 누가 버렸지?

아뿔싸!
혜연아, 그거 버려~
엄마 보면 또 난리 난다.
히 히 히

숙제를 해야 한다며 책상 앞에 앉은
딸아이의 뒷모습을 보면서
나는 생각했습니다.

혜연아, 사랑한다.
그리고 아빠가 정말 미안해.
예쁜 네 이마에
상처를 남겨서...

화내서 미안해

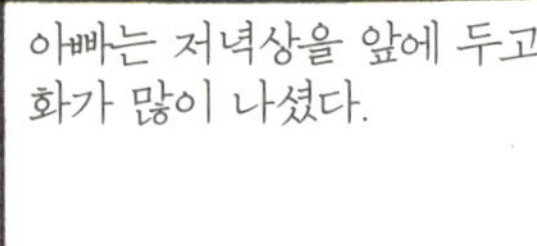

아빠는 저녁상을 앞에 두고 화가 많이 나셨다.

저이가 갑자기 왜 저렇게 저기압이야
그러게~ 엄마 오늘 조심해야겠는데. 분위기가 썰렁하네.

뭐가 못마땅해서 저러는 거야. 아~ 답답한 거 누가 말리겠어. 어른이 되어가지고 뚱~ 하기는. 말을 해야 알 거 아니야?

아빠가 화를 내신 까닭은 이랬다. 아빠가 카드로 물건을 사려는데 '한도 초과'라는 말을 들으신 것이다.

혜연은 아빠가 엄마에게 주라며 건네주신 취소 계산용지를 엄마에게 드린다.
엄마~ 이거 아빠가 보여주래.

헉!!

요즘 별로 안 샀는데.
엄마~ 뭐뭐 샀는데 그래?

침대
TV
냉장고
책상
엄마! 그게 별로야? 내가 보기에도 어마어마 하구만~

으~으~ 그럼 침대도 없이 맨바닥에서 자란 말이야? 냉장고는 10년이 넘어 고장이고 또 TV는 분위기 아니냐! 혜연이 책상은 쥐새끼가 다 쓸고~ 그래서 나보고 어쩌라고.

자기, 내가 물건 산 게 그렇게 못마땅해? 내가 사지 않아도 될 걸 샀나? 말해봐.
물건 하나 사려다 망신 당했잖아.

그때 분위기 파악 못 하고 나서는 혜연이.
아빠. 내가 돈 빌려줄까? 나 돈 많이 모았어. 대신 이자는 넉넉히 줘야 해. ㅎㅎ

이자고 뭐고 혜연이 너도 가만히 보면 낭비가 심해! 돈 생기면 쓸 생각만 하니.
아빠는, 왜 갑자기 나한테로 불똥이 튀어?

아빠 나 이제부터 돈 모을 거야 두고 봐. 저축해서 나중에 큰 부자 돼야지~

네 말을 누가 곧이듣겠니. 오늘은 이래도 내일 또 바뀔걸? 그래도 그 생각만은 기특하구나.
나도 허튼 데는 안 쓰네요~ 가전제품이야 어쩔 수 없이 샀지만.

말이 나와서 이야긴데 전에 살던 집이 그게 방이야? 방구석에 쥐새끼가 들어오지를 않나. 일 나갔다가 집구석 생각만 하면 들어오고 싶은 생각이 싹 가셔. 그게 방이야? 돼지우리지.
그럼 내가 돼지야?

그래~ 자기 맘 내 다 알지. 그것도 모르겠어? 화내서 미안한데 우리가 여태껏 어떻게 살아왔냐. 너무 힘들게 살았잖아. 앞으로 다가오는 노후도 생각해야지. 조금이라도 젊었을 때 아껴야지. 안 그래?

자기가 한 말은 다 맞아. 맞는데, 그래도 새집에서 새로운 맘으로 살려고 큰마음 먹고 준비했어. 이제부터 다시 시작하자 우리.
나도 잘 살아보자고 한 말이니까 이젠 화 풀고.

자기야, 그리고 혜연아. 사람의 욕심은 끝이 없어. 서 있으면 앉고 싶고, 앉으면 눕고 싶고, 누우면 자고 싶은 게 사람 심리야~
그건 그래~ 아빠.

화내서 미안해~
우리 높은 곳을 바라보지 말자. 그저 주어진 여건에서 행복하다고 느끼며 사는 게 장수하는 비결이 아닐까?

약

엄마는 요즘 들어 몸에 좋다는
영양제를 많이 드신다.
종합
비타민

이제부터라도 내 몸 내가 관리해야지,
누가 챙겨주겠어.
나이 먹어갈수록 뼈도 약해지고
합병증도 온다는데.

나이 많은 느그 아빠 뒷바라지도 하려면
내 건강은 내가 관리할 수밖에.

엄마는 약을 드시다가 내 입에도
틈틈이 넣어주신다.
자~ 먹어봐. 종합비타민이야.

엄마 나도 요즘 몸이 약한 것 같아.
툭하면 감기에다 컨디션도 영~ 안 좋아.
보기에는 튼튼해 보일지 모르지만 속은
그게 아닌 것 같아.
나도 약을 먹어야 할까 봐?

난 엄마가 매일 드시는 약에
관심을 갖고 설명서를
꼼꼼하게 읽어 본다.
감마리놀렌산?

달맞이꽃씨에서 추출한 엑기스라고,
글쎄... 달맞이꽃이 어떻게 생겼더라.
어디서 많이 들어본 이름 같기도 하고.
궁금한 것은 내가 못 참지.

인터넷으로 달맞이꽃에 대해
검색해 보았다.
어? 가만있자. 어디서 많이 봤는데? 그래!
시골 할머니 집에 갔을 때! 노랑나비처럼
넘 예쁘다.

그때 방에서 TV를 보시던 엄마.
과일로 만든 '홍초'가 몸에 좋다고
광고를 하자 갑자기 생각난 듯
혜연이를 불렀다.
혜연아

혜연아, 너 지금 마트 가서 홍초 한 병만
사올래?
응~ 그런데
홍초가 뭐야?

식초 코너로 가봐 그곳에 있을 거야.
모르면 거기 점원 언니한테 물어봐!
가면서 차 조심하고~
걱정
마셔.

그 후로 혜연이가 사온 홍초로
매일 아침저녁 입가심을 하신다.

아~ 이 새콤달콤하면서 쏴 하며 들어가는
목 넘김~ 뒷맛은 상큼하고 더 좋아!
이거 은근히 중독되겠는데?
엄마 맛있어?
나도 좀 줘봐.
엄마 약도
같이~

한참 건강하고 젊은 너까지 왜 그러냐?!
집에서 밥 잘 먹고 잘 싸고 잘 자면
다 건강할 것을. 엄마가 약으로 먹는
것까지 다 탐내니?

혜연은 은근히 엄마가 드시는
영양제에 관심을 갖는다.
왜일까? 어떤 불안감이 사람을
과민하게 하는 걸까?

어? 엄마 약이네!!

슬쩍 한 알을 입속에
털어 넣는데 엄마에게
들켰다.
앗!

으~으~ 엄마 봤어?
진짜 몸이 좋아지나 궁금해서!

요것아~ 애들이 먹을 수 있는 게 있고
어른만 먹을 수 있는 것이 있어.
그저 몸에 좋다면 무조건 먹으려는
너 같은 사람들 땜에
큰일이야.

사람마다 건강에 대한
호기심이 발동한다.

할 수 없이 엄마가 잠든 사이,
먹고 말아야겠다고 집착하는 혜연.

약병을 잡고...

결국 손에 넣고 만다.
한 알만 더 흐~흐~흐~
약은 꼭 필요한
사람에게만
약이 된다.

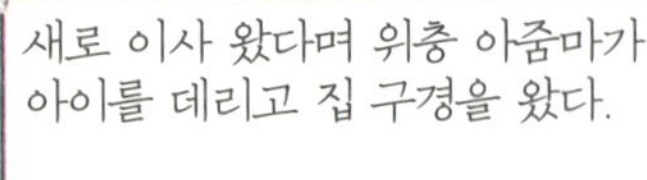
엄마는 내 거

새로 이사 왔다며 위층 아줌마가 아이를 데리고 집 구경을 왔다.

결혼 전에는 애들을 참 좋아했다. 그러나...

애 낳아 키운다는 게 보통 힘든 게 아니야~ 그런데도 낳아놓으면 저절로 크는 줄 안다.

언젠가 세 식구가 둘러앉아 이야길 나눈 적이 있다.

자기~ 애 하나 더 낳을까?

나이 먹고 주책이야!!

엄마!! 나 동생 싫어!

엉? 얘 좀 봐!

아이들 교육비 생각하면 혼자 벌어서는 어림도 없지. 맞벌이해야 하는데 아이는 누가 돌본담.

엄마, 우리나라는 어린아이가 점점 부족해진대.

그래 맞아. 어린이 수가 점점 감소해 앞으로 30년 후에는 국민의 수가 반으로 줄어들지도 모른다지.

어린이집도 이제는 국가에서 모두 지원한다며?

지원은 무슨~

그것도 나라에서 운영하는 어린이집이나 지원을 받겠지.

그래도 전보다는 애 하나 낳아 키울 만하지, 안 그래?

모르는 소리~ 옆집 애기 엄마가 그러는데 어린이집에 접수하고 기다리는 사람이 몇백 명이래.

유치원에 들어가고 싶으면 바로 들어 가던 우리 혜연이 키울 때가 좋았지~

헤-헤

덮어놓고 낳다가는 거지꼴을 못 면할 거야.

그래. 우린 딸 하나 있는 거 잘 키우면 되지. 뭐~

거지!

그런데 깨끗이 정리해놓은 새 침대 위에 올라가서 뛰는 위층 아이. 정말 미치겠다.

으 악

악몽 같은 시간이 흐르고 드디어 위층 아이들이 간다. 대놓고 야단칠 수도 없고 으~ 우리 집에 어린 애가 없길 천만다행이다.

엄마, 그래서 난 이 꼴 저 꼴 안 보고 혼자가 좋아!

우리 엄마는 내 거야~ 동생 있으면 뺏기잖아~

혜연아, 엄마는 아빠 건데?
아니야

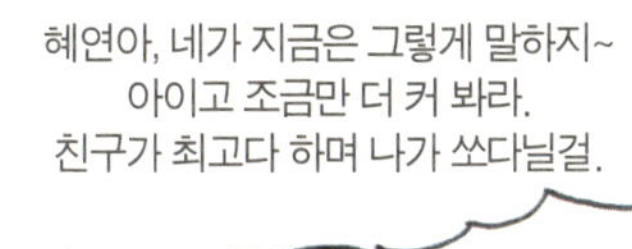

혜연아, 네가 지금은 그렇게 말하지~ 아이고 조금만 더 커 봐라. 친구가 최고다 하며 나가 쏘다닐걸.

엄마 아빠한테 말도 잘 안 하고 멋대로 행동하고 아마 배신하고 말걸?
엄마. 난 그런 일 절대 없어. 진짜!!

엄마는 내가 변할 걸 알면서도 믿고 싶었나보다.
크래!! 크게~ 정말이지~?

너 지금 한 말 아빠가 증인이니까 니중에 딴소리하지 마.

다른 집 아이들은 그럴지 모르지만 우리 혜연이는 절대로 안 그럴 거야, 그치?
믿어줘서 고마워~ 엄마. 역시! 우리 엄마 최고다.

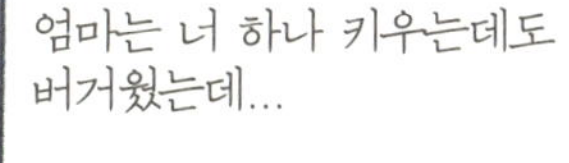

엄마는 너 하나 키우는데도 버거웠는데...
위층 아줌마처럼 3~4명씩 어떻게 키우냐. 그런 것 보면 참... 엄마는 위대하다.

길 다니기가 무서워

혜연아,
학교 마치면 집으로 바로바로 와.
요새 진짜 길 다니기가 무서워.
엄마, 난 친구들과 같이 다녀야겠네?
꼭 그렇게 해.
청소년이 모이는 PC방이 제일 위험하대.
범행 대상을 물색하기 쉬운 장소니까 말이야.
그래? 엄마!!
모르는 사람이 말 걸면 피해.
요즘 일어나는 사건이 아동유괴와 성범죄야.
알았어. 요것아?
조심해서 다녀!!
혜연이는 요즘 많은 시간을 혼자 지내다 보니 늦게까지 이곳저곳 다니는 일이 생긴다.
아는 아줌마 딸이 초등학생인데 늦게까지 연락도 없고 집에 안 들어와 경찰에 신고하고 난리 났었대.
그 학생 지금 찾았는지 몰라.
아무런 연락도 안 되면 그 부모가 얼마나 걱정하는지 자식은 모르지만 세상 부모들은 다 알 거야.
엄마, 그럼 그 학생도 나처럼 연락도 안 되고 게임에 빠진 거 아니야?
아이고~ 이것아!!
그때 그 일이 잘한 짓이다!
한 번만 더 그래봐라,
아빠 엄마 모두 너 안 봐!!
히~히~ 미안 쏘리~
이제는 엄마 몰래 PC방 안 가잖아.
좀 더 신경 쓸게~
극적
끄적
아니, 좀 더라니.
아직도 정신 못 차렸구나.
그걸 말이라고 해?
아니! 엄마 그럼?
나 같이 예쁘고 지적인 여자는
맘 놓고 밖에도 나다니지를 못하겠네?

그건 지극히 개인적인 네 생각이고. 어쨌거나 여자가 혼자서 늦게까지 돌아다니는 건 좀 문제가 있어!!

아니, 여자가 무슨 죄지었어? 범죄자를 엄하게 다스리고, 골목 구석까지 가로등 설치하고, CCTV도 더 설치하면 되는 거 아냐?

그리고 잘못된 것이 있어. 실종신고 하면 가출인지 모르니 조금만 기다려보자고 늦장 수사하는 거!!
그게~ 문제지~

너 말 한번 잘한다. 그저 입만 살아가지고!!
왜? 엄마, 내가 틀린 말 했어?

혜연이는 휴대전화를 만지작거린다.

그때 사이렌 소리가...
삐오~
도와주세요~
삐오
-삐오

그게 뭔데?
응, 이거? 기능 선택에 들어가면 긴급설정이라고 있어. 위급할 때 한 번만 누르면 돼.

엄마 번호를 지정해놓으면 바로 엄마한테 문자가 가.
문자가?

경보를 누르면 이렇게 큰 소리가 나서 주위에 도움을 받을 수 있는 기능이야!!
왜~엥-

와! 그거 대박이다! 엄마 것도 그 기능 있니?

나도 그 기능 설정해 놔야지. 미리미리 방지하는 게 좋거든.
...

엄마, 엄마같이 나이 든 사람을 누가 납치한다고 그래. 젊은 애들만 건드려.

아이가 늦게까지 안 들어오면
걱정부터 되는 게 우리들 엄마 마음이다.

아빠도 마찬가지다.
왜 진짜 마음을 두고 껍데기 말만 하는가?

그런데 막상 들어오게 되면
마음이 놓여 야단부터 치게 된다.

속마음을 전하라.

아이가 학교 갈 때도 시험 잘 봐라, 공부 잘해라
대신에 진짜 마음을 전하자.

그 다음에 하고 싶은 이야기를 하면
아이가 듣지 않겠는가.

가슴속에 간직한 꿈

용산 4구역 개발 때문에 30년 넘게 일하던 가게를 그만두고 지냈지요.

그러다 보니 벌써 내 나이가 오십이 넘어가더군요.

그때부터 찾아온 공허감과 우울함이 얼굴에 어두운 그늘을 만들었습니다.

답답한 심정으로 하루하루를 보내다가 우연히 석양 노을이 곱게 물들어가는 것을 보고

밖으로 나섰지요. 어둠이 찾아오는 세상은 슬픈 것 같았는데

붉게 물들어가는 석양에 아름다운 무지개가 떠오르고

어디선가 향긋한 보리차 내음이 심장을 파고들었습니다.

그때 알았지요. 아빠 키만큼 훌쩍 커버린 딸에게 밝은 행복을 줄 수 있었던 것이 얼마나 감사한지.

앞으로 내가 할 일이 얼마나 많은지 알게 되었습니다.

그리고 그동안 가슴속에 간직한 꿈이 되살아났습니다.

시간이란 화폭 위에 그림을 그리는 화가처럼 말입니다.

찜질방

오늘 우리 가족은 오랜만에
찜질방에 가기로 했어요.
엄마,
빠진 거 없이 다
챙겼어?
그리여~

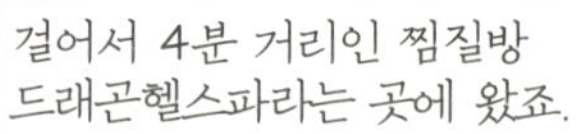

걸어서 4분 거리인 찜질방
드래곤헬스파라는 곳에 왔죠.

들어가는 입구는 전철 탈 때와
똑같이 표를 끊어 기계에 넣어야
통과할 수 있죠.
야~ 왼쪽에다
표를 넣어야지~

받아든 번호표로 사물함을
찾아가서 신발을 보관했지요.

딸아이는 제가 먼저 집으로 갈까 봐
걱정했나 봐요.
아빠, 끝나면 저기 소파에서 혜연이랑
엄마 기다려~ 도망가지 말고.
O.K.

잠시 후, 찜질복으로 갈아입고
4층 불가마 앞에서 만났어요.

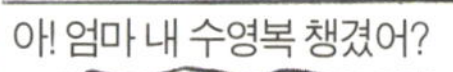

자기~ 왜 그리 오래 걸려?
혜연이 씻기느라 늦었지.
웬 놈의 때가
그리 많은지 몰라~

엄마~! 창피해~! 왜 큰 소리로 말해.
다른 사람 다 들리게.

처는 미안했던지 매점에 가서
매실주스와 계란을 사오더군요.
딸! 미안해
이거나 드셔.

아! 엄마 내 수영복 챙겼어?
수영장에서 논다는 애가
알아서 챙겨야지 꼭 엄마가
챙겨야 하니?
가져왔으니
걱정 마.

처는 혜연이와 내가 제일 싫어하는
불가마 안으로 들어가자고 말했죠.
자기도 쫌! 들어가서
땀 좀 빼라.
혜연이, 너도 같이!

이건 비밀인데요. 딸과 저는
뜨거운 것을 제일 싫어하죠.
그래서 뜨거운 음식도 잘 못 먹죠.

불가마
엄마, 먼저 들어가~ 나중에 들어갈게.

한참이 지나 땀을 닦으며 나오는 처에게 딸은 말했지요.

엄마~ 나 수영복 좀 입혀줘~ 수영장에 가서 놀게.
그래 1층 가방에 있어.

나는 혜연이와 함께 수영장으로 갔어요.

수영하러 들어가기 전 발로 물장구를 치며 딸은 정말 좋아했어요.
아~ 아빠 옷 다 젖어.
아빠~ 나 물속에 머리까지 넣을 수 있다!

그러다 끝내...
아니 쟤가 물 먹으려고. 왜 저래~

물을 먹고 말았습니다.
오 ─ 웩 ─
아 ─ 푸 ─

혜연아~ 물맛이 어때? 애들이 수영장에 오줌 싸서 맛이 좀 특이할걸?
오줌?

자~ 내가 당길 테니까 힘주고, 뛰어!
으라~
쑤─악─

그날 싸늘한 게 날씨가 좀 추웠죠.
혜연아 그만 들어가자~ 너 입술이 새파래.
아빠, 조금 있다 또 와서 놀면 안 돼? 재미있다~

저는 딸아이와 같이 처를 찾았는데, 처는 아주머니들과 둘러앉아 이야기하고 있었죠.
아빠~ 우리는 발 마사지하러 가자.

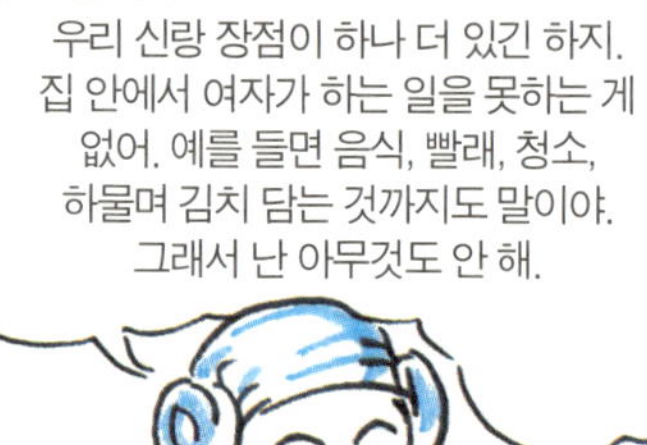

때로는 장점이 단점이 되기도 한다.

아빠 없이는 안 돼요

책상에 앉아 공부하던 혜연.
갑자기 형광등이 고장 났다.
깜빡~
캄~캄~

겁이 조금 났다.
엄마~
형광등 전구
나갔어~

곧바로 엄마가 내 방으로 왔다.
에그~ 손에 전기 올까 봐 무서워.
어떡하지? 이런 잡다한 건 모두
아빠가 했었는데...

개똥도 약에 쓰려면 없다더니...
느그 아빠가 딱 그짝이구나~
엄마~
왜 아빠가
개똥이야?

할 수 없다.
혜연이 네가 의자 위에 올라가는 수밖에.
엄마가 단단히 잡을 테니까.
올라가!

엄마~ 나 무서워.
생전 처음 해보는 거라서~
덜~
덜~
꽁

아슬아슬하게 의자 위에 올라가,
키가 조금 모자라 손에
닿을 듯
말 듯...
부들~
부들~

간신히 형광등을 잡고 빼는 순간...
딱~
흔들~
비꺽

아뿔싸~ 넘어지고 말았죠.
아악
쿵~

엄마의 육중한 몸과 양다리가
목을 짓눌러 숨이 막혀버렸죠.
살려줘~
헉~
아아
야

레슬링 목조르기 기술. 엄마의
몸무게가 그렇게 무거운지
그때 알았죠.
엄마!
항복~!!
엥

결국엔
부장님이
갈아주셨죠.
우리 아빠
없이는
안 돼요.

키워보셨으면 알 거 아녜요

우리 가족에게 최대 고민거리가 하나 생겼다.
기가 막혀 더 이상 할 말을 잃은 아빠.

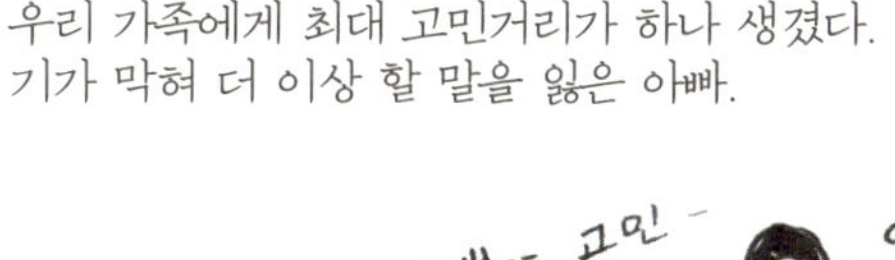

결국 이사했다.

일곱 살? 다섯 살?

엄마와 저에 관한 이야기입니다.
제가 일곱 살 때였습니다.

엄마와 목욕탕에 가기 전,
너 다섯 살이다. 알지?
물어보면 다섯 살이라고
해야 해?
전 참 싫었죠. 다섯 살 때쯤,
다리가 몹시 아파 저녁마다 아빠가
주물러 주셨던 기억이 있지요.
으ㅡ앙
꾸ㅡ꾹

거부할 수 없는 저는 그러겠다며
엄마와 약속하고 목욕탕에
갔습니다.

매표소 앞에 도착한 엄마.
어른 하나요.
대인 3000
소인 1000

아줌마 얘는?
아, 얘요?
다섯 살이에요.
대인 3000
소인 1000
아닌 것
같은데?

그러면서 엄마는 저에게
눈짓을 하는 것이었습니다.

전 무릎을 최대한 굽히며 말했죠.
저 다섯 살
맞아요.

아줌마는 영 내키지 않는
표정이었지만 들어가라고 했습니다.
대인 3000
소인 1000

엄마는 만족스러운 표정을 지으며
들어갔는데, 문제는 바로
그때부터였습니다.

엄마 다리를 계속 구부리고 걸었더니
너무 아파. 엄마 나 이제 다리 펼까?

근데 공기가 갑자기 이상해짐을
느꼈습니다. 아니나 다를까!

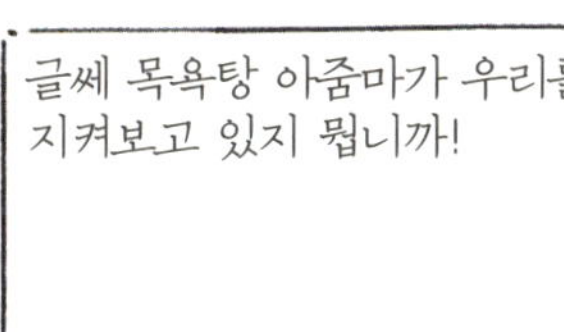

그 후로 엄마는 동네 망신이라며 다시는 그 목욕탕에 가지 못하셨고 더 후미진 목욕탕으로 갈 수밖에 없었습니다.

엄마와 전 그때만 해도 그렇게 뜻이 안 맞았습니다.

아저씨는 당연히 이상한 표정을 지을 수밖에 없었고

그리고 시간이 흘러 전 입학했고

전 풀이 죽어 집에 들어갔죠.

거실에 막 들어섰는데,
아빠 친구 부부모임이었는지
엄마는 가장 아끼던 옷을 입고
있었습니다.

평소와 달리 조용한 말투로 이야기
하시다 저를 친구분들께 이렇게
소개하는 것입니다.

공부하란 소리를 안 해도
지가 알아서 다 하고요(수다)...
혜연아, 인사드려야지.

혜연아,
그리고 따끈한 우유 한 잔씩
아줌마들께 타오렴.

아줌마라는 저의 대답에 엄마는
얼굴이 붉으락푸르락하시며
나중에 보자는 눈짓을 했습니다.

전 그저 시험을 못 보면 엄마라고
부르지도 말라고 하셨기 때문에
아줌마라고 불렀을 뿐인데...

등 뒤에 쏟아지는 엄마의 따가운
시선을 느꼈지만 전 무덤덤한
표정으로 부엌으로 갔습니다.

커피잔 다섯 개를 꺼내 분유통
속에 든 가루우유를 무려
네 스푼이나 넣고
(특별한 손님일 경우)

끓는 물을 부어 방으로 갖다드리고
제 방으로 들어왔죠.

그런데 밖에서 또다시 당황하는
엄마의 목소리가...

손님들이 다 가신 후,
전 정말 저분이 우리 엄마인가?

진짜 아줌마가 아닐까? 하는 생각이 들 정도로 호되게 혼났습니다.

왜냐고요? 다 먹은 분유통에 밀가루를 넣어둔 것을 모르고 우유라고 타갔거든요.
밀가루
분유
조심~
조심~

손님들은 아무리 저어도 녹기는 커녕 점점 반죽이 되니 얼마나 황당했겠어요.
?
꾸적~꾸적~

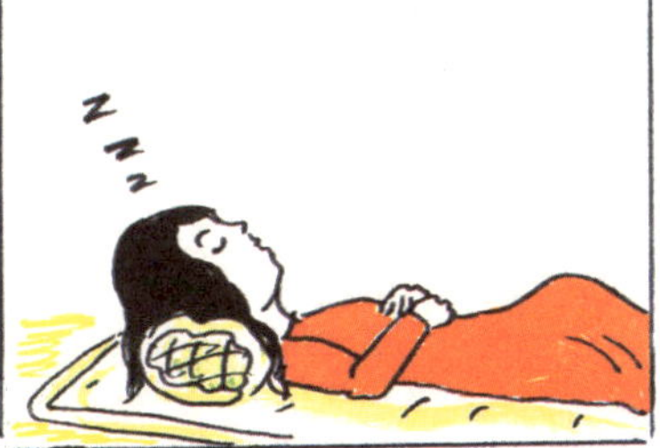

엄마는 손님 대접 후 피곤하신지 낮잠을 주무시러 방에 들어가시고...
ZZ

저는 싱크대 앞에서 무심코 서서 엄마가 사놓은 쟁반에 담긴 느타리버섯 한소끔을 바라보았습니다.

심심해서 만지작거리다 보니 그중에 하나가 꼭 '새' 모양 같았습니다. 그래서 좀 더 잘 만져봤죠.

그랬더니 영락없이 새가 웅크리고 있는 모습이 됐습니다.
에그~ 귀여워.

약간 장난기가 발동한 저는 곤히 낮잠을 주무시는 엄마에게 다가갔습니다. 물론 새 모양의 버섯을 들고요.
Z

엄마! 엄마? 일어나 봐.
엄마가 잠결에 눈을 게슴츠레 뜨시기에 저는 말했죠.
엄마! 우리 집에 새가 한 마리 놀러 왔어. 근데 죽었나봐.

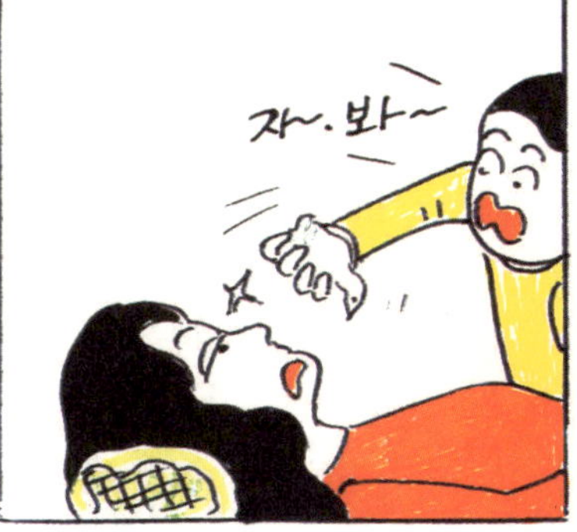

저는 엄마 코앞에 그것을 들이댔고
자~. 봐~

순간 엄마는 외마디 비명을 지르시더니(안 일어나시데요)... 기절하셨습니다.
으얏

황급히 세숫대야에 물을 가득 퍼와
엄마 죽으면. 안 돼~

엄마 얼굴에 쫙 뿌리자
아앙 엄마!
푸~아~

그제서야 엄마는 눈을 뜨시더군요.
엄마, 괜찮아?
멍

그날 전 버섯을 새라고 해서 엄마를 기절시킨 것과 물을 끼얹은 바람에 요, 이불, 문갑, 장판까지 피해가 막심한 것에 대한 대가를 톡톡히 치렀고,

저분이 정말 '아줌마'일 거라는 생각이 짙어 갔습니다.
바둑~ 바둑~
앙~ 엄마 다시는 안그럴게요~

하지만 엄마도 저 못지않게 실수를 많이 하셨죠. 평소 깜박깜박 잊기도 잘하시고,
?

말을 바꾸기도 능숙하시답니다.
내가 언제? 나 그렇게 말 한 적 없어.
이럴 수가!

예를 들면, 아빠가 가수 조동진의 노래를 좋아하셔서, 연습해서 모임 때 부르려고 엄마한테 부탁하셨죠.
자기! 이리와 봐~

자기, 들어올 때 조동진이 부른 '행복한 사람' 좀 사와. 거 잊어버리지 좀 말고.
응~ 알았어요

그러나 잠시 후, 엄마는 빈손으로 들어오면서
없대요.
왜 없어? 또 엉뚱한 노래 이름 댄 거 아니여?

아니에요 '행복한 사람' 이라며?
웬일로 제대로 이야기했네. 다 팔렸나?

자기, 알려면 좀 똑바로 알아요. '조동기'는 그런 노래 안 불렀대요.

어째 엄마가 노래 제목 제대로 외웠나 했더니 '조동진'이 '조동기'로 바뀐 거죠.
조동기는 몸 바쳐서~ 하는 논개를 부른 가수지. 어쩐지 잘 외웠다 했지...

이 밖에도 가끔 엄마는
리모컨으로 전화를 걸기도 하고

무선 전화기로 채널을 돌리기도
하지만 전 그런 엄마에게 뭐라고
한 적이 한 번도 없습니다.
불공평하게스리...

아파트로 이사 온 지 얼마 되지
않아서입니다.

엘리베이터에 올라 문이 반쯤
닫혔을 때, 뒤에서 어떤 아줌마의
목소리가...
잠깐만요.
같이 가요!
아 가 씨

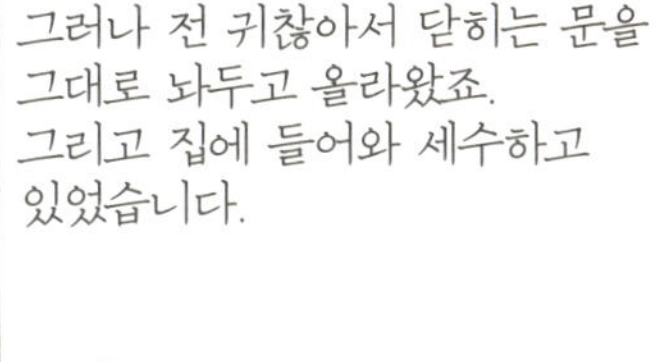

그러나 전 귀찮아서 닫히는 문을
그대로 놔두고 올라왔죠.
그리고 집에 들어와 세수하고
있었습니다.

푸-하

잠시 후 장에 가셨던 엄마가
들어오시며 신발을 아주
신경질적으로 벗으시면서
말씀하셨습니다.

나~참! 무슨 그런 계집애가 다 있어.
뉘 집 자식인지 아이고 알 만하네.

그것 좀. 같이 가자고 뛰어 오는데
그냥 가? 참...
그런 애, 며느리로 맞는 집은
정말 무섭다.

뉘 집 계집애의 장본인이 바로
저였습니다. 헤헤...

그 후 세월이 많이 흘렀습니다.
어제 제가 꼭 사고 싶은 것이
있다고 말했습니다.
엄마-
2만원. 이야.
꼭
사줘.

뭐? 2만 원씩이나 해?
얘가 미쳤어! 너?
제정신이야? 사지 마!!

다음날 새벽.
제가 잠들었을 때였습니다.

사랑하는 딸 혜연아.

학교는 잘 다니고 있겠지.

접견 왔을 때 엄마에게 들었는데 또 늦잠 자는 바람에 학교 안 간다고 난리가 났었다면서.

이제까지 한두 번도 아니고 그렇게 아침에 못 일어나니? 알람은 맞춰놓고 자는 거야?

네가 늦게 일어나는 이유는 단 한 가지야. '늦게 잠이 든다는 것.'

늦어도 10시에는 자야 아침에 피곤하지 않고 일찍 일어나지.

네 습관을 하나씩 고쳐나가 봐. 아빠는 네가 심히 걱정이다.

혜연이는 틀림없이 잘할 수 있어. 왜? 아빠 딸이니까.

오늘보다는 내일이, 또 내일보다는 모레가 더 나은 날이 되길 바라~

머지않아 너를 만날 수 있을까? 파이팅~ 아빠가~

2010.3.8.

우야노

어머니, 우체국이다, 검찰이다 하는 전화 오면 사기전화니까 무조건 끊어요. 아셨죠?

요즘 시골 노인네들 속여 통장에 있는 돈 다 빼 간다니까 어머님도 조심하세요.

걱정 마라, 며칠 전에도 어떤 사람이 전화해서 당첨됐다고 하기에 끊어버렸다.

몇 달 후. 어머니 생신날이었다.
어머님, 이번 생신에 여행이나 한번 다녀오시지요.

얘야, 여행은 무슨 여행이니. 에~그~ 이제 어디 나다니는 것도 귀찮다. 그러니 동네 사람 불러 밥이나 먹지 뭐.
예..

여보, 그러면 어머님이 찬물에 빨래하실 때가 많은 것 같던데 이참에 세탁기 하나 보내드리자, 응?
그거 좋은 생각이야.

그런데 다음날 세탁기 배달하시는 분이 배달하려는데...
이런 분은 처음이에요. 세탁기 산 일도 없고 필요도 없으니 그냥 끊자 그러시더라고요.

다시 전화를 걸어
자녀분이 배달시키셨어요.
했더니
어려운 사람이나 도와줘요.

결국 세탁기는 반송되고 말았다. 그래서 어머니에게 전화했다.
어머님, 저예요.

어머니 관절염 때문에 다리 아프신 거 같아서 제가 세탁기 배달시켰으니까 받으셔도 돼요.

이제 쪼그리고 앉아 빨래하지 마시고 세탁기에 빨랫감 넣고 휭 허니 돌리세요. 아셨죠? 세탁기 꼭 받으세요?

우야노, 배달하는 청년 고생만 시켰네.

쓰레기봉투 우비

오래전에 있었던 일입니다.
처음으로 생활쓰레기를
치우는 일을 했습니다.

마침 일하던 도중 장대비가
쏟아졌습니다.

우비가 없어 급한 대로
쓰레기봉투를 잘라 우비 대신
만들어 입었습니다.

리어카에 쓰레기를 차곡차곡
쌓고 나니 온몸이 땀과 비로
흠뻑 젖었습니다.

처에게 위로의 말이라도 듣고
싶었던 나는 효과를 더하려고
쓰레기봉투를 쓴 채
집으로 갔습니다.

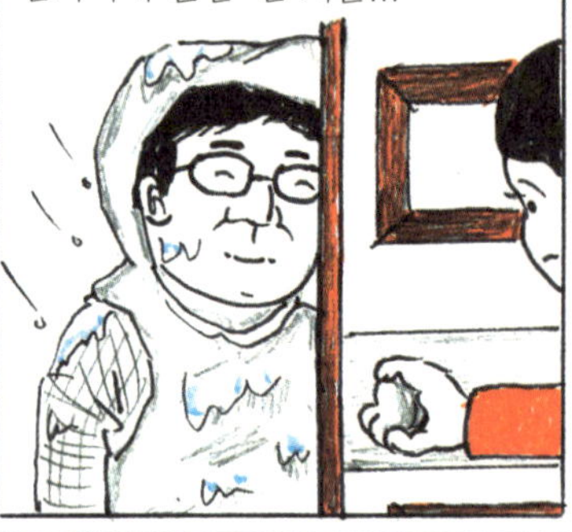
문 앞에서 나는 멈칫했습니다.
인기척에 문을 연 처는...

기대했던 위로는커녕 짜증에
몸과 마음이 얼어붙었습니다.
인정 없는 여자와 산다는 것이
불편했습니다.
배는 고팠지만
먹기 싫었습니다.

헌데 그 후 그날 일에 대해 처와
이야기할 기회가 있었습니다.

모든 것을 이해한 처는

지난날을 후회하는 처는

아내는 죄책감이 들었답니다.
쓰레기봉투를 쓰고 일하는

사랑하는 딸, 잘 지내고 있어?

오늘은 날씨가 무척 춥구나. 영하 16도라네.

뜻밖의 네 접견 소식에 정말 반가웠어.

보기에는 건강해 보였는데 마음의 상태는 어떤지 모르겠구나.

어쨌든 밝아 보이면 아빠는 마음이 조금 놓여. 학교 전학은 절대 안 간다고 선언을 했다며.

다른 곳으로 갈 리 없으니 공부나 열심히 하셔요.

혜연아, 무슨 일이든 너의 뜻을 분명히 밝혀. 미지근하게 끌려다니지 말고.

하기 싫은 것 억지로 하지 말고. '한다'와 '안 한다'를 분명히 해. 알았지.

사회에 나가서도 마찬가지야. 속의 말을 하지 못해 끙끙거리지 말고 당당하게 말하는 것이 좋아.

추운데 몸조심하고 사이좋게 잘 지내, 안녕.

2010.1.15.

너도 들어가서 살면 어때?

아빠가 지금 먹고 자고 하는 그 방에 너도 같이 들어가서 살면 어때?

우린 그렇게 웃고 떠드는 바람에 잠시나마 웃을 수 있었습니다.

이러시면 안 돼요

으~ 속 쓰려. 어젯밤에 내가 얼마나 마신 거야. 집까지 어떻게 왔는지 영~ 기억이 안 나네?
꾸ㄹ르륵

잠에서 깬 아빠. 문갑 위에 웬 술 깨는 약과 드링크까지...
술약
내복약 약국 약

속 쓰림에 어쨌든 마시고 본다.
벌컥~
벌컥~

식탁 위에는 국과 반찬이 놓여 있다.

이상하다. 어젯밤에 무척 화가 났을 텐데...
짝짝~퍼마셔~
불안~

식탁 위에는 쪽지가 놓여 있었다.

자기, 나 급한 일로 나갔다 올 테니 북어국 드시고... 나이가 있는데 몸 생각해서 마셔야지 걱정이 돼요...

혜연이에게 어젯밤에 무슨 일 없었느냐고 물었다.
아빠가 많이 취해 신발 신고 방까지 들어왔어.

그리고 거실에다 토하고 침대로 바로 올라갔지.
으 웹~
뚝뚝~

아니 그런데 엄마가 화도 안 내고 저렇게 평소보다 더 친절하니?

엄마가 아빠 바지를 벗기려는데 몸부림치면서...
아이~이쪽은 냄새. 벗고자~

아가씨, 이러시면 안 돼요~ 난! 예쁜 처와 자식이 있는 몸이라고요~

오늘은 눈이 온 끝에 제법 포근한 하루다.

홀로 힘들게 집안일 해가며 딸도 보랴 직장 다니랴 정말 고생이 많은 자기야, 미안하구나.

아무런 힘이 되어주지 못하는 무능한 아빠는 감옥에 꼭 갇혀 그저 생각밖에 할 것이 없구나.

피곤하고 지친 하루 일과가 눈에 보이지 않아도 알 수 있어.

늘 나에게 힘이 되어주는 자기, 정말 고마워. 내 평생에 너를 잊지 않으리.

사랑하는 딸 혜연이는 새로운 반에서 적응은 잘하고 있는지,

모든 것을 마음먹은 만큼 할 수 있겠냐마는

그래도 그 수밖에 없는 답답한 심정이다.

우리가 만날 그날을 기약하고 이만 줄일게. 사랑해~

2010.3.12.

선택할 힘

엄마 아빠가 없었다면 혜연이는 이 세상에 태어나지도 않았겠지?

나는 엄마 덕분에 빛나고 있다.

엄마의 그 깊은 속을 눈으로는 볼 수가 없기에...

겉으로 드러난 행동을 보고 느낄 수 있고.

말을 듣고 알 수 있는 것처럼 세상 이치가 그렇다.

나는 나의 마음을 모르겠다. 자신감마저 점점 잃어가고 지쳤다.

나의 속상함과 애절함은 나를 외롭게 버려두고 떠난 아빠에게 반사된 것이다.

이제는 따뜻한 봄. 혜연은 기분전환용으로 손톱에 매니큐어도 살짝 바르고

머리도 단정히 하고

가벼운 옷을 입는다.

엄마와 내가 다른 점은, 나는 나 자신이 선택할 힘이 있다는 것이다.
혜연아?
오늘 어디 가?

도착한 곳은 용산 시네마. 상영만을 고대했던 영화표를 받아드는 순간, 이 세상을 다 얻은 기분이다.

사사로운 꿈

오늘 13일 토요일은 처와 딸이 접견 오는 날이다. 부푼 마음에 면회를 갔다.

시간이 되어 접견실로 들어오는 두 모녀를 보고 너무 반가웠다. 눈빛만 보아도 무엇을 이야기하고 싶은지 알 것 같았다. 시작종이 울리자 딸 혜연이는 할 말이 많은지 이 말 저 말 앞뒤 없이 막 떠든다.

여하튼 기분은 좋다. 1년이 넘은 사이 훌쩍 커버린 딸. 또 처의 얼굴을 자세히 볼 수 있었다.

숱한 고생 속에서 전에 몰랐던 눈가의 잔주름이 역력히 보였다. 순간 마음이 아팠다.

짧은 10분은 순식간에 흘러가고 아쉬움을 남긴 채 문을 나가는 처와 딸아이의 뒷모습을 보면서

만감이 교차했다. 그래 만날 때까지 건강하게만 있어다오. 부탁이다. 15일 월요일부터는 재판이 시작된다.

승리를 기약하며 또 쓸게. 아빠~ 2010.3.13.

엄마와 나 1_ 사자성어

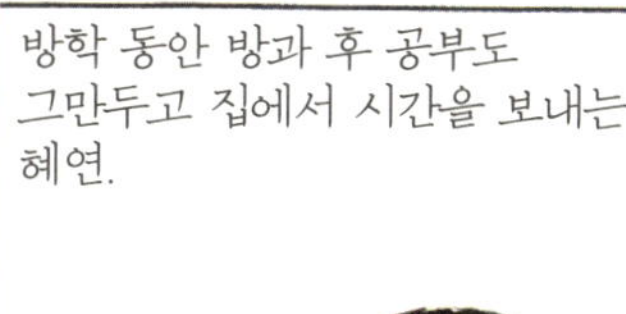

방학 동안 방과 후 공부도
그만두고 집에서 시간을 보내는
혜연.

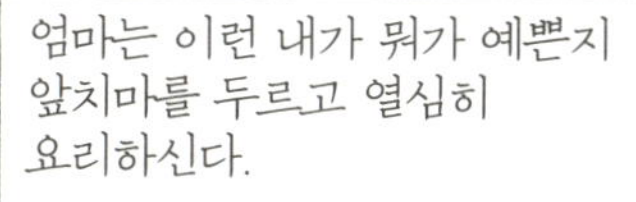

엄마는 이런 내가 뭐가 예쁜지
앞치마를 두르고 열심히
요리하신다.

엄마에게 요즘 좋은 일이 있는지
콧노래가 나온다.
엄마! 좋은 일 있어?

그럴 일이 좀 있어~

엄마랑 식탁에 마주 앉았다.

우리 딸! 호호~
엄마는 얼굴도 예쁘지만
요리도 잘하지, 그치?
응~? 그~그래~

이런 걸 네 글자로 뭐라 하지?
사자성어...

자화자찬?

아니. 그거 말고
다른 뜻으로.

과대망상?

폭발 직전에 이른 엄마가 소리쳤다.
아니!

'금' 자로 시작하는 건데 몰라?
어~ 그거~

엄마는 금상첨화라고
말하고 싶었나보다.

혜연은 알면서도
은근히 엄마를 놀리는 게
재미있나보다.

사랑하는 자기, 혜연아, 잘 지내고 있겠지.

날씨가 너무너무 추워. 어떻게 지내고 있니? 추운 방에서 떨고 있는 거 아니야?

자기야, 미리미리 준비해. 춥지 않게 지내야지. 혜연아, 방학인 오늘도 학교 다니느라 고생이지?

눈이 너무 많이 와서 길이 미끄러울 터인데 어떻게 했어? 모든 것이 다 궁금해.

요령껏 춥고 힘든 지금의 이 난관을 헤쳐나가길. 모든 것은 마음먹기 달린 것 아니겠어.

그러니 지혜롭게 잘 견뎌 봐. 아빠로서는 어떻게든 도움을 줄 방법이 현재는 없는 것 같구나.

아빠가 갈 때까지는 잘 챙기고 지내길 바라. 밖에 나들이 때는 항상 조심하고.

혜연아, 아빠에게 오기 싫으면 나중에 접견 신청할 때 와도 돼.

그 대신 우울하게 있지 말고 밝게 생활해야 해. 아빠가 하고 싶은 말은 그 말뿐이야.

다시 만날 때까지 학교 생활 잘하고 건강하게 잘 지내길.

자기, 방 온도 좀 높이고 겨울철 따뜻하게 보내. 감기라도 들면 더 고생이니까.

아빠가 혜연이랑 자기를 얼마나 많이 사랑하는지 알지? 또 보자. 안녕.

2010.1.7.

혜연아,
햄버거 너무 자주 먹지는 마세요.

엄마와 나 2 _ 질투

눈이 많이 내린 날 오후.
아빠를 만나기로 한 장소에 가려고
새로 산 신발을 신고
집을 나선다.

보통 때는 2분 정도면 가던 역.
20분이 걸려서 도착했다.
넘어지는 바람에 옷은 엉망.
4.지하철

눈이 온 관계로 대중교통은
콩나물시루 같았다.

옷, 머리 모두 엉망.
새 신발은 말할 것도 없다.

조심조심 걷느라 온몸에 땀이
범벅이다.

길에 나와 기다리던 아빠,
눈을 뭉쳐 눈싸움 장난을
친다는 것이 그만...
퍽!

여기까지 오는 중 가뜩이나
제정신이 아닌 상태인데.
어떤, 놈이야!!

너: 죽였어!
너도 당해 봐라!!

보복하려는 심사로
눈을 뭉치는 엄마... 이때...

까-당-탕

대뜸 달려가서
손을 내미는 아빠...
아니! 저인간이~

화가 난 엄마.

펑

질투심까지 급상승.

이게 대 놓고 한눈을 팔아! 너 죽어 볼래!?
아~ 아니야 자기! 너무 심하게 넘어져서 그냥 도와준 거야.
나도 모르게 순간...

엄마와 나 3
_ 닮은 성격

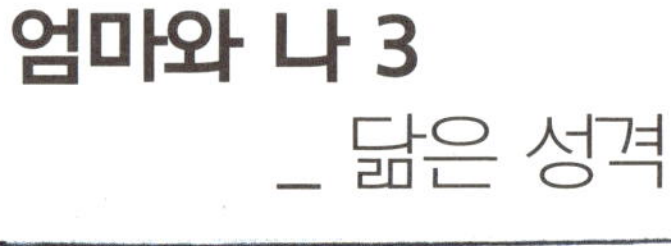

야! 친구! 너 그럴 수 있니? 나도 사정이 있어 그랬는데. 그걸로 그럴 수 있니?!! 어?

너! 성격 이제 보니 못됐구나!!

남다른 살기로 친구에게 악담을 퍼붓고

혜연은 전화를 독하게 끊어버렸다.

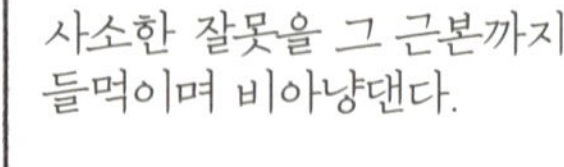
탁!

화낼 일도 아닌데, 나도 모르게 내가 왜 그랬는지 방에 앉아 곰곰이 생각한다.

화가 조금 가라앉자 민망해진다. 성격 탓일까? 스트레스 때문인가?

사소한 잘못을 그 근본까지 들먹이며 비아냥댄다.

노하기를 더디 하는 것이
사람의 슬기요.
허물을 용서하는 것이
자기의 영광이니라.
노를 품은 자와 사귀지 말며
울분한 자와 동행하지 말지라...

사랑하는 우리 딸 혜연이, 자기 잘 지냈지?

한동안 몹시도 춥더니 제법 봄이 온 것인 양 포근하네.

설도 지나고 나면 서서히 봄은 찾아오겠지. 아빠는 걱정을 조금 덜 수 있어.

그 추위에 힘들게 사는 자기와 딸을 생각할 때는 마음이 아팠는데 빨리 따뜻해졌으면 해.

행운과 불운의 쉼 없는 교차 속에서 날마다 한 걸음씩 내딛는 것이 우리 인생이 아닌가 생각해.

설령 순간순간 속상하고 괴로운 일이 많더라도 또 다른 내일이 우리에게 점점 다가옴을 깨닫게 해주며

먼발치서 걸어오는 봄의 정취를 예감하며, 또 나는 가족을 떠올리며 가슴에 차곡차곡 담아가고 있어.

나에게는 자기를 만난 게 행운이야. 늘 밝은 미소 잃지 말자.

우리 딸 혜연아. 왜 엄마 말 안 듣고 방을 지저분하게 하고 있어.

누구든 습관은 바꾸기가 어렵겠지만 혜연이는 첫째 방청소부터 깨끗이 하는 습관을 지녀, 알았지.

자기 또 쓸게. 안녕

2010.2.10.

맨발에 슬리퍼는 너무해

초등학생 딸을 데리고 집에서
10분 정도 떨어진 대형마트에
갔습니다.

갈 때는 운동 삼아 걸어갔지만

쇼핑한 장바구니가 무거울 때는
남편을 부르죠.

그날 마침 남편은 집에서 TV를
보다가 마트까지 차를 운전해
데리러 온다는 거예요.

잠시 후 남편의 차가 보였는데

차에서 내리는 남편을 본 순간,
좀 창피했답니다.

운동복과 헝클어질 대로 헝클어진
남편의 머리.

슬리퍼를 신고 온 것이
좀 당황스러웠습니다.

딸도 초등학생이라 옷차림에
신경 쓸 나이인데...

제 아빠와 눈도 마주치지
않으려고 하더라고요.

지나가다 아는 사람의 시선을
느끼고 있자니

우리 모녀는 순간 쥐구멍에라도
숨고 싶을 정도였습니다.

사랑하는 혜연, 연이야 잘 지냈어?

운동장에 눈이 너무 많이 와 모두 치우고 운동했어.

어느새 봄이 온듯한데 눈이 왔네. 혜연이는 또 지각하나? 어렵게 고생하며 지내는 딸...

네 스스로 뭔가를 할 수 있을 때쯤, 아빠에게 이런 일이 일어났다면 좋았을 텐데. 어쩌지.

아무것도 모르는 너희를 팽개쳐놓고 나만 여기에서 뭐하는 짓인지 모르겠다.

억울하고 분하고 또 원통하다.

혜연아, 아빠의 바람은 혜연이가 아빠가 없는 동안에 큰 상처만 받지 않았으면 해.

어쨌든 세월은 흐르게 되어 있으니까 또 만날 날도 머지않아 있지 않겠니.

그동안 건강하게 잘 지내길 빌게. 안녕. 아빠.

2010.3.24.

한 번 한 약속은 무덤까지

혜연이는 오늘 학교에서 시험을 봤다.
조 ー ー 옹 ー

으~ 엄마, 나 오늘 시험 망쳤어. 그러니까 엄마만 알고 있어?
이게 뭐야. 60점? 너 아빠 알면 난리 난다. 너 요즘 공부도 너무 안 하고 아빠한테 혼 좀 나야 해!!
수학

엄마가 진짜 그럴 생각이라면 나도 할 수 없지. 엄마의 비밀을 아빠한테 말할 수밖에. 그러니 말하지 마! 누구에게나 기본적인 프라이버시가 있는 거야.

이런 고얀 것이... 아무것도 아닌 일 가지고 분란 일으키려고 그래?

엄마~ 내가 다 봤어! 어떤 모르는 사람과 팔짱 끼는 걸 멀리서 내가 보고 증거를 남겨 놨지!
그게 아니고...

엄마, 그러니까 이번만 그냥 넘어가~ 다음엔 정말 열심히 할게, 응? 그리고 사진도 공개 안 할게~

이것아 그 남자는 친한 친구 동생이었어. 그냥 나한테 장난친 거야
그런데 언제부터 알았다고 뒷모습이 그렇게 다정해 보여.

혜연은 방으로 들어와 마음을 다잡는다.
어디 한번 두고 봐야지. 입이라도 뻥긋하는 날이면 그 사진을 빼서 아빠한테 보여줄 테야! 아니 아예 대문 앞에다 크게 확대해서 붙여놓을 거야!!!

혜연이 요놈. 별일도 아닌 걸로 아빠가 오해라도 하면 어떻게 하려고. 괘씸한 것 사람을 믿지 못하고 오해한다는 게 얼마나 무서운 일인데. 아빠한테 이야기할 만한 배짱도 없을 거야.

그날 늦은 저녁.
혜연아~ 치킨이다. 먹자~
와~ 엄마 최고! 웬 치킨이야?

그럴지 않아도 저녁 먹은 지가 오래되어 출출했는데 어떻게 내 맘을 알았어?
자갸. 어디서 샀어?

응, 전에 우리가 자주 사 먹던 총신대입구에 시장 있잖아~ 시장 좀 보다가 거기서 샀어.
어? 거기. 나랑 같이 가지 그랬어. 자기 최고.

아빠. 오늘 그럴 만한 일이 있었어~
오늘? 왜? 무슨 일인데?

아빠는 몰라도 돼. 너무 깊이 알려고 하면 다쳐!
야!

그때 '쫑알쫑알' 나불대는 혜연이의 입을 치킨으로 막아버린다.
야~야! 너는 먹으면서 뭔 말이 그렇게 많아!
흡!

자기 냉장고에서 맥주 좀 꺼내오지?
맞아~ 호호~
…

자~ 한 잔 따라봐.
엄마, 내 컵은 왜 안 가져왔어?
넌 안돼!

자기, 우리 건배 한번 해야지~
잠깐!! 나도 같이...

혜연이는 맥주 대신 주스를 컵에 따라서 한 몫 낀다.
엄마 아빠 내가 먼저 한마디 할게! "한 번 한 약속은 무덤까지 지킬 것!" 건배~
너나 잘해!.
짠~
위하여

자기야 신경 쓰지 마. 아무것도 아니야. 내가 자기 많이 사랑하는 거 말 안 해도 알지?

오늘따라 자기 왜 그래. 쑥스럽게스리~ ㅎㅎ
응, 아빠. 그럴 만한 일이 있어. 흐~ 흐~

이거나 저거나 화끈하면 그만

굶지 않고 살 빼는 방법은 없을까?
그때 인터넷에 다이어트 용품
'바디 슬리밍' 크림이
눈에 들어왔다.
(엄마 휴대전화로 슬며시 결제)
바디 슬리밍
바디슬리밍

크림이 배달된 그날 밤.
바르기만 해도 지방이 연소 된다고?
와~ 이거 좋은데.

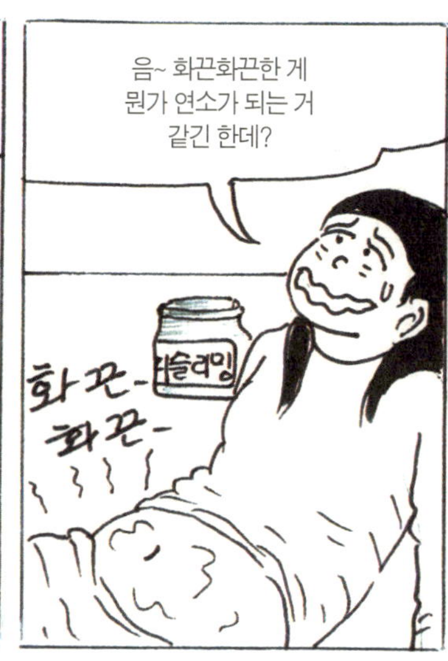

음~ 화끈화끈한 게
뭔가 연소가 되는 거
같긴 한데?
화끈- 슬리밍
화끈-

며칠 후...
엄마~
다녀왔습니다.

방에 들어온 혜연..
엄마가 아빠 등에 무언가
발라주는 걸 본다.

엄마,
뭐 해?
응,
아빠 등이 아픈데
파스가 떨어져서.
슬리밍

헉! 엄마! 그거 살 빼는 크림이야.
지방 연소시키는 거라고!!!
이거나
저거나 화끈하면
그만이지.

두 여자 싸움에 아빠는 운다...
난 파스를
바르고 싶다고...
이거든-
저거든...
엄마! 이건
안돼!!

잠깐 나갔다 올게

재개발 때문에 가게를 그만두고 쉬시며 운동이나 취미생활을 하시길 바랐는데... 아빠의 얼굴이 조금 슬퍼보였다.

혜연이는 아빠에게 너무 무관심했다. 나는...

아빠에 관해서 얼마나 알고 있을까?

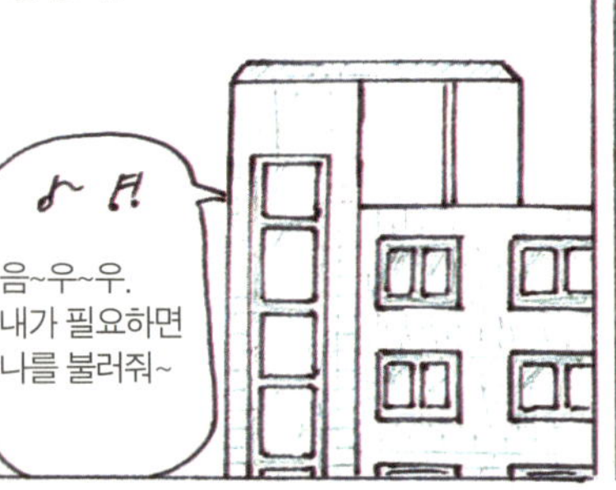

그러던 어느 날. 무슨 기분 좋은 일이 있는 듯 콧노래 소리가 들린다.
음~우~우.
내가 필요하면 나를 불러줘~

아빠의 얼굴에 유난히 미소가 넘쳐났다.
우~우

아빠!
무슨 좋은 일 있으세요?

모처럼만에 엄마와 데이트 약속이란다.
그냥, 약속이.

아빠는 엄마의 연락을 받고 나가셨다. 아빠를 본 엄마는 이렇게 말씀하셨다.
어디 가서 차 한 잔 하자고.

이마트 5층 도넛 집으로 갔다. 아빠가 좋아하는 도넛이었다.

엄마는 아빠의 외로움을 달래드리고자 마음을 쓰신 것이다.

누군가 만나고 싶지만 만날 만한 사람이 없을 때 직장에 나가는 엄마는 가끔 아빠를 챙기신다.
잠깐 나갔다 올게!
네.

나만의 운동 노하우

밥상을 앞에 두고 항문 조이기를 한다.
운동은 한 번만으로는 안 된다.
오랜 기간을 두고 꾸준히 하는 게
바로 노하우다.

품위와 민생고

오늘 아침 아빠는 아침밥을 드시지 않고 가게에 나오셨다.
혜연아, 배 안 고파? 너 먹고 싶은 게 뭐야?
피자!!

그때 엄마가 하시는 말씀.
피자는 배달시켜 먹으면 맛이 없어! 미스터피자가 제일 맛있지만 거리가 좀 멀어서 탈이지.
엄마, 그래?

혜연이는 거리와는 상관없다는 듯이 말 끝나기가 무섭게 전화를 한다 (참고: 엄마가 좋아하는 건 파인애플과 고구마 피자). 그런데...
여기 불고기 피자 L사이즈로요... 콜라는 대자로 하고 오이피클 꼭 주세요.

배달시키고 시간이 꽤 흘렀다.
한 시간이 다 되어가도 소식이 없다.
꼬르륵~

은근히 화가 난 엄마는
무슨 놈의 피자 배달이 이리 늦어. 왔다 갔다 해도 3번은 했겠다. 그것 봐! 가서 먹자니까! 말 안 듣더니.

한참 만에 피자가 도착했다.
헤헤~ 죄송합니다. 제가 오늘 첫 배달이어서 찾는 데 시간이 걸렸습니다. 거리도 멀고요.

그러나 혜연이가 좋아하는 불고기 피자는 안 오고. 엉뚱한 피자가 왔다.
으— 이게뭐야...

혜연아! 절대 다음부터 배달시켜 먹지 마!
깜짝아~

엄마, 아무리 그래도 그렇지 먹을 때는 개도 안 건드린대요.

어쨌든 배는 고픈 터라 단숨에 먹어치워 버렸다. 그러나 가게 안 분위기는 썰렁하다.
혜연아, 엄마가 왜 화가 났는지 알아?
쏙닥~ 쏙닥~
아니. 왜?

직접 가서 먹으면 일단 따끈한 피자가 나오지? 각종 야채샐러드와 분위기가 첫째거든. 엄마는 우아하게 앉아 품위 있게 먹는 걸 좋아해. 알아?
에게?

이해가 안 되는 혜연.
우아함... 품위... 배고파 죽겠는데 그딴 것들이 밥 먹여주나?

좋은 아이로 자라기를 바란다면
내가 먼저 좋은 엄마가 되어야 한다.

하지만 노래, 바느질, 도예교실은 있어도
엄마 학교는 없다.

밥 짓는 것을 배우듯
엄마 되는 법도
배워야 한다.
엄마 되는 법을 익혀
훈련되면 아이 기르기가
수월해진다.

아이를 보는 눈이 달라져서
아이랑 있는 것만으로도
행복해진다.

엄마가 행복해야
아이도 따라
행복해진다.

아이와 엄마는 딴 몸 한 그루이므로...

기억나니?

요즘 사랑하는 딸 혜연이는 가슴이 두근거리는 병이 생겼다고 한다. 늘 곁에서 함께했던 아빠가 자기를 버렸다는 예상치 못한 충격 때문이다.

혜연아~ 아빠가 그렇게 좋아?
응, 최고야~

혜연이는 그렇게 자랐다. 아빠 없이는 잠시도 견디지 못하던 아이였다. "아빠는 죄가 없단다, 조금만 참고 견뎌 봐~ 좋은 날이 있을 거야."

그래 네 심정 아빠는 안다. 네 마음이 아프면 아빠는 그보다 더하단다. 곧 만나겠지...

혜연아 넌 어릴 때부터 유난히 아빠를 졸졸 쫓아다녔지.

아기 때부터 가게에서 자랐기 때문에 집보다 가게를 더 좋아했잖아.

혜연아 그때 기억나니? 진열장 밑을 터서 방을 꾸미고 네 전용 TV까지 설치해, 먹고 자고 하던 때를?

그 좁은 구석에서 장난치며 놀기를 무척 좋아했어, 너는.

한번은 바닥을 온통 신문지로 깔고서 맨발로 뛰어다니며 굴러다녔지. 정들었던 가게와 아픈 이별을 하게 되어 안타깝구나.

아빠도 그 시절이 그리운데. 혜연이 네 마음은 어떨지 짐작이 간다.

너희와 이렇게 오랫동안 헤어져 있으리라고 상상이나 했겠니?

자본가 정권의 횡포로 정든 가게는 부서지고 추억만 남아 그 시절로는 다시 돌아갈 수 없게 되었어.

행복했던 그 시절로
다시 돌아갈
날이 있을는지
모르겠구나.

두 번째 이야기.

아빠의 편지

더 나은 세상

나 때문이든 타인의 잘못이든
52세 나이에 부끄럽게 구치소
라는 곳에 들어오게 되었다.

하늘이 무너지고 땅이 꺼지는
심정으로 경찰서로 연행되어
조사를 받았다.
서초경찰서
호송2

남들이 조사받는 것을 TV로 보며
안타까워했던 나였다.

그러던 내가 경찰관 앞에서
심문을 받고 있다니.
이곳에 나는 왜??? 이런 곳에
아~ 혼란스럽다.
진술서.

다그치는 경찰관 말에... 방금 전,
불구덩이 속에서 튀어나와
제정신이 아닌 멍한 상태인데다
주눅이 들어 고개만 숙인 채...
당신이 화염병 던져
불냈지?!!
아니요~

반론도 못하고 조사받고...
아니다 싶으면 조사관은...
당신이 던지는 걸 봤다는데
대질 한번 해볼까?!

나는 사흘 동안 잠을 못 잤다.
그저 눕고 싶을 뿐이다.
조사관이 무슨 질문을 하는지도
모르겠다.
저~ 커피 한 잔만 주세요.
도저히...

속전속결로 빨리 끝내고 싶은
마음뿐. 모든 걸 다 인정하고
죗값을 치르자는 심정으로...
제 진술이 다 맞습니다.
그대로 하시죠.

유치장에 갇힌 순간 폐소공포증이
있는 나에게 죽음의 그림자가
엄습해 다리가 휘청거렸다.

잠시 후 경찰관이
소지품을 내놓고
한 명씩 사진 찍으시오!

사진을 찍는 동안 철장 속을
쳐다보니 죄짓고 들어온 그들이
철장 안에서 개가 개장에서 주인을
쳐다보듯 눈을 크게 뜨고
귀를 쫑긋 세워 나를 주시한다.

잠시 후 나는 그들이 있는 방으로
이불과 베개를 받아들고 들어갔다.

방 안을 들어가면서 둘러보는데
여기 앉으시오.

자리를 배정해주어 자리에 앉자
무슨 죄로 들어왔나요?

묻는 말에 순간 모멸감을 느끼며
입을 닫고 말았다. 진정코 내가
한 일이 살인이라면
말을 했을 터...

국가의 공권력이라는 이름으로
무자비한 폭력을 휘둘러 다섯 명의
철거민을 불에 태워 죽이고도
모자라...

가까스로 살아 돌아온 나에게
살인자라는 낙인을 찍었다.

만신창이가 되어 모든 죄를
뒤집어쓰고 보니 어이 상실...
할 말을 잃었다.

며칠 후 기소되어 난생처음
구치소에 들어와 가슴이
두근거렸다.

이제 진짜
철창 속에 갇히는 신세가
되었구나...

절망과 갈등으로 머릿속이
꽉 차왔다. 그날부터 마음고생은
이루 말로 표현할 수가 없었고
하루하루 머리숱이 한 줌씩
빠져나갔다.

분하고 억울한 심정을 누가 알까.
저들은 마지막 양심이라도 있는
것일까?

절망적인 상황, 죽고 싶은
심정이었다. 구치소 방안에는
한 번에 목숨을 끊을 수 있는
물건은 없었다.

오직 하나 철장에 머리를 박는 것
외에는 아무것도 할 수가 없었다.

쿵

궁리하다가 동료를 쳐다보니

형씨, 불안해하지 마시오.
재판받고 교도소에 가면
편해질 겁니다.

경험자라고 위로를 하며 안심을
시키려고 좋은 말들을 했다.
위로를 많이 받았다.

마음의 안정이
제일 중요해요.

검사 조사받는 날이 되어 앞서간
사람들이 수갑을 차고

포승줄에 줄줄이 묶여 끌려가는
모습을 비약해 보면 도살장에
끌려가는 짐승 같다.

나도 차례가 되어 짐승같이 끌려가기 위해 포승줄 수갑 등을 채우는데 미워서 그런지
이거! 너무 꽉 조여! 피가 안 통하잖아! 통증이 심해! 좀 느슨히 해줄 수 없어요?

나는 갖은 욕설과 악담을 했다 (저절로 어금니에 힘이 들어갔다).

검사실로 올라가니 검사가 아닌 수사관이 또 비아냥거렸다. 그 소리를 들으며 일문일답을 하는데 정말로 그 순간에는 앞에 있는 놈을 때려죽이고 싶었다.

50이 넘도록 살며 사회에 봉사하고, 손님이 원하면 솔선수범하며 도와 칭찬받으며 살던 기억은 있으나 이런 일을 당하기는 처음이다.

과장된 조서를 꾸며 피해자가 외려 가해자로 진실이 왜곡되고 인간 이하의 취급을 받는 의례적인 조사에 분개했다.

죄인이기 전에 인간이 먼저라고 생각한다. 회개와 반성을 할 수 있는 형벌은 옳으나 억지로 죄인으로 몰아 죽음으로 이끌어가는 형벌...

한없이 죽고 싶었기에 자살할 도구가 있었다면 현재 이 글과 그림을 그릴 수 없었을 것이다.

처와 딸자식이 접견을 오가면서 내 마음도 조금씩 안정되어 가기 시작했다.
빨리 들어와~ 아빠 벌써 와 있어.

접견을 마치고 방까지 돌아오는 동안 글썽이는 눈물로 계단이 흐릿하게 보였다.

방에 들어서자...
누가 왔어요?
처와 딸이요.

동료의 얼굴을 보니 슬픈 모습이 보였다.
마음을 가라앉히고 징역 살 준비를 하세요. 형이 확정되고 '공장출역'하면 안정될 겁니다.

동료는 나를 위로했다.
여러 가지 자격증도 도전하시면서 자기 징역 자기가 살아가면 금방 지나가요. 너무 마음 쓰지 마시고 마음을 편히 가지세요.

위로하는 말이 고마웠다. 징역이 무엇인지 아무것도 몰라 실수를 연발하며 하루하루를 살았다.

아~ 이 기나긴 세월을 어떻게 극복 할까...

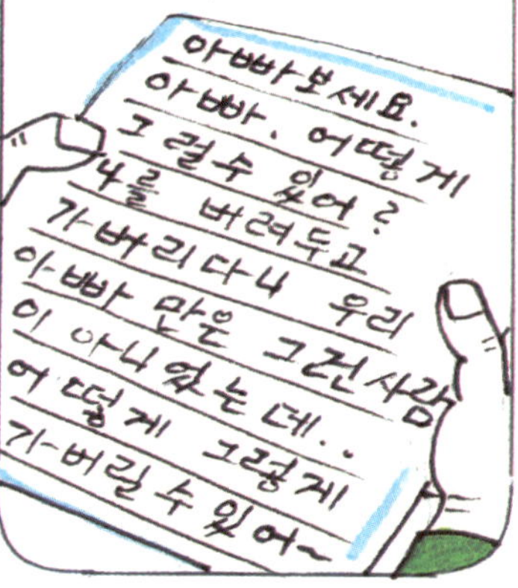
처음으로 받은 딸의 눈물로 쓴 편지. 빼곡하게 써 내려간 사연.
아빠보세요.
아빠, 어떻게 그럴수 있어?
나를 버려두고 우리 아빠 만은 그런사람이 아니 었는데..
어떻게 그렇게 가 버릴수 있어~

우리 아빠는 나를 혼자 내버려두고 그렇게 떠날 사람이 아닌데..
아빠 보고싶어 혜원이
넘. 힘들어 이모든 일들이 믿겨지지 않아
조금씩 안정이 되는가 싶더니 딸의 서신을 읽고 나니 미안하고, 처의 서신을 보고 죄송하고, 또 한 번 절망의 늪으로 빠지는 자신을 생각했다.

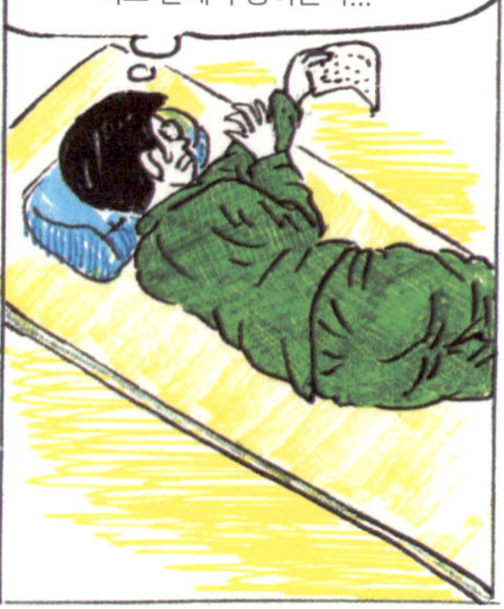
'법'이란 것이 정말 정의를 어느 선에서 정하는지...

전에는 법에 관심도 없던 나였지만 이제는 지켜야 한다는 걸 절실하게 생각해 본다...

더 나은 세상이 내 앞에 펼쳐질 것이라는 걸 기대해 본다...

소망

한때는 오색 단풍으로 자태를 뽐내던 단풍잎도 땅바닥에 뒹구는가 싶더니만

어느새 첫눈이 내려 아카시아 나뭇가지에 소복이 쌓여 한 폭의 동양화를 보는 듯 아름답다.

15척 담장 속에 영어의 몸이 된 나에게 찾아온 친구들이 있다.

동물과 벌레들은 소중한 벗이 되기도 한다.

철옹성 같은 담장 안으로 들어와 함께 살아갈 수 있는 것은 극히 제한적이다.

수형자들과 친구가 되어 동고동락하는 종류는 기껏해야 고양이와

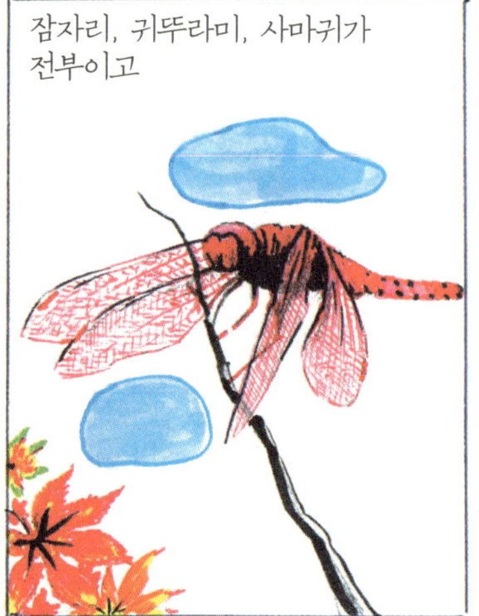

잠자리, 귀뚜라미, 사마귀가 전부이고

이따금 길 잃은 까치와 까마귀, 참새가 담장 너머로 왔다 갔다 하며 날아다닌다.

하루하루 변화를 추구하는 일부 수형자들은 애정 표현을 고양이와 비둘기에게 제일 많이 한다.

애정이 너무 지나쳐 고양이의
배는 땅에 끌릴 정도이고

비둘기는 시도 때도 없이 창가에서
울어댄다. 어떤 때는 너무 지나쳐
밉기까지 하다.
꾸르륵
꾸르륵

이렇게 하루하루가 똑같이 흘러
간다... 삶에 지쳐 점점 무뎌져만
가는 기억 저편에서 오늘의 나를
잊지 않기 위하여 기억하려 한다.

지난날 공권력의 살인 만행으로
내가 매주 겪어야 하는 만남과
이별, 사랑하는 처자식의 그리움
때문에 생긴 마음의 상처...
흔적들...

하루빨리... 기다리는 가족의
품으로 돌아가야 한다는 간절한
소망뿐이다.

밀물과 썰물처럼 만나고
헤어지는 게 우리의 삶이라지만

MB식 살인정권에 의한 헤어짐은
결코 아니지 싶다...
진정한 민주주의가 이 땅에 뿌리
내리길 고대해본다...
그리고 진실은 꼭 밝혀질 것이다.

지금 이 시간을...
나의 지난날을 더듬어 볼
소중한 순간으로 기억하자.

나는... 오늘도
이 어둠의 터널 속에서
고뇌한다...

사랑하는 딸 혜연에게

혜연아! 우리 딸도 아빠 많이 좋아하지?
아빠는 네가 아빠를 좋아하는 것만큼의
백 배... 아니 천 배 더 사랑한단다.

아침에 잠에서 깨어 옷을
입는 것은 희망을 입는 것이고,
살아서 신발을 신는 것 또한
희망을 신는 것임을 다시 한 번
절감하는 요즘이란다.

사랑하는 딸 혜연아!
비록 절망의 그늘에서 상한
사랑을 줄 수밖에 없는 못난
아빠지만 오늘의 고통을 견디고
이기면 반드시 희망찬 새날이
밝아올 거야.

절망의 그림자가 제아무리
크다 해도 이 아빠는 가족이라는
희망이 있기에 감사한 마음으로
살아가고 있단다.

이렇게 살아서 숨 쉬고 있음에
얼마나 감사한지 모르겠구나.

혜연아, 지금의 우리 삶이 결코
물러설 수 없는 벼랑 끝이라
해도, 우리에게 힘을 주시는
주님께 감사하고

늘 불평불만 하기보다는 긍정적인
생각으로 살아가는 우리가 되길
바란다.

혜연아! 아빠의 엄지손가락이자
최고의 작품인 우리 딸!
그래, 건강하지?

먼저 하늘을 향해 두 팔을 벌려
주님께 감사하다는 말씀부터
드려야겠구나. 그치?

우리가 헤어지고 첫 접견...
그리움에 울고... 보고 싶어서
울고... 큰 충격으로 울고...
헤어짐의 아쉬움에 울었던 그
귀중하고 소중한 시간을 아빠는
잊을 수가 없구나.

무엇보다도 우리 혜연이가 아빠
목을 두 팔로 감싸 안고
"아빠! 사랑해"라고 했을 때
아빠는 기뻐서 울었고
또 미안해서 울었단다.

우리 혜연이가
"아빠! 힘내, 파이팅!" 했을 때
아빠를 위로하다가
엉엉 울었던 그 시간을
어찌 잊을 수가 있겠니?

혜연아! 쓸모없는 바윗덩어리가
조각가의 손을 거쳐 작품이 되기
까지 인고의 시간이 필요하듯이
우리 인생의 모양도 어느 날 갑자기
만들어지지는 않는단다.

지금은 우리 모두 마음이 아프지만
시간의 흐름 속에 아빠가 우리 딸
혜연이 앞에 설 때는
성숙한 모습으로 서 있겠지?

다시는... 다시는... 우리 딸의 손을
놓지 않을 것을 약속한단다...

혜연아! 인생이라는 경주에서는
가장 빠른 자가 이기는 것이
아니라 실패한 그 자리에서 가장
빨리 일어나는 자가 승리한다고
했단다.

그래, 아빠 역시 넘어졌다가
일어섰다고 생각하고 열심히 뛸
생각이란다.

혜연아! 누구에게나 크고 작은
꿈이 있잖아? 그치?

아빠 딸...
예쁘고 착하게 커줘서 정말 고맙고 사랑한다.

그럼 다음 서신 때까지 파이팅이다!

아자!
아자!
우리 딸! 파이팅~~!!

혜연이를 사랑하는 아빠가

2010.3.21.

아빠! 우리 꼭 여행가요

예쁘고 귀여운 딸 혜연이가 태어났다.

나는 다짐했다. 걸음마만 하면 어디든 데리고 가리라.

100일이 지나고 돌만 지나면 혜연이를 데리고 어디든 가리라...

그래 아직 어리니까 혜연아, 초등학교만 입학해라...
돌 잔 치
첫 돌

그럼 아빠가 산이고 바다고 세상 어디든 데리고 가리라.

걸음마를 했고 초등학교 5학년이 되어도 딸을 아무 데도 데려가지 못했다.

이제는 딸이 내게 이야기한다.
아빠! 출소하면 우리 꼭 여행가는 거다. 응? 약속.
약속 "꼭"

사랑하는 딸 혜연아. 아빠가 정말 미안하구나...
그래... 우리 꼭 약속하자.
징1

감옥에서

마음속에 한시라도
잊을 수 없는
사람.
김혜연.

생각만으로도
눈시울 붉게 하는
너무나도
그리운 사람.
심연.

그렇게 사랑하는 내 딸 혜연에게
이해와 용서를 바라며
아빠의 간절한 마음을 전한다.
항상 처음이란 것이 어색하고
부자연스러운가 보다.

너무도 떨리고 긴장되는구나.
지금 아빠가 있는 곳은 감옥이란다.

이곳에 아빠가 왜 있는지 어디서
부터 설명을 하고 이해를 구해야
할지 잘 모르겠다.

하지만 구태여 이유를 대라면 수만
가지 이유를 댈 수 있을 것 같다.

하지만 부질없는 수많은 이유보다
단 하나, 분명한 사실은

지금 이 시간 너를 무척 사랑하고
이해를 구한다는 사실이다. 너를
생각하면 하루에도 수없이
억장이 무너지고.

눈물로 흐려진 눈 속에 혜연아!
너의 모습이 너무나도 선명하게
보여...

혜연이가 걸음마를 시작한 지
얼마 안 되었던 어느 겨울날.

함박눈으로 온 세상이 하얗게
뒤덮이고 설경이 너무나도
아름다운 날이었지.

아빠랑 엄마랑 너랑 이렇게
셋이서 눈싸움도 하고.

아무도 걷지 않은 눈길에 아빠가
처음으로 발자국을 만들면 그 발자
국을 따라오는 너를 보면서
즐거웠고

너보다도 훨씬 큰 눈사람도
만들고 재미나게 놀던 때가
생각난다.

사랑하는 딸 혜연아! 앞으로 네가
살아가는 데 있어 외롭고 슬프고
아프지 않도록 든든한 길잡이가
되어주겠노라고

굳게 다짐했었는데 모두 물거품이
되어 버렸네. 어쩜 좋으냐.

미안하고 미안해...
지금 이 아프고 저린 가슴을
그 어떠한 말과 글로
표현할 수 있겠니.

지금 곁에서 부모로서 넉넉한
눈길 한 번 제대로 주지 못하고

초라하기 그지없는 모습으로
그저 고개만 떨군 채

가슴이 새까맣게 타들어가는
안타까움에 하염없이 눈물만
흐르는구나.

사랑하는 딸
혜연아...

네 엄마가 그러더라...

모든 게 악몽이었다,
생각하고 훗날을
희망하면서 살자고.
그렇게 다시 살면
된다고.

하지만 네가 사춘기를 겪으면서
아빠 때문에 괴로워하고

그 괴로움 때문에 결국 못난
이 아빠를 원망하고 증오하게
될까 봐 그게 가장 두렵고
무섭다.

혜연아, 네가 꿈속에서 아빠의 가슴을 놀이터 삼아 놓고 가길 바라는 마음에
이를 악물고
마지막 눈물마저
참아본다.

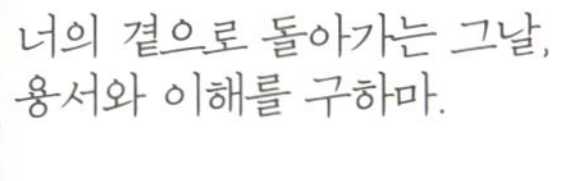

지금 난 혼자 떨어져 있기 때문에 티격태격 싸울 일이 없어졌습니다.

짜증을 낼 일도 없고 전화도 할 수 없으니 전화해야 하는 일도...

이 밖에도 여러 가지 이유가 없어졌습니다.

왜냐하면 난 지금 혼자이기 때문입니다.

근데 이상한 건 시간이 너무 많이 남는다는 것입니다.

아무 할 일이 없어진 그 시간에 자꾸만 처와 딸이 생각나는 것입니다.

왜일까 생각해보니 이제는 혼자이기 때문인 것 같습니다.

사랑하는 딸 혜연아.

너 본 지가 꽤 오래된 것 같구나. 그립구나. 잘 지내고 있지?

비싼 얼굴 한 번쯤은 보여줘야지.

잘 있어.

안녕. 아빠가~

아빠는 혼자다

접견 온 처의 얼굴에서 전에는 못 봤던 눈가의 잔주름을 발견한 나는 마음이 많이 아팠다.
자기 운동하고 나온 거야?
응 그런데 자기 좀 피곤해 보여. 어디 아파?

나? 요즘 좀 힘들고 피곤해서... 마음도 우울하고...
그게 무슨 말이야. 왜 우울해?

혜연이가 공부에 별로 관심이 없는 것 같아 일을 나가서도 딸이 걱정되는데다, 딸이 가끔 엉뚱한 짓을 해 엄마 속을 썩인다고 한다.

직장은 나가야 하고, 사춘기에 접어든 아이 비뚤어질까 봐 걱정도 되고. 어렵게 얻은 딸 잘못될까 봐 걱정이야.

앞으로 생활해나갈 일이 막막하기만 하다.

그러지 말고 칭찬을 많이 해주고 더 사랑해주고, 우리에겐 딸 하나밖에 없잖아.

그리고 남에게 해코지하는 일만 빼고 혜연이가 하고자 하는 건 될 수 있는 한 다 해줘.

애들이 떼를 쓰고 삐뚤어지는 데는 그만한 이유가 다 있으니까. 그런데 엄마들은 알면서도 실제로는 여유 있게 대처하지 못해.

그래 나도 알아. 엄마인 내가 먼저 더 많은 관심과 사랑을 보여줘야겠지.
잘 생각했어, 자기. 혜연이의 행복이 곧 우리의 행복이니까...

나쁜 길로 한 번 잘못 들어서면 불 보듯 뻔하잖아. 헤어나기가 얼마나 어려운데. 착한 딸 혜연이는 잘할 거야. 너무 걱정하지 마.
약속하면 그때뿐이니 어떻게...

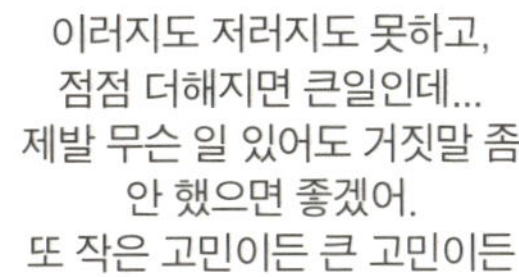

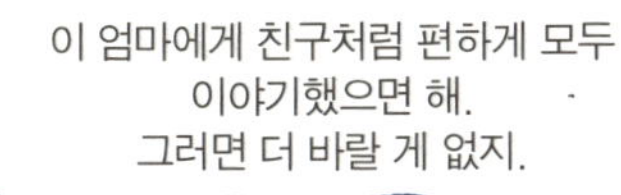

얼마 있으면 이사를 한다고 한다.

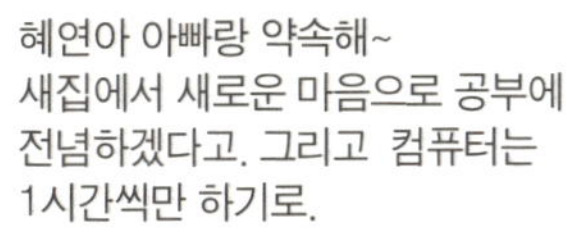

서로의 반쪽

사랑하는 딸 혜연이에게.

찬 공기가 맴돌며 대지를 얼리더니
어느덧 봄의 문 앞에 서 있구나.

아침저녁으로 일교차가 심하니
특별히 감기 조심해야 해.

콜~룩~

아빠는 엄마와 너만 생각하면
갑자기 안개가 낀 것처럼 시야가
흐려옴을 눈물로 절절히
전해주고 싶구나.

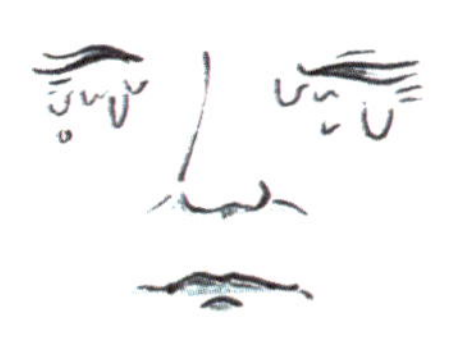

지금까지 살아오면서
너에게 최선을 다하지
못한 후회까지 더한다면
그 눈물의 양은 더
많아지고 말겠지.

봄을 기다려야 한다.
이 못난 아빠는 마지막
이 추위가 더 길고 추운
계절이 될 것 같다.

한 달, 두 달, 한 해... 그저 헛된 시간만 보내는
것은 아닌지. 되새겨보면서 비록 감옥 안이지만
죽은 시간이 아닌 희망과 기회의 시간이
되었으면 하는 생각에 지금 주어진 상황에
좀 더 최선을 다하고자 노력하고 있단다.

아빠는 지금도 눈을 뜨고 있어도
감은 것처럼 어둠 속을 걷고
있지만 그래도 엄마와 혜연이
네가 있기에 아빠는 희망의 끈을
놓지 않고 있단다.

그래서 오늘 하루도
최선을 다하고자 한다.

사랑하는 딸 혜연아!
이번 장접 때 접견실에서 키도
더 크고 의젓하게 우뚝 선 네
모습을 보면서 그동안 아빠가
너희에게 무관심했던 것 같아
마음이 너무 아프다.

지금까지 함께하지 못한 지난
시간과 앞으로도 많은 시간
볼 수 없다는 사실이
아빠가 더 힘든 이유이다.

정말 아빠로서 네게 면목이 없구나.

아빠는 우리 딸이 뭐든지
잘할 거라 믿는다.
지금까지 아빠가 곁에 없어도
이렇게 늠름하게 자라준 것을
보면 아빠는 너무 기쁘단다.

쪽

사랑하는 딸 혜연아!
앞으로 살면서 힘든 시간이 많을
것이다.

하지만 우리 가족은 엄마를
중심으로 너와 사랑이란 끈으로
연결되어 있기 때문에 어떤 시련이
와도 잘 극복할 것이다.

사랑하는 딸,
그리고 소중한 사랑 심연아.

하루하루 최선을 다해 살다 보면
그 삶이 쌓여 행복하고 아름다운
인생이 되는 것이란다.

비록 지금은 곁에 있지 못하지만
아빠는 항상 네 마음속에 있단다.

그래서 너와 함께 숨 쉬며 너의
분신이 되고 싶단다. 지금까지
엄마 말 잘 듣고 성실하게 살았던
것처럼 앞으로도 기대에 어긋나지
않을 거라 아빠는 믿어 의심치
않는다.

천둥 번개가 치면 세상이
금방이라도 무너질 것 같지만
조금만 더 기다리면 밝은 하늘이
나타나듯 곧 좋은 세상이
올 거란다.
찍
번

혜연아 공부는 왜 해야 할까?
지식만으로는 세상을 살 수가
없단다.

하지만 머릿속이 비어 있으면
그 사람은 결코 슬기로운 삶을
살 수가 없지. 다음에 아빠가
널 만날 땐 정말 멋진 너의
모습을 보고 싶구나.

항상 아빠는 널 위해 응원하고 있을게...
엄마는 아빠의 반쪽이고 너는 엄마 아빠의
반쪽이라는 것 명심하고.
우리 서로 상대의 반쪽을 위해 열심히 살자꾸나.
파이팅. 아빠가~
2010.5.8.

작은 희망

하늘의 색이 점점 푸르게 바뀌어가는 것을 바라보며 깊은 생각에 잠겨봅니다.

1년 반이 넘는 세월을 담장 안에 묶인 채 보내는 수인의 몸이지만.

제 마음속 깊은 곳에는 뜨겁게 타오르는 정열과 온유하고 밝은 내일의 희망이 있습니다.

2009년 1월 20일. 처음으로 구속되었을 때는...

저도 절망의 그림자에서 벗어날 수 없었습니다.

구속 전, 저에게는 사랑하는 아내와 사랑하는 딸아이가 있었습니다.

가족과 함께할 때는 그저 행복한 시절이었습니다.

딸아이의 앙증맞은 애교를 온몸으로 느끼며...

사랑하는 아내의 치마폭에 싸여 행복만을 누렸을 제가...
왜 이렇게까지 되었는가를 생각해보았습니다.

개발 정책에 반대하며 생존권을 지키기 위한 투쟁 과정에서 나의 권리를 찾고 싶었습니다.

그러나 무자비한 공권력의 살인적 만행에 무참히도 짓밟히고 말았습니다.

구속된
후에도
저에게
최대의 희망은
가족이었습니다.

그러나 희망은 한 마리 새처럼 나의
품을 떠나 날아가 버리고 말았습니다.

한 달, 두 달, 한 해, 시간이 흐를
수록 제 마음은 어쩔 수 없는 현실
속에서 무뎌져만 갔습니다.

자유를 잃고 갇힌 삶은 그나마
참을 수 있었지만.

시간이 흐를수록
아내와 딸아이가
보고 싶을 때
볼 수 없는 것이
너무나 괴로웠습니다.

내 권리를 찾겠다는 게 그렇게도
큰 잘못인가. 그에 대한 죗값은
너무나 가혹했고, 대참사를 일으킨
이 정부를 원망도 많이 하였지만

모든 게 나의 운명이거니
생각하곤 했습니다.

그래서 앞으로 절대 죄짓지 않기로
다짐하고 또 다짐했습니다.

흘러간 시간은 단 1분 1초도 되돌릴
수 없음을 깨달았기에 하루
24시간을 잘 활용해서 새로운
희망을 심고 있습니다.

6:20   기상
7:00   조식
9:00   점검
12:00   점심
5:00   점검
5:30   석식
9:00   취침

그리고 지금 비록 아내와 딸아이를
멀리 두고 헤어져 있지만

용산역

언젠가는 다시 만날 수 있을 거라는
작은 희망을 품고 매일매일을
견디고 있습니다.

나에게 희망을 안겨준
심연, 김혜연.
너희를 정말 사랑한다.

차가운 내 인생

내 인생은 지금 차가운
칼날 위에 서 있다.

그냥 그렇게라도 서 있으면
되는 줄 알았다.

누가 밀치면 베어지고 말 인생...

내가 있는 이 감옥은 차갑더라도
강물 속 고요함처럼 그렇게
살면 되는 줄 알았다.

이러다가는 남은 내 삶이 언젠가
얼음 같은 인생이 되리라.

그래도 조용히 살다 보면
그때가 오리니.

봄이 오면 얼음 같은 세상은
온데간데없는데 차디찬 내 인생은
어디로 가고 있는 것일까.

어디선가 따뜻한 바람이
나를 녹여줄 때까지
그냥 있으면 되는 줄 알았는데.

나 이제 스스로
따스한 바람이고 싶다.

2010년 나의 가을

알 수 없는 그리움에 잠긴
내 하늘이 여기 있구나.

그리움에 가슴 부푸는 내 호수가
여기 있구나. 풀 이파리가
가벼이 떨리고...

귀뚜라미의 고운 음성이
가늘게 퍼지는 가을밤.

불러보는 사랑하는 내 가족.
그 이름이 한없이 그립기만
한데...

나는 어쩌자고 언덕 위에
홀로 서 있는 마음인가?

2010년 나의 가을은 무언가
알 수 없는 그리움에 가슴은
터질 것만 같고...

이 슬픈 계절이
또 하나의 그리움을
만들어주는 가을인가보다...

2010년 가을은
가슴이 너무 많이 아프다.

사랑하는 내 딸

5월의 햇살은
넓은 작업장에 가득 찼다.

햇살이 닿으니 떠다니는 먼지조차
사금파리처럼 반짝거리는 것이
마치 부유하는 작은 별 같구나...

5월의 영광은 이렇게 더러운
것조차 빛나게 하는 생명의 힘으로
가득한가보다...

이 아빠가 혜연이 너를 생각할 때가
꼭 그렇다.

눈을 감고 너를 떠올리면 뭔지
모를 충만함이 온몸을 감싸는
듯하고 입가에는 나도 모르는
사이에 미소가 걸린다.

이 못난 아빠가 엄마와 네 곁을
떠난 지도 2년이 넘었구나.
2011
5
6

오랜 세월이라 말해도 전혀
부족함이 없을 만큼 그 긴 시간은
참으로 많은 것을 변하게 하였다.

아빠 이마의 깊은 주름은 원래
부터 그 자리에 있었던 것처럼...
아빠 마음의 주름도 자연스런
흔적이 되어버렸다.

재롱도 떨고 새침데기였던 네가
어느새 초등학생이 되었구나.

훌쩍 자라버린 너를 볼 때면
세상 무엇보다도 자랑스럽고
고마우면서도, 고마운 만큼이나
미안함과 안타까움도
함께하는구나.

이 아빠는 긴 세월 갇혀
세상을 그리워하며 지난날을
생각해본단다.
아빠는 너에게 미안하다는
말밖에 할 수가 없구나...

지난밤 꿈에 너와 함께
행복한 시간을 보냈단다.

비록 꿈이지만 얼마나 생생했던지
영원히 깨지 않았으면
좋았으련만...

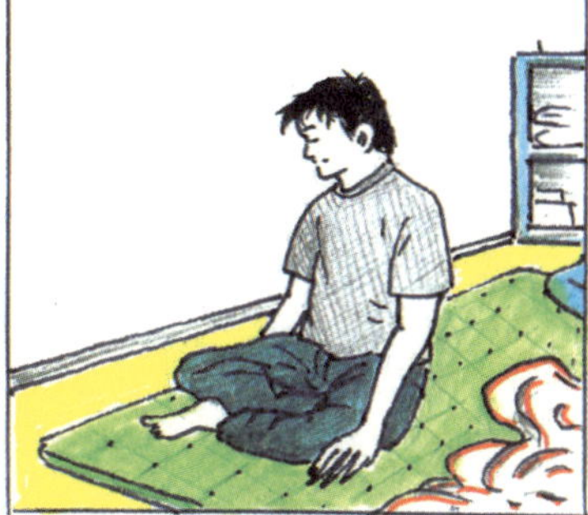
새벽 6시 기상소리...
야속한 아침은 어김없이 찾아와서
다디단 아빠의 꿈을 깨워놓고
말더구나. 잠을 깨서도 한참을
멍하니 앉아 있었다.

아! 이렇게 너를 또 가슴에 품고
하루를 시작하는구나...

얼마나 시간이 더 지나야
내 가슴속에 있는 혜연이,
너와 함께 감옥을 나가게 될까?
꾸역-
꾸역-

그날이 오기는 오는 걸까 싶어
마음이 무거워진다.

아빠는 요즘 많은 것을 깨우치고
있단다. 갇힌 것이 벌이 아니라
그리운 것이 벌이라고 생각한다.

하루를 보내면 하루만큼의
그리움이 쌓여,
그렇게 삼백예순 날이 지나면
그 삼백예순 날 만큼의
그리움이 쌓여 가슴을
내리누르는 아픔...

이 모든 것을 감내해야 하는 것이
아빠의 판단 실수, 그 대가라는
생각이 자주 드는구나.

그래서 아빠가 너에게 간곡히
하고 싶은 당부가 있다. 감옥
안에서 이렇게 세상과 너를
그리워하지만 너만은 밝게
생활해주길 바란다.

이제 얼마 지나면 중학교에 가게
되겠지.

좋은 친구 사귀고 너만큼이나
자랑스러운 친구들도 만날 테지?
착한 친구도 사귀고 방황의 아픔을
겪지 않기를 간절히 바란다.

지금 너에게 좋은 아빠가
되어주지 못해 마음이 아프지만

너는 지금 네 옆에 있는 엄마와
잘 지내렴. 세상의 어떤 엄마보다
소중한 혜연이, 너를 낳아준
엄마잖아.

그리고 넌 아빠 엄마보다 더 나은
딸이 되어 주었으면 하는 것이
아빠의 당부다. 착한 너라면
그러리라 믿는다.

사랑하는 딸 혜연아! 계절의 순환은
아빠에게 큰 위안이 되는구나.

그래서 마침내 돌아갈 날이 온다면 아빠의 남은 인생은 혜연이 너와 네 엄마에게 헌신하고 못 다한 일들을 마무리하고 마감하는 것이 아빠의 간절한 소망이다. 그 소망을 위해 기도하고 또 기도한다.

꿈속으로의 여행

딸아이의 손을 잡고
아내와 한여름 더위를 달래려
붉게 물든 산길을 걷는다.

이것저것 고르는 어린 손에
큼지막한 나뭇잎이 바람에 날린다.

한참을 쪼그려 앉아 고르더니
결정을 했는지 해맑게 웃으며
단풍잎 3개를 들고 온다.

모양별로 단풍잎의 주인을
가리킨다.

단풍잎을 들고 천진난만한
모습으로 엄마와 내 손바닥 위에
올려주며 마냥 행복해한다.

식구들과 서서히 오르는 가을 산은
그 정경만큼이나 마음이 포근하다.

산의 정상을 오른다는 벅찬
기대보다 내가 사랑하는
사람들과 같이

한 발 한 발 같은 길을 거닐 수
있다는 것이 행복이라는 것을
느껴간다.

문득 거닐던 산길을 오르다 누가
먼저라 할 것 없이 멈춰 섰다.

가을바람에 우수수 떨어지는
낙엽들...

바람에 실려 멀리멀리 날아가는
낙엽을 바라보며 멍하니 서서
잠시 생각에 잠긴다.

우리가 살아가는 인생은
다 똑같을 수 없다고

조용히 세상을 살아가며
그 자리를 맴돌다 생을 마감하는
사람이 있는가 하면

바람에 멀리 날아가는 낙엽처럼
하염없이 움직이지만

어디에 삶의 목표를 두고
살아가는지도 모르게 다가서는
곳이 자기 인생이라는 것이...

어쩌면 짧은 그 순간에 그 생각이
들었는지 모르겠지만

나는 지금 어떤 길을 가고 있나
고민에 잠시 빠져보았다.

문득 고개를 들어 정면을
쳐다보니 밝게 웃으며 빨리 오라는
딸아이의 손짓이 보였다.

생각은 발을 옮기기 시작하며
차츰 사라지고

가족들이 손 흔드는 곳으로
뛰어가 딸아이를 안아 번쩍
들어 올리며 하늘을 보았다.

하늘엔 낙엽 속에 빛나는 햇빛이
우리 주위를 밝게 맴도는 것 같았다.

나 혼자만의 느낌이라도 나름
행복했고 우리 가족을 밝게
비춰주는 것에 정말 감사했다.

자연이란 참 아름답기도 하지만
또한 많은 질문을 던지고
그 질문에 답하며 많은 생각을
하기도 하는 것 같다.

한 걸음 한 걸음 발을 내딛으며
오르다 보니 어느새 중간쯤
도착했다.

잠시 발길을 멈추고 맞은편 산을
보았다. 아름다웠다.

하나님의 위대하신 힘에 다시
한 번 고개를 숙이게 된 계기였다.

뒤따라온 딸과 아내도 어느덧
내 옆에 서서 반대편 광경을 본다.

산행하며 힘들었던 표정은
사라지고 해맑은 눈을 반짝이며
감탄사를 연발했다.

행복한 표정을 짓는 모습으로...

그리 잘 배우지도 못해 음악 쪽은
문외한이지만 이런 광경 속에
잔잔한 클래식이라도
울려 퍼진다면 모두 매료될
분위기였다.

힘들어하는 딸을 등에 업고
아내에게 힘내자고 파이팅 해주며
그렇게 아름다운 산길을 걸었다.

정상에서 더없는 아름다움을
만끽하며 서로 얼싸안고
행복해했다.

감동의 시간은 이제 그만.
금강산도 식후경이라 했다.

아무리 아름다운 배경으로 배를
채웠다 한들 뱃속에서 꼬르륵
하는 소리가 나자...
꼬르륵~

식구들 서로가 눈치를 보다 모두 똑같은 모습과 소리에 하하 호호 하며 배를 잡고 웃었다.
ㅋㅋ
하하
ㅎㅎ

새벽부터 준비한 음식으로 붉게 물든 단풍과 시원한 바람을 벗 삼아 행복한 식사를 하며...
아빠, 아~
음~ 맛있다. 하하하~

볼이 터질 듯하다. 내 생애 정말 행복한 식사였다.
자~ 혜연아, 너도~ 하하.
호호호.

식사를 마치고 자리에 누워 팔베개를 해주고 하늘을 보며 대화를 나눴다.
아빠.
응.

아빠는 너무 일이 많아. 아빠랑 게임도 하고 신나게 놀고 싶은데...
아빠가 좀 그랬었지?

아빠는 내가 잠잘 때 들어오고 그러고~ 응~

일어나 보면 벌써 일하러 나가 버리잖아.

엄마는 집안일 하느라 바빠서 많이 못 놀고. 나 심심하고 외로워~

열 살 어린 나이에 벌써 외로움을 안다고?

응, 알지. 혼자서 노는 거지 뭐. 아빠와 엄마는 바쁘니까~

아이 입장에서 느끼는 이 외로움은 맞을 것이다. 신경을 쓴다 쓴다 하면서도 정말 중요한 것은 챙기지 못했다.

일에만 몰두하다 보니 모처럼 가족 나들이에서 딸아이에게 호된 꾸지람을 들었다.

가슴에 딸아이를 꼭 안고 약속했다.
혜연아, 미안해~ 다시는 아빠가 우리 딸에게 미안하다는 소리 안 나오게 너와 엄마에게 신경 많이 쓸게~

그동안 너무 외롭게 해서 미안하다. 사랑한다. 내 새끼 미안해... 미안해...

나는 딸의 머리를 쓰다듬으며 눈물을 흘렸다.

한없이 흐르는 눈물을 훔칠 때쯤 눈을 서서히 떠보니 꿈이었다. 모두가 꿈이었던 것이다.

주위를 둘러보니 이곳은 사방이 콘크리트벽과 철창으로 가로막힌 교도소였다.

꿈속에서처럼 산길을 거닐 수도 없고

딸과 팔베개를 하고 누워 자연을 응시하지도 못하는 곳이다.

눈을 뜨고 꿈이었다는 것에 마음과 몸이 무겁고 힘들어졌다.

하지만 딸과 꿈속에서 한 약속 때문에라도 이를 악물고 버텨내야만 한다.

그리고 꿈속인들 어떠하리. 내가 사랑하는 가족들이 해맑게 웃고 있는 모습을 볼 수 있었는데.

난 행복한 놈이라고 자신을 달래본다.

이제 남은 수감생활 마감 잘하고...

지난날보다 더 성숙한 가장으로
가족에게 돌아가자.

꿈속에서처럼 모두 웃는 나만의
가족을 이끌어가려면 교도소란
곳은 한 번으로 족하다.

가족의 모습을 꿈속에서만 보는
것은 사절이다.

실제로 둥글게 마주 앉아 행복한
가정의 새싹을 피우고 싶다.

이 꿈이 나에게 충고가 되고
앞으로 해야 할 일을 가르쳐준
정말 행복한 꿈속 여행이
된 것 같다.

꿈속의 가족과 산속에서의
나들이였지만 그 기분만은
바로 옆에서 함께
느낀 것 같았다.

그리고 문득 딸을 안아 머리를
감싸던 내 오른손 바닥을
펴보고 주먹을 쥐며 다짐했다.

내 앞에 놓인 일들. 다 잘될 거라고...

사랑하는 내 가족을 위해 새로운
삶의 출발을 다짐해본다.

소중한 가족을 위해
값진 꿈속의 여행을 한 것 같다.

그러나 이제는 꿈이 아닌
그날을 위해
남은 수감 생활
최선을 다하리라...

손잡이

아주 오랜 옛날입니다.
버스를 타고 중학교에 다니던 시절.
어느 봄날 오후에 있었던 일입니다.

학교가 파한 후 집으로 가려고
헐렁한 하복에 어린 티가
가득한 모습으로 친구들끼리
삼삼오오 모여 버스가 오기를
기다리며 놀고 있었지요.

한참 만에 버스는 비포장도로
위로 먼지를 가르며 도착했고
끼익~

모두 버스에 올라탔습니다.
부그등~
31

버스에 올라타니 이웃동네 아줌마와
모르는 아저씨, 그리고 우리 동네
할아버지 할머니 부부 등이 적당히
후미쯤에 자리 잡고 계셨습니다.

그때 동네 어르신 한 분이 저를
보고 물었습니다.
이제
핵교
끝난겨?

전 그렇다고 하면서 어르신께
인사를 드리고 뒷자리에
앉았습니다.

털털거리며 달리는 버스 안에선
뚱뚱한 안내 누나의 목청 좋은
"오라이", "스더업"이
되풀이되었고
오-라-이~

종점이 다가오자 차장누나는
동전을 짤짤거리며 앞에서부터
요금을 받기 시작했습니다.

왔다리 갔다리 하며 요금을 받는
차장누나.
와~ 재주도 좋다.
앞으로 한 발짝. 뒤로 두 발짝.
이상한 박자로 지르박 추듯
어떻게 저리도 중심을
잘 잡을까?
사뿐
사뿐

돈을 꺼내는 모습도 제각각... 동네
할머니께서는 치마를 한 꺼풀 걷어
올리고 요상한 주머니에서 돈을
꺼냅니다

"

한 아주머니는 외출할 때 꼭 쓰고 다니시는 수건을 머리에 두른 채 장에 갔다 오시는 모습으로 돈을 지갑에서 꺼내는 것이었습니다.

한마디로 전형적인 시골 버스 풍경이었습니다. 늘 그러하듯 반복되는 일상의 일들이었습니다.

그러나 사건은 이때 일어났습니다. 이윽고 제 앞까지 차장누나가 다가왔을 때였습니다.
벌떡-
뒤뚱-

전 아래 바지주머니에서 동전을 꺼내려고 일어나 손잡이를 잡았죠. 그런데...
뒤척
뒤척

갑자기 버스가 급정거하는가 싶더니 이내 앞으로 '확' 나가지 뭡니까! 사건은 버스가 잠깐 멈췄다 가는 것이 전부가 아니었습니다. 문제는 저를 향해 서 있던 차장누나가 순간적으로 일어난 이 일로
끼익

'운동법칙'에 의거 제 앞으로 넘어지면서 시작되었습니다.
윽
어!

외마디 비명과 함께 저는 얼굴이 벌겋게 달아오르는 것을 느꼈지요. 왜냐고요?
아
아
앗
쿡

안내양 누나의 왼손이 저의 다리 사이 '거시기'를 정확히 잡고 넘어지지 않으려고 애를 썼기 때문이지요.
앗!

안 그래도 가뜩이나 소변이 마려워 아랫배가 팽창된 터라
으~ 소변 마려. 미치겠네.

차가 털털거릴 때마다 아랫배 물보의 압력으로 잔뜩 긴장하던 저를...?!

우째 이런 일이 일어날 수 있단 말입니까. 아차 했으면 댐(?)이 터질 뻔했다는 거 아닙니까?!

버스 안 모든 사람이 저의 비명에 일제히 저를 쳐다봤고
악

창피하고 당황한 저는 뚱뚱한 차장누나를 밀쳐내고 소리친다는 것이
그만 다급한 상황에 엉뚱한 말을 했지 뭡니까!

사람들의 웃음소리가 크게
들렸습니다. 그래도 여기까진
괜찮았습니다.

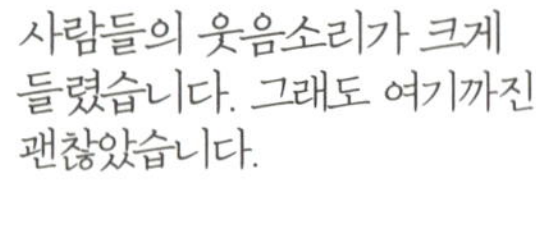

제 말이 끝나기 무섭게 평상시에도
입담이 좋으시고 걸걸하며 유머가
풍부하신 할아버지께서
하시는 말씀…

버스 안은 온통 배꼽이 굴러가는
소리로 가득했습니다.

그런데 그 할아버지에 그 할머니
라고 한술 더 떠서 하시는 할머니
말씀은 마침내 온 차를
뒤흔들었습니다.

사람들은 할머니의 그 한마디로
눈물이 나고 숨을 쉴 수 없을
정도로 웃었습니다.

그 후 전 이 일로 '손잡이'라는 별명을 얻게 되었지요.

이제 와 돌이켜 떠올려보면
그런 일들이 그 당시에는
참으로 암담했던 것 같은데
지금은 하나의 추억으로
남는군요.

참! 그리고 그날 차장누나는
저에게 차비를 받지 않았답니다.
물론 미안해서였겠죠?

일을 마치고 집으로 돌아오는 길.
나는 생각한다.
자유로운 내 영혼이
이 세상을 살기엔 너무 빡빡한 현실.
나는 어떻게 대처할 것인가.
이런 건 배울 수도 없고, 가르치는 곳도 없다...

나만의 철학을 가지고
삶을 기획하고
전진해 나가는 자세는
누구에게 배워야 하지?

내 삶의 방향은 어디서부터 온 걸까?
내 삶의 방향이 있기는 있는 걸까?
10년, 20년 뒤
난 어떤 삶을 살고 있을까?

카푸치노?

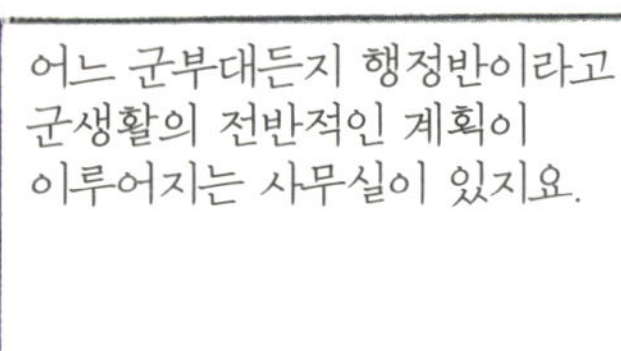

어느 군부대든지 행정반이라고 군생활의 전반적인 계획이 이루어지는 사무실이 있지요.

서류를 취급하기도 하지만

가끔은 중대장의 비서 역할을 하기도 한답니다.

우리 중대에 김 이병이라는 신참이 전역을 앞둔 선임병과 함께 행정병으로 근무하고 있었습니다.

영하 30도에 육박하는 추운 겨울 어느 날
육군36

중대장님이 들어오시더니
와! 날씨 대단하다. 김 이병 커피 좀 타와!
네!

난생처음 군에 와, 행정반에서 첫 임무입니다.
커피포트에 물을 올리고

캐비닛을 열고 안을 한 번 쫙 훑어본 다음

커피와 프림 그리고 설탕을 꺼내 잔에 넣으며 중얼거립니다.
둘셋‥둘둘셋‥둔셋
프림
커피

그 사이 물은 다 끓었고 커피잔에 물을 부었지요. 그런데 사건은 여기서부터 시작되었지요.

이놈의 커피가 글쎄 평소와는 다르게 거품이 일어나는 것이었습니다.
빙글 빙글

군기가 바짝 든 김 이병은 깊이 생각할 시간이 없었습니다. 그냥 그러려니 하고는 휘휘 저어서

중대장님께 갖다 드리려고 했지만 저으면 저을수록 거품이 더 많이 일어나지 않겠어요?

그렇지만 우리의 호프! 단순한 김 이병은 전혀 이상하다는 생각을 하지 않았습니다.
살금-
살금-

중대장님, 커피 가져왔습니더.
어! 김 이병 고마워, 땡큐!

중대장님께 커피를 그냥 드리고 나왔는데.
?

아무래도 이상한 생각이 든 중대장님.
어이~ 김이병-아

김 이병은 잠시 눈동자를 굴리며 생각하더니 이렇게 대답했습니다.

어이 이거 무슨 커피야? 거품도 있고 맛도 좀 독특한 게 뭐여 이거?

있지예, 그게 카푸치노라서 그럴 겁니더.
그러냐?

대답을 들은 중대장은 아주 흡족한 표정을 지으며 커피를 맛있게 다 마셨지요.

나중에 알았지만 전에 행정반에 근무하던 선임병이 프림을 다 먹고 가루비누를 담아두었는데 색이 비슷해 김 이병은 전혀 몰랐죠.

소문은 금세 부대 안에 다 퍼지게 되었고 일석점호 시간에 웃다가 배가 아파서

침상에서 굴러떨어지는 사병이 있을 정도였습니다.
하 하~
푸-하
깔-깔

정신은 외출 중

전날 친구들과 술을 떡이 되게 마셨죠.

새벽에 일어나 보니 무릎엔 어디서 찍어 온 것인지도 모를 상처와 멍이 자리잡고 있었고 여기저기 뼈마디가 저려왔습니다.

시계를 보니 목욕탕 문도 열었을 것 같아 동네 목욕탕으로 향했습니다.
별―
떡―

어서 빨리 뜨거운 물에 몸을 담글 생각만 하며 걸음을 재촉하여 목욕탕에 도착해 남탕에 들어갔습니다.

얼른 옷을 벗고 무겁게 코를 짓누르는 안경도 빼서 사물함에 넣었습니다.

손에는 비누, 타월 하나 없이 그냥 탕으로 들어가려고 문을 열려는데 배에서 요란하게 울어댔습니다.
―꾸루룩―

화장실로 달려가 아랫배를 진압하고 다시 느긋한 마음으로 화장실 밖으로 나왔습니다.
끙~
끙~

그리고 시원한 물을 한 잔 들이켰지요. 그런데 이게 웬일입니까?!
꿀꺽~
꿀꺽~

아! 글쎄 저기 마루 끝에는 머리카락이 어깨까지 길고 파마를 한 여자가 걸터앉아 물기를 닦고 있는지 몸을 움직이고 있질 않겠습니까?
깜짝―

시력이 0.1도 되지 않을 만큼 나빴지만 희미하게 보인 그 물체는 분명 저와는 다른 '여자'였습니다.
아니―!

보이지 않는 눈을 남생이처럼 찢어 뜨고 봐도 마찬가지였고 하마터면 너무 놀라 손에 든 컵까지 떨어뜨릴 뻔했습니다.

하지만 재빨리 정신을 차려야만 했습니다. 컵이라도 떨어뜨려 저기 앉은 여자와 눈이라도 마주친다면 이건 정말 큰일이었으니까요.

아이고~ 우이하꼬. 이 미친놈아 니가 우예 오늘은 일찍 일어나는가 했더니...
깡

옷을 가지러 가려 하면 또 다른 여자를 지나칠 것이 뻔했습니다. 선택의 여지는 없었습니다. 아직 이른 새벽이란 것에 자신을 위로하며 몰래 뛰어나갈 수밖에요.

손에 든 빨간 플라스틱 컵으로 간신히 거시기를 가리고 긴 마라톤 코스처럼 느껴지는 거리를 달렸습니다.

천만다행으로 목욕탕에 들어오는 손님은 하나도 없었고 졸던 주인아저씨는 무엇인가 휙-휙- 지나가는 통에 아마도 눈만 비벼댔을 것입니다.
쫄

혹시 누군가 보는 사람이 없나 싶어 두리번거리며 엉덩이부터 조심스럽게 밀어 넣었죠.
슬금-
슬금-

근데 이건 또 웬일입니까? 엉덩이를 반쯤 넣었을까 싶었을 때 목욕탕 안에서 어떤 여자의 비명이 들렸습니다.
으악!
대
래
스-윽

간신히 피했다 싶은 그 피난처에서 울린 비명에 또 한 번 놀라. 다시 뛰기 시작했습니다. 복도 하나를 두고 양 끝으로 남탕, 여탕이었지만
덜 깬 술에 두 번씩이나 놀라고 보니

정신은 정말 외출 중이었습니다. 양쪽에서 공격을 받자 전 방향을 바꾸어 목욕탕 바로 앞집으로 뛰어갔습니다.
하숙
휙-

그 집은 다행히 하숙집이어서 대문은 열려 있었지만 앞이 난감했습니다. 그때였습니다.

대문 옆에 복날 회 쳐 먹어도 모자랄 그놈이 목에 매인 줄이 당겨지도록 절 보며 짖어대는 게 아니겠습니까? 이거 큰일 났구나 싶더군요...
웡!-웡-
으-르-렁

근데 그 녀석은 좋은 걸 갖고 있었습니다. 바로 개가 깔고 자는 천이었습니다.
으르릉

그놈 털이 여기저기 엉겨붙은
깔개 천... 하지만 그 상황에선
뭐라도 주워 가려야만 했기에
제겐 비단과도 같은 천을
필사적으로 쥐어들었습니다.
컹-컹-

그러자 아 글쎄 이놈이 침까지
흘리며 나보다 더 필사적으로
천을 물며 놓아주질 않는
거였습니다.
제발~ 나 좀~
살려~주라~ 이놈아.
으르~으

빨간 플라스틱 컵으로 쥐어박아도
소용이 없었습니다.
야! 인마! 이놈의 개새끼야!
빨리 안 놔? 니 내하고 한 번 해볼끼가?
딱 깡
딱 딱

다 기어들어가는 소리로 이렇게
말했죠. 떠들어 본들 주인이나
학생밖에 더 깨겠습니까?
계속 실랑이를 하는 수밖에요.
으름

천을 키 높이만큼 쳐들자 그놈은
차라리 날 죽이라는 듯 딸려 올라
왔습니다.
으름

개와의 씨름으로 개 밥그릇은
날아가고 안채에선 이내 바깥의
소음에 신경이
쓰였던지...
석-석
딱! 쯔쟁그랑~

개 주인이 크게
소리쳤습니다.
똘-똘-이!
너 와그리 시끄럽노~?
새벽부터
시끄럽게 굴지
말고 조용히~
하그라!

그러자 개는 주인의 목소리를
들어서인지 입에 물었던 천을 놓고
자지러지는 소리로 주인 방을 향해
짖어대기 시작합니다.
오~으~왈
왈~왈

순간 곁의 화장실로 대피했습니다.
새벽부터 맨발로 들어간 재래식
화장실이라니!

그것도 온갖 찌꺼기란 찌꺼기는
다 붙은 개 깔개 하나에만 의지한
채로 말입니다.

이윽고 집주인은 낌새가 이상한지
방문을 여는 소리가 들렸습니다.
삐비~걱~
게~누꼬~

그러자 그 망할 놈의 똥개는 변소
나무문짝을 앞발로 요란하게도
긁어대는 겁니다.
박~박
컹!
컹!!!

이젠 그놈도 목이 다 쉬어서 피가 터진 건 아닌지 도리어 제가 걱정될 정도로 짖어댔습니다.
컹 컹
으 름

똘똘이 니 와이카노?
화장실에 누가 있나?
화장실에 누구 있는교?

전 이제는 정신을 차려야 했기에 기어들어가는 목소리로 말했죠.
저... 죄송합니다만.... 옷 좀. 주이소.

그러나 밖의 개는 여전히 낑낑거리고 주인은 대답이 없었습니다.
으~르~릉~
왈!

한 몇 초 지났을까? 주인은 열쇠를 가져와 나무문짝 고리에 채우는 것이 아니겠습니까?
덜그럭

이 미친놈 어디서 왔노?
니 꼼짝 말고 그대로 있그라.
곧 경찰이 올 끼다. 알았나?

꿈이겠지 싶어 얼굴도 꼬집어보았습니다. 얼굴이 그렇게 아플 수가 없었고 밖에선 이미 웅성거리는 소리가 나기 시작했습니다.
웅~성
웅성~

한 10분 정도 지났을까? 주인 아저씨는 열쇠를 풀었습니다. 꼴이 이 모양이니 선뜻 밖으로 나갈 수도 없는 노릇이었습니다.

그러자 곧...
나 경찰인데 안에 있는 자는 빨리 나온나!!

전 이제 말할 힘도 다 사라져버리고 그저 꿈속처럼 그냥 그렇게 있었습니다.

셋 셀 때까지 머리에 손 얹고 나온나! 안 그러면 팍 문짝 다 뿌사뼈릴 꺼니깐 좋은 말할 때 나온나!!

저 많은 사람 앞에 나서는 것도 두려운데 머리에 두 손을 얹으라니요...
그럼 저의 거시기는 누가 책임진단 말입니까?
스르륵

정신이 번쩍 들었습니다.
하-나!

그래 까짓것 될 대로 되라라!
둘!-

각오를 단단히 하고 이 현실에 당당히 맞서야만 했습니다.

전 손목에 낀 보관함 열쇠 끈으로 몸에 두른 개 깔개를 동여매고서
셋!!-
질끈-

문을 열고 머리에 두 손을 얹고 나왔습니다.
으~ 젠장~

밖에선 타잔 같은 내 모습에 놀라움을 금치 못하는 듯했고

아까 여자의 비명에 잠이 깼다는 목욕탕집 주인아저씨도 금방 왔는지 눈이 휘둥그레져 있었습니다. 일이야 어찌됐건 전 제 옷이 필요했으므로

경찰과 목욕탕집 주인아저씨와 함께 다시 정말 남탕(?)인 듯한 곳으로 갔습니다.
남 탕

처음에 들어갔던 그곳이었습니다. 그땐 분명 머리 긴 여자가 있었는데 싶어 주위를 둘러보니 아까 그 머리 긴 여자는 누워 자는 게 아니겠습니까?

그제야 혼란을 해결할 수가 있었고 경찰 아저씨와 목욕탕집 주인아저씨께 손이 발이 되도록 빌고 또 빌어 그 어마어마한 사건을 마무리 지을 수가 있었습니다.
싹~싹~

그 머리 길고 여자 같았던 청년은 음악을 하는 관계로 머리를 길렀다고 하지만...
당장 가서 가위로 자르고 싶은 심정이었습니다.

아빠의 사랑하는 딸...

꽤 오랫동안 못 본 사이에
얼마나 키가 컸을까?

아빠 운동하는 운동장의 꽃

세 번째 이야기.

혜연이의
봄, 여름, 가을, 겨울

모기와의 혈투

어쩐 일인지 오늘 밤 혜연이는 누가 시키지 않아도 공부에 집중하고 있었다.

그때...
앵

모기가 혜연이의 신경을 거슬리게 한다.
애ㅡㅇ~

엥?
벌써 모기가.
앵

갑자기 종이를 동그랗게 말기 시작했다.
앵

이게 그냥. 내 공부를 방해해...

탁
어. 요것봐라

탁
어쭈ㅡ구려.
제법 빠른데.

탁
휙
탁

평소에 하지 않던 운동을 한꺼번에 다한 듯한 모습이다.

어? 이게. 어디로 갔지?

모기랑 한바탕 싸우고 나니 졸음이 온다.
아 - 훔 -
그만 자자.
침대에 누워 막 잠이 들려고 할 그때...
~ 앵~
번-쩍
앵~
엄마야-
쏙
조~용~
앵
안 돼!
쏙
앵
잡았다!!
탁!
휙
오액! 피 닷!!
비명에 놀란 엄마...
왜? 눈.다쳤어?!
엄마 모기가 내 피를 너무 많이 먹었어~ 앙~

그러게 말이야

수업이 끝나고 집에 온 혜연
아~유~ 우리 딸 지금 학교 끝났어?
다녀왔어요

오늘은 학교에서 어땠어? 친구들이랑 사이좋게 잘 지냈어?

엄마 그런데 내 뒤에 앉은 애가 공부시간에 자꾸 말을 걸어, 귀찮게.

그래? 그럴 때는 쉬는 시간에 이야기하자고 그래. 그리고 일일이 대꾸하기 싫으면 좋은 방법이 있지.
그게 뭔데?

"그러게 말이야" 하면 대화가 잘 이루어진단다.
그래?

오늘 그 애가 귀찮게 해서 미칠 뻔했어. 그 애는 왜 그런지 몰라.
그러게 말이야~

불만에 가득 찬 상대가, 자신의 의견을 거들어주길 바랄 때 쓰는 말이야.
어떤 말이 또 있나. 이제 엄마가 한번 해봐.

예를 들면~ 오늘 비 좀 내린다고 너나 할 거 없이 다 차를 끌고 나와 도로가 막혀서 미치겠더라고~ 모두 어디들 가는지~
그러게 말이야~
하하하

나는 네 편이라는 의미가 있어서 상대의 마음을 풀어주는 효과가 있지.
그러게 말이야~ 엄마.

그런데 다음 날 학교에서 돌아온 혜연이는 화가 많이 나 있었다.

으~ 내 짝꿍 말이야. 진짜 짜증나!! 그 애 왜 그래?
그러게 말이야.

나를 이해해줘서 고마워~ 엄마.

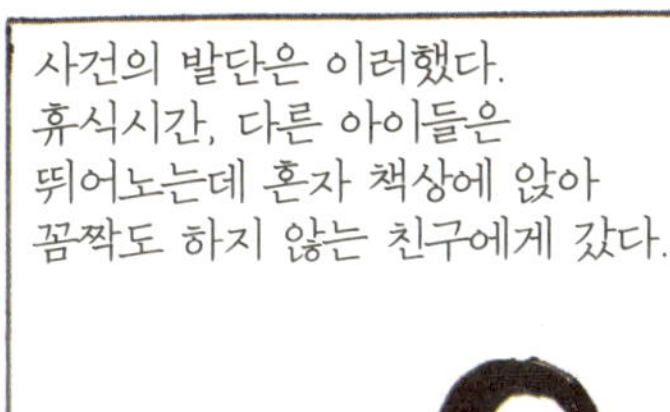

사건의 발단은 이러했다.
휴식시간, 다른 아이들은
뛰어노는데 혼자 책상에 앉아
꼼짝도 하지 않는 친구에게 갔다.

그리고 혜연이는
어디 아파?
왜 이러고 있어. 응?

난 공부도 꼴찌, 취미도 없고
운동은 최하야.
내가 잘하는 건
하나도 없는 것 같아~
휴~
위로...

그러게 말이야~

친구인 네가 위로는 못 할 망정
그렇게 말할 수 있니?
억!

혜연이는 학교에서 오자
화부터 낸다.
엄마!!

"그렇지 않아" 라는 말도 나는
네 편이라는 뜻이 된다는 걸 엄마는
알고 있었어?
...

왜 그래?
엄마는 왜 알고
있으면서 그 말은
안 가르쳐줬어!!

난 오늘 친구가 힘들어하기에
위로해주려고 "그러게 말이야" 라고
말 한마디 잘못했다가 싸울 뻔했잖아.
그러게
말이야.

또!
그러게
말야~ 야
너 그말 다신
안 써먹을거야!!!
아 다르고
어 다른
한글은 어렵다.
하지만 위대하다.

네, 따님

전날 밤늦게 잠이 들어서 학교 공부를 마치자마자
집에 와 낮잠을 자는 혜연.

잠결에 울리는 전화벨 소리에 더듬거리며
전화를 받는다.

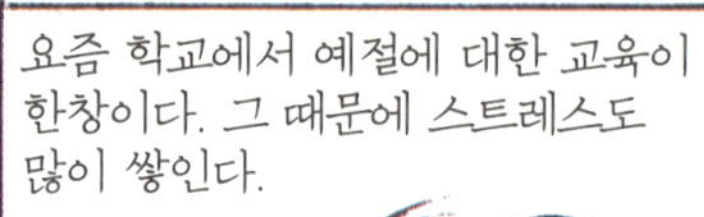

요즘 학교에서 예절에 대한 교육이
한창이다. 그 때문에 스트레스도
많이 쌓인다.

선생님은 볼 때마다
인사를 해야 한다.

인사할 때의 규정도 있다.
허리 각도는 45도를 유지.
눈높이는 상대의 어깨 밑.
손은 차렷 자세.
인사는 정지 상태에서 등등.

인사 말고도 갖춰야 할
예절이 많다.

'연'아, 혜연아. 그동안 잘 지냈지?

어느새 높은 담벼락 밑에서 푸른 싹이 마술처럼 돋아나는 걸 보았어.

내 곁에서 서서히 멀어져가는 겨울을 보며 이렇게 자기에게 한 자 적어보는 거야.

연이야. 날마다 한 걸음씩 앞으로 내딛는 것이 우리 인생이라는 생각이 들어.

설령 속상하고 괴로운 일이 많더라도 또 다른 내일이 다가오고 있음을 깨닫게 해주니까.

연이야 오늘도 힘든 하루였지? 지금 자기가 가는 길이 행복하고 의미 있는 길이려니 믿고 살기를 바라.

내 인생 가장 적막한 순간에 나를 택해준 자기. 그 결실로 얻은 딸을 생각하며 날마다

'잘될 거야' 라는 주문을 외우며. 오늘보다는 내일을, 내일보다는 모레를 좀 더 사랑하게 되기를

기원할 뿐이야. 우리 만날 때까지 건강해. 아빠. 2010.3.31.

완벽한 엄마는 없다

요즘 들어 엄마와 혜연이는 전보다
더욱 사이가 좋아졌습니다.

예전
현재
엄마의
성격도
많이 달라
졌습니다.

모든 면에서 나를 이해해주려고
노력하는 모습이 보입니다.
괜찮아~
다음에
잘하면 돼~

틈틈이 가계부도 써가며
절약하시고 힘든 직장도
열심히 다니십니다.

그리고 내가 먹고 싶은 게
있다고 하면 사주셔요.
갈비탕
먹고 싶다고?
갈비탕 전문

한 가지 제게 안 좋은 건 엄마와
함께 있는 시간이 부족하다는 것.
일을 다니시기 때문에 집에는 늘
혼자 있어요.
엄아~
수고 하세요~
집 잘봐

엄마가 옆에 계실 때는 열심히
공부하지만 그렇지 않을 때가
더 많아요.

저는 욕심이 누구보다 많아서 하고
싶은 일이 너무 많아요. 요즘은
아빠가 안 계시기 때문에 좋아하는
자전거도 잘 안 타게 돼요.

간혹 엄마가 화장할 때, 거울 속
모습에 엄마 스스로 예쁜 척할
때는 너무 귀여워요.

이 정도 외모면
어디 내놔도 빠지지 않아~
호호.

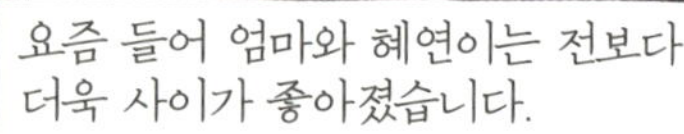

하지만 제가 보기에는 단점
하나가 있어요.

요리 솜씨가 없다는 것.
그것 말고는 무엇 하나
나무랄 게 없죠.

혜연아, 너 무슨 고민 있어?
아까부터 뭘 그렇게 생각해.
고민은 무슨~
엄마에 대해서 생각 좀 해봤어.

모든 것에 완벽한 엄마는 없다.
엄마의 부족함은 아빠가 채우고.
아빠와 엄마의 부족함은 이 혜연이가 채울 거예요.
저는 한 가지 소원이 있어요.
하루빨리 구치소에서 아빠가 나오셔서
저의 곁에 계시는 거예요.
또! 뭔데?

친한 친구가 스무 살에
아이가 생겨 남들보다는
조금 빠른 결혼을 했다.

얘 사고 쳐서 싫은데도
그냥 결혼하는 거란 이야기도 있어.
어머, 진짜?
수군 수군

사랑하는 사람과의 행복한 결혼이었지만
남들과는 다른 상황이라 사람들은 수군거렸다.

5년이 지난 지금 그 친구는
누구보다 행복하게 살고 있지만
사람들은 수군대는 것을 멈추지 않았다.

걔 일찍 시집가더니
어때?
잘살고 있을까?
고생만 하겠지?
당연히
그렇겠지
남편도
무뚝뚝한데.
수군 수군

자신과 다른 삶을 사는 것을 멋대로
판단하고 깎아내리기는 쉽다.

걔들 엄청 잘살아요.
얼마 전에도 봤는데
애기도 귀여워.

하지만 다른 것이 불행하다고 말할 수 있을까?
행복은 그 사람이 되어보지 않으면
알 수 없는 법이다.

흠! 들을
생각도
없군.
그래 봤자
고생해.
맞아.
씽~

아예 불행하다고 단정하고 싶은 그들.
그런 비교를 하면서 자신의 삶이
더 낫다고 위안받고 싶은 건 아닐까?

너 죽는다!

오늘은 휴일. 백화점에 가자는 엄마의 성화에 못 이겨 따라나선 혜연.
세일기간인데 좋은 기회를 놓칠 순 없지.

엄마, 우리 배도 출출한데 지하에서 뭐 좀 먹고 쇼핑할까?
방금 먹고 나왔는데 또 배고파?

생각 없으면 할 수 없고. 난~ 생각해서 한 말인데~ 난 지금 따라다닐 기분이 아니야~ 으~
구경하고 먹자~

엄마~ 저기서 세일하네, 저리로 가보자.

그때 장난치던 한 아이가 혜연이와 부딪혔다.
앗~
퍽

이것들 뭐야!! 아 짜증나~!! 내가 이런 꼴 보기 싫어서 백화점에 오기 싫다니깐!

매장 안에서 뛰어다니는 아이들 때문에 정신이 없다.

난리도 아니네~ 저 아이 엄마들은 힘들겠다. 쯧쯧.
아이들~ 가정교육을 어떻게 시켰길래? 난장판이네~ 여기가 지~ 안방인가?

저것 봐라~! 너도 마찬가지야. 저만할 때 안 그랬는지 알아?
난 안 그랬다 뭐! 저 정도까지는...

그때...
어머니 장난감 하나만 사주시면 안 돼요?

어머머~ 저 아이 좀 봐. 어린 게 예의도 바르네~
어린애가 존댓말까지?

그래서 어릴 때부터 인성교육이 꼭 필요해. 예절이 몸에 배야만 저렇게 서슴없이 존댓말이 나오지~
끄~끔~

오늘은 아침부터 비가 온다. 혜연아 어제 어린이날 어떻게 지냈니?

아빠가 너랑 같이 보냈으면 좋으련만 어떻게 해볼 수가 없는 처지에 놓였구나.

늘 밝고 건강하게 잘 지내길 바라. 네가 더 성장하기 전에 함께 많은 시간을 해야 하는데

아빠가 여기 있는 동안 훌쩍 커버리면 같이 생활하지 못했던 지난날이 너무 안타까울 거야.

그래도 착하게 커줬으면 하는 게 바람이란다. 아빠 걱정 안 해도 되겠지?

가족을 사랑할 줄 아는 정이 많은 사람이 되길. 전에도 말했듯 무엇을 만지든지 손은 빡빡 자주 씻길.

감기는 균이 원인이거든~ 잘 있어. 사랑한다~ 아빠가~

2010.5.6.

희망방송

몇 달 전부터 아빠가 있는 서울구치소에서 매일 낮 1시부터 희망가요 방송을 한다. 그 소식을 전해 들은 혜연은 컴퓨터로 간다.

용기를 내어 교정본부 홈페이지에 접속해보기로 했다.
먼저 법무부 교화방송으로 들어가서
법무부

많은 가족의 사연들을 읽어본다.
아빠가 좋아하는 노래야. 큰 워크가 되었으면 좋겠어 지금 우리 아기 통통이도 건강히 잘 자라고 있어 .... 자기가 보고 싶다. 우리 다시 만나는 그날을 기다리며.. 참내고 .. 그리고 사랑해 . 자기가 좋아하는 노래 신청할게.

갑자기 혜연은 방송을 타고 흘러 나올 생각을 하며 환상에 젖는다.
어떤 글과 노래를 신청할까? 아빠가 좋아하는 노래가 뭐더라.

혜연아, 너 어떻게 알았어? 최고!!
호옷ㅡ

딸! 언제 방송된대? 아빠가 들으면 좋아하겠다.
당연하지. 아마도 깜짝 놀랄걸?
짝ㅡ

그때...
깜짝
딩리링 딩동

나 지금 뭐 하는 거야?!! 킥킥킥~
웃음이 터지고 괜히 유쾌해진다.

여보세요. 엄마? 큭큭~
무슨 좋은 일 있어?

아빠가 좋아할 거라는
상상만으로도
이리 기분이 좋아지는구나.

혜연은 자신의 글이 전파를 타고
나올 생각에 몹시 흥분한 듯하다.

폭력

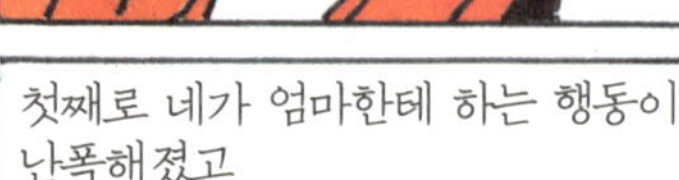

첫째로 네가 엄마한테 하는 행동이 난폭해졌고

둘째로 매일 방구석에 틀어박혀 나오지도 않고

또 학교에도 가기 싫다고 하는 걸 보면 무슨 일이 있는 게 확실해.

네 얼굴에 그렇게 쓰여 있는 것 같아. 지금 나이에는 한참 해맑아야 하는데...

엄마는 걱정되는 게 있다. 요즘 초등학교에서도 집단 따돌림이나 폭력을 행사한다던데, 혹시 우리 딸도?

어제 학교에서 어떤 남자애가 "너희 아빠 없지?"라고 혜연이를 놀렸단다. 그래서 그 아이를 때렸다고 한다.

한 번만 더 놀리면 죽여버린다고 했어. 그 뒤 다시는 안 그런다고 싹싹 빌더라고. 그래서 넘어갔지.

학교 폭력은 평생 정신적 충격으로
남을 만큼 심각하다.
가해 학생의 부모는
"애들은 싸우며 큰다."라며
사건을 덮기에만 급급한 게
이 사회의 문제다.

다른 사람은 몰라도
아빠의 착한 딸 혜연이는
'절대로' 이런 행동은
안 하리라 믿는다.

아빠 사용설명서

마땅하게 하소연할 곳이 없었는지 앞에 앉은 혜연에게 하소연 하는 엄마
요즘 네 아빠 땜에 내가 살 수가 없어. 나이가 들면서 점점 더해.

무슨 물건 같으면 설명서나 봐가며 고쳐 쓰기나 하지. 이거는...

엄마, 잠깐만. 내가 사용설명서 하나 봐 둔 게 있어!

봐, 봐!! 여기 사용설명서 맞지?
제품사용 설명서

모든 것이 최적의 환경으로 가동 중.

주의할 점은 물건을 쓰고 아무 곳에나 놓는다고 나무랄 때.
자기 머리빗 쓰고 제자리에 놔!

좋아하는 연예인이 TV에 나올 때 소음 주의.
웽~
웡~

백화점 쇼핑 후 카드용지 보여줄 때...가 오작동의 주원인입니다.

잔소리는 온도 습도의 변화 주의.

열기를 발생할 수 있는 여인 접근 금지.

반품, 교환 절대불가니 주의 요망.

자기! 지금 뭐 해! 나 왔어.

사랑하는 자기, 혜연아, 잘 지내고 있겠지.

날씨가 너무너무 추워져. 어떻게 지내고 있니?

추운 방에서 떨고 있는 거 아니야. 자기야 미리미리 준비해. 춥지 않게 지내야지.

혜연아, 방학인 오늘도 학교 다니느라 고생이지?

눈이 너무 많이 와서 길이 미끄러울 터인데 어떻게 했어?

모든 것이 다 궁금해. 요령껏 춥고 힘든 지금의 이 난관을 헤쳐나가길.

모든 것은 마음먹기 달린 것 아니겠어. 그러니 지혜롭게 잘 견뎌 봐.

아빠로서는 도움을 줄 방법이 현재는 없는 것 같구나.

아빠가 갈 때까지는 잘 챙기고 지내길 바라.

밖에 나들이 때는 항상 조심하고.

혜연아, 아빠에게 오기 싫으면 나중에 장접 신청할 때 와도 돼.

그 대신 우울하게 있지 말고 밝게 생활해야 해.

아빠가 하고 싶은 말은 그 말뿐이야.

다시 만날 때까지 학교생활 잘하고 건강하게 잘 지내길.

자기, 방 온도 좀 높이고 겨울철 따뜻하게 보내.

감기라도 들면 더 고생이니까.

아빠가 혜연이랑 자기를 얼마나 많이 사랑하는지 알지?

또 보자. 안녕.

2010.1.7.

엄마의 예측

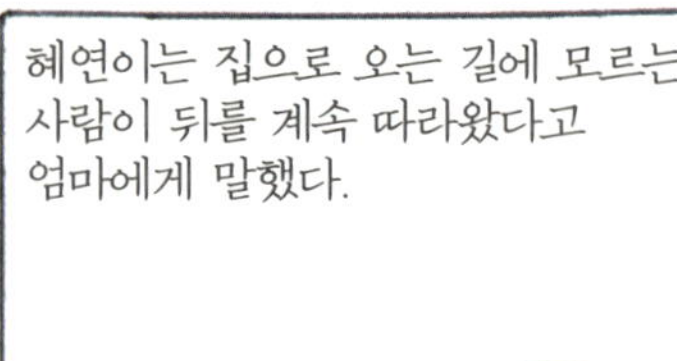

혜연이는 집으로 오는 길에 모르는 사람이 뒤를 계속 따라왔다고 엄마에게 말했다.

엄마! 갑자기 왜 그러세요.
요즘 같이 세상이 험악해 어떡하노. 우리 딸 혼자 집에 있는 거 생각하면 잠이 안 온다.

낯선 사내가 대문 앞에서 서성인다.

거기! 누구세요!!
휘릭
줄행랑

엄마는 어떻게 해야 할지 고민하는 것 같다.

그러니까 이놈이 어느 집에 어린이가 있는가를 염탐하러 다니는 건가?
엄마는, 설마...

무관심
아무나 친근

때마침 옆을 지나가는 경찰 아저씨.
여보세요! 경찰 아저씨, 나 좀 봐요.

아니 글쎄 어떤 수상한 사람이 우리 집 대문 앞에서 기웃거리길래 소리 질렀더니 도망쳤어요. 세상이 말세다 하더니 남의 집 어린 딸을 노려?

이런 미친놈은 당장 잡아다가 처넣어요.
혹시 그 남자가 아줌마 집에 피해 준 일 있습니까? 직접 피해를 가하지 않았으면 범죄 성립이 안 됩니다.

뭐요? 이런 무방비 상태에서 불안하게 딸을 어떻게 학교에 보내요. 뭐 이런 놈의 법이 다 있어!!

가자!! 경찰한테 내 딸 맡겼다가는 큰일 치르겠네.

집으로 돌아오신 엄마는 문단속부터 철저하게 하신 다음.

두꺼운 옷을 걸치고 나가신다.
엄마, 나 어디 안 가고 집에 가만히 들어앉아 있을게, 그냥 계세요.
가만있어봐!

엄마, 나 무섭다니까!!
네가 이 엄마의 맘을 알겠냐!!

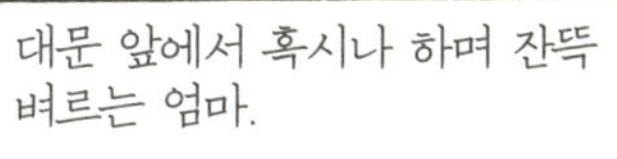

대문 앞에서 혹시나 하며 잔뜩 벼르는 엄마.

그때 저쪽에서 발소리가 났다.
오놈!! 잡기만 해봐라!
두벅~ 두벅~

이놈의 자식!! 그렇게 할 짓이 없냐? 누굴 꼬시려고 염탐을 다니냐!!
헉!!

아이고~ 아줌마 잘못 짚었어요! 화내지 마시고 제 말씀 좀 들어 보세요.
천하에~ 몹쓸놈~

결국에 경찰서까지 왔다.
어째 손이 그리 매우세요. 아줌마! 배달했던 집 빈 그릇 찾으러 다니는 거예요.

집 번지수가 헛갈려 이 집인가 저 집인가 두리번거리던 차였는데 무슨 근거로 제가 유괴범입니까?
천만에, 이놈아~ 변명하지 마~

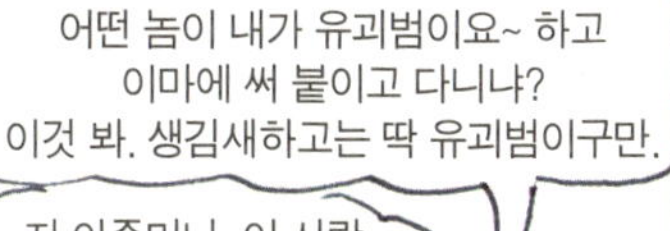

어떤 놈이 내가 유괴범이요~ 하고 이마에 써 붙이고 다니냐? 이것 봐. 생김새하고는 딱 유괴범이구만.
저 아주머니, 이 사람 이야기를 들어보니 배달원이 맞습니다.

분명히 인상이 딱 유괴범인데.

엄마는 이게 뭐야. 망신스럽게.

세상을 오래 사신
엄마의 예측은 정확하다 못해
무섭기까지 했다

이 세상을 살아가는 모든 사람의 가슴에는 마음의 무덤이 존재합니다.

세월이 지나도 아물지 못한 생채기 파편이 쌓이고 또 쌓여서 만들어진 무덤.

때로는 작은 가슴속을 채워버린 무덤의 크기 때문에 너무나 아파서

소리 없는 신음을 내뱉어야 하고 하염없이 흘러내리는 눈물로 베갯잇을 적시며

짙은 어둠을 거두어내어야 합니다. 벌써 15개월째 시간이 흘러가고 있습니다.

십오 척 담장 안에 규정과 규율 그리고 통제된 시간을 살아가면서 저는

기다림이라는 것을 조금씩 배웠고 다른 한편으로는 포기라는 것을 배워가고 있습니다.

대부분의 사람은 푸른 수의를 입고 살아가는 우리 수형자들은

최악의 상황에서 살아갈 거라고 생각할 것입니다.

그렇습니다, 분명 자유가 없는 이곳은 최악의 환경이고 절망적인 곳이 분명합니다.

그러나 희망은 환경과 조건 그리고 신분에 상관없이 누구나 가질 수 있는 것입니다.

내 가족 '연이야, 혜연아' 오늘도 잘 지내고 있겠지?

너희의 건강이 곧 내 건강이고 너희의 고민이 곧 나의 고민이 된다는 것 잊지 말고.

이제는 멈추지 않고 주저하지도 않고 걷고 또 걸을 것입니다.

아무리 짙고 깊은 어둠이라도 겨자씨만 한 불빛을 가리지 못하듯이

저 또한 가슴에 밝힌 불빛을 지우지 않으렵니다.

사랑하는 심연, 딸 혜연아. 건강하게 잘 지내고 사랑해~

서울구치소 아빠가~

2010.4.5.

나도 개예요!

얼마나 맛있게 보였으면 그랬나 싶었죠.

지금도 그때
이야기만 나오면
식구 모두가
배꼽을 잡고 웃습니다.

두 발짝 더

혜연아...
눈이 많이 오는데
어디 가니?

방안 공기가 건조한 탓인지 코를 열심히 파는 혜연.
우매, 코 막혀 미치겠네.

그때 엄마와 눈이 마주치자
헤~헤,
코가 자꾸만 막혀서.

그때 코피가 흐른다.
쭈 루~루
엄마야!
코피다!

엄마, 왜 요즘 계속 이러지?
감기에 콧물이 말라 딱지가 되고
막혀서 뜯어내면 피나고
아물면 또 막히고... 미치겠어!

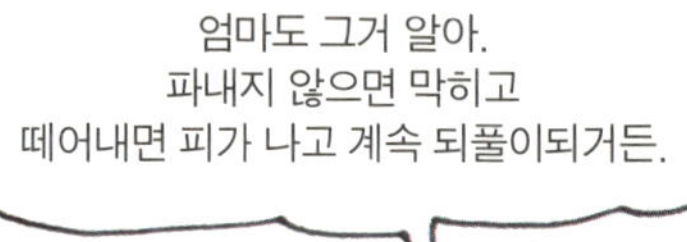

엄마도 그거 알아.
파내지 않으면 막히고
떼어내면 피가 나고 계속 되풀이되거든.

왜 어른들은
안 그런 줄 알아?
큭~큭~

글쎄, 엄마 이야기 좀 들어봐라.
전에 느그 아빠도 콧속을 파서
피가 나니까 한참 고민하더니

약장에 있는
연고 가져다 바르더라?
후시딘 연고

그러고는 조금 있더니
목으로 약이
넘어갔는지 쓰다고
난리 난 적이 있어,
호호~
히히
호 호 호

무슨 말을 하면
엄마와 두 발짝 더 가까워질까.

깨가 쏟아질 줄 알았는데

며칠 전 결혼을 앞둔 아내의
친구가 집에 놀러 왔다.
어서와~
잘 지냈어?

늦은 나이까지 솔로이던 친구가
결혼한다고 한다.
거기 앉아.

친구는 신혼이 궁금했던 모양이다.
얘... 친구야,
너는 처음 결혼했을 때 어떻든?
-궁금-
-궁금-

너 보기에 좋았을 것 같니?

아내는 지난날을 회상하면서
기억을 더듬는다.
신혼생활? 말도 마라. 어~우~ 증말.
처음엔 고칠 게 한두 가지가 아니야.
왜 그래.

결혼 전에는 못 봤던 단점이 서서히
나타나기 시작하는데 말도 말아야지.
그래서 엄마!
우리 아빠는
어땠는데?

어떤 점이 그렇게
싫었는데?
음~

글쎄 언젠가 밤늦게 집에 들어오더니
발 고린내 나는 양말을 홀딱 뒤집어
슬쩍 침대 밑 구석에 처박아놨어.
내 정말 기가 막혀 말이 안 나오더라고...

또 한 번은 화장실을 갔는데 황당했어.
각자 칫솔이 색깔별로 다 있었는데
내 칫솔로 버젓이 닦는 거야.
치카-치카
내꺼야! 응

또~ 샤워를 하면 손잡이 방향을 반대로
해놔야 하는데
그대로 된 것도 모르고
물을 틀었다가 그만
물에 젖은
생쥐꼴이 됐지
뭐니.
빠!

감정이 격해진 아내는 말을
계속 이었다.
내가 가장 싫었던 건...
응, 뭔데?

소변을 서서 보고는 홀딱 올려놓은 변기
뚜껑을 다시 내려놔야 하는데 무심코
내가 변기에 앉았다가 그만 엉덩이가
빠질 뻔한 게 한두 번이 아니야.
으아왁

그러나 인생을 사는 것처럼
어려운 것은 없다.
함께 살아가는 동안
사랑하며 사는 법을 배울 수밖에 없다.

신형무기

이사 때문에 책장을 정리하던 혜연. 높은 곳의 책은 엄마가 꽂는다. 키도 더 크다.

옷도 명품이 아니면 잘 입지 않는 엄마. 젊은 스타일의 옷을 즐긴다. 얼핏 보면 30대 느낌이 든다.

잠자고 일어나면 머리는 수세미 같아도 꾸미고 나면 참 예쁘다.

어떤 날은 평소보다 더 시간을 투자해 얼굴을 치장하고

값진 보석으로 목과 귀에 포인트를 준다.
와

나도 빨리 엄마처럼 어른이 되고 싶다.
나는 언제 저런 시절이 올까?

혜연이의 심상치 않은 눈빛을 본 아빠.

혜연아~ 이것 한 번 읽어봐. 신한은행에서 온 것 같은데.

그때 혜연이의 눈길은 엄마의 손톱에 집중되었다.

엄마~ 손톱에 이게 뭐야? 디게 이쁘다~
그래? 이게 네일아트란 거야.

혜연이 눈에는 예쁘게 보일지 모르지만 아빠는 생각이 다르다.
엄마처럼 손톱이 예쁜 손만 할 수 있는 거야?
그렇지는 않아.

엄마 난 틈만 나면 손톱을 물어뜯어서 엄마처럼은 절대 안 되겠지? 긴장만 했다 하면 나도 모르게 깨물어.

혜연아 어제 엄마가 접견 왔는데 넌 다시는 안 온다고 했다며?

아빠를 어떻게 생각해도 좋은데 미워하지는 않겠지? 미술학원도 포기했다며...

네가 커서 무엇이 될 것인가를 잘 생각해 봐. 요즘 아빠가 부탁한 손 씻는 건 잘 지키고 있지?

요즘 날씨가 종잡을 수가 없어 추워졌다 풀리고 하니 특히 감기 조심하고... 또 쓸게...

2010.5.8. 서울구치소

혜연이의 공부

아~ 공부 짱 하기 싫다.
어제 만난 아빠는 1~2등은
못해도 기본은 하라신다...
스트레스받지 않는 선에서.

혜연아 너 뭐 하니? 공부 안 하고~ 잘한다.
다리는 책상 위에 떡하니 올려놓고.
팔자가 늘어졌구만...

엄마도 학교 다닐 때 공부 잘 안 했으면서
왜 나한테만 공부하라고 해?

엄마가 지금까지 살아오면서 느낀 건데.
공부를 많이 하면 네가 생각하는 범위가
그만큼 넓어지는 거야.

만일 네가 공부를 열심히 해서 더 좋은
것을 얻게 된다면 좋지 않을까?
그야 그렇지만

네가 작년에 하늘소 애벌레를 사온 적
있었지? 그게 잘 컸으면 좋았겠지?
그런데 잘 키워서 하늘소가 되게 하려면
어떻게 해야 할까?

키우는 방법을 알면 되겠지?
결국엔 네 아빠가 습도 조절을
잘 못 해 죽고 말았지...
무엇이든지 다 공부가 필요한 거야.
맞아! 아빠가 물을
너무 많이 줘서 톱밥
속에서 썩어버렸어!

어느 정도 건조하면 죽나, 먹이는
얼마 만에 주면 되나, 그리고 어떤
먹이를 줘야 더 잘 자라나,
모두 공부가 필요해.

이처럼 우리 혜연이가 공부를 하게 되면
네가 하고 싶은 일들을 더 많이
알 수 있고 더 큰 생각을 할 수 있어.

지금은 공부가 하기 싫을 수도 있지만
지금 하는 공부는 네가 앞으로 세상을
살아가면서 너의 삶을 꾸미는 데
큰 도움이 될 거야.

공부는 네가 하고 싶은 많은 것들을
경험할 기회를 주는 거란다.

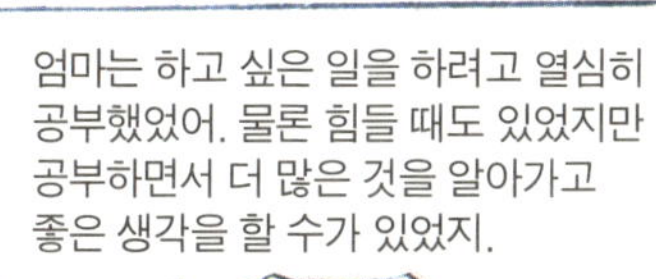

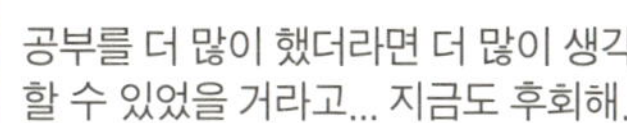

그래서 엄마는 우리 혜연이가 더 많이 공부해서
엄마보다 더 좋은 생각을 많이 했으면 좋겠어.

엄마, 아빠도 너처럼 사춘기 시절을 다 겪고 자랐지.
주위의 유행은 다 따라 하고 싶고,
친구가 가지면 나도 무엇이든 가지고 싶고.
부모가 반대하는 것 다 해보고 싶고.
그러면서 서서히 철이 들어가는 거지...
지금 와 생각해보면 모두가 옛 추억이지...

엄마도 다쳐~

평소에 안 하던 쓰레기를 버리려는 혜연.

혜연아, 무거운데 그냥 내버려 둬. 엄마가 치울 거야.
나도 이 정도쯤 할 수 있다고
영~차~

어렵게 계단을 다 내려갔는데...
끙-끙

대문 앞 턱받이에 걸려 그만...
어-어~

넘어지고 말았죠...
엄마야
꽈-당-

어디 봐! 많이 다쳤어? 에~ 그 조심 좀 하지!
아~아 아야

놀란 엄마는 혜연을 업고 가까운 병원으로 간다.

오랜만에 업혀보는 엄마 등에서 혜연은 몰래 웃는다(포근해).

오늘 다리를 다쳤으니 합법적으로 학교에 안 가도 되거덩!! 히~

응급실로 간 혜연.
치료하고 집에서 하루 쉬면 되겠네.

오늘 하루 쉬라고? 크~크~크!!

그래서 오늘 학교에 못 가서 좋다고?!
응!
바삭~

사랑하는 딸 혜연아.

요즘 어떻게 지내? 엄마랑 잘 지내고 있겠지?

지금은 혜연이 옆에 있는 엄마가 얼마나 사랑하는지 알지?

네가 어릴 때 엄마가 옆에 오면 싫은 표정으로 자꾸 내밀었는데

그럴 때마다 엄마의 마음이 많이 아팠을 거야. 모두 아빠가 잘못한 탓이지.

이제는 너와 엄마가 잘 지내는 것을 보니. 아빠는 더없이 기뻐.

앞으로도 계속 사랑하기를... 자기도 잘 있어~

센 약, 약한 약

혜연이가 학교 친구에게서 감기를 옮았다.

집으로 오자 열이 나고 춥다며 이불을 덮는다.

급한 대로 전에 남긴 약을 먹는다.

마음이 다급해진 엄마가 하신 말

근처 병원을 찾는 엄마.

병원을 앞에 두고 엄마는 고민한다.
용산 내과와 총신대...

멀리 떨어진 총신대입구역 부근에는 원장 선생님이 여자인 소아과가 있다.

상냥하고 밝은 얼굴을 대하니 환자가 줄을 선다.

반면 할아버지가 선생님인 병원은 동네 사람들에게 인기가 별로 없다.

여자 원장 선생님이 처방해준 약을 먹으면 입이 바짝 마르고 정신이 몽롱하며 약효가 즉시 나타난다. 나은 느낌.

어지럽고 정신이 멍해져,
서서 견디기가 힘들다.
엄마야 어지러워~
빙~빙글~

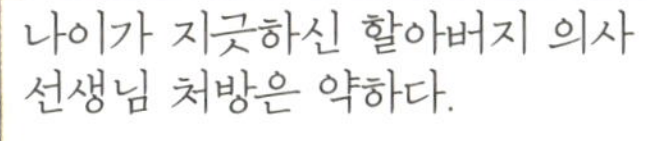

나이가 지긋하신 할아버지 의사
선생님 처방은 약하다.
약을 먹었는데도
아무 반응이 없어?

혜연이는 그 이유를 곰곰이
생각해 본다.

왜 그런지 궁금해, 그래서 나는
이 병원에 가볼 거야.
용산.내과

결과 기다리는 중
괜찮아!
아닐 거야!
엄마!
신종플루일까 봐
무서워...

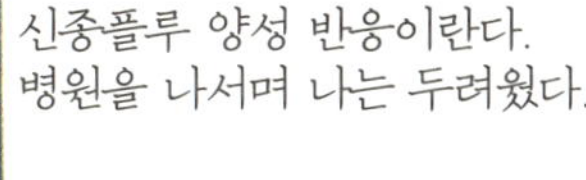

신종플루 양성 반응이란다.
병원을 나서며 나는 두려웠다.
같이가
엄마야
신종플루
래~

주예수 를 믿으라
그리하 면 너와
네집 이 구원을 얻으리라

신종플루로 확진 받았다고 큰 걱정은 하지 마세요. 요즘은 감기에 걸리면 모두가 양성반응이 나와요.
신종플루도 내성을 가진 바이러스가 원인이지요. 저는 항생제를 될 수 있으면 쓰질 않아요.

집에 가시면 따뜻한 보리차 여러 번 나눠 마시고
뜨끈한 방에서 하룻밤 지내면 나을 것입니다.

또 기도하세요.
주님께서 친히 도우실 겁니다.

네
저도
예수님 믿어요

선생님!
예수님 믿으시나 봐요?
저기...

용산. 외과정

엄마와 나는
이 병원으로 오기를
잘했다고 생각했다.

비우는 고통

뽀삐야,
너도 지금 아빠 생각하지?

급식 체험

오늘은 어려웠던 시절을 알고자
급식 체험을 하려고

각자 집에 있는 그릇을
가져오기로 했다.
급식 받을 그릇은
모두 다 가져왔나?
예~에~

신기한 체험에
신바람이 난 아이들...
모두 두 줄로 서서
강당 안으로 갓!!

주전자를 가져온 아이.
달그락~
달그락~

난 냄비
가져왔는데.
난 창피해서
안 가져왔어!
주전자가
더 많이
들어가
인마!

난 솥 가져왔지!
안 돼! 인마,
너무 커!

이건 어때?
괜찮지?
와! 페인트통,
'왔다' 다.
최고야. ㅎㅎ
거지 밥통

지금 뭐 하는 거야!
따라오지 않고.

줄을 서서 옥수수죽을 받는 학생들.
다음~
급식

넌 그게 뭐냐?
솥단지요.
급식

밥그릇 말고
큰 거는 이것밖에
없어요, 선생님!
아뿔사!
풋-풋-
급식

좋아!
솥 바짝 대라~
옛다~
선생님이
가득
주시겠지.
급식

무제

혜연아 저금통은 저금하라고 만든 거지
꺼내 쓰라고 만든 거니?
넣어놓기가 무섭게
빈털터리가 되니 어떡하냐.
이제라도 저축하는 습관을 길러야지!!

기억나니2

혜연아, 아빠는 네가 어릴 때 일을 잊을 수가 없단다. 네가 두 살쯤 되었을 땐가? 널 소파에 어렵게 앉혀놨지.

그런데 몸을 가누지 못해 맥없이 옆으로 쓰러졌지. 그때는 정말로 귀여웠단다.

세상에 태어나 처음으로 보행기를 의지해 걷기 시작할 때 발이 바닥에 닿지 않아 버둥대던 네 모습이 지금도 생생해. 정말 웃겼지.

그해 추운 겨울 너에게 정말 미안했던 일이 있었단다. 창문이 열린지도 모르고 창가에 놓아두어 네가 새파랗게 얼어버렸지. 다시 못 볼 뻔했던 너를 이렇게 보니 더욱 소중하단다.

또 하나 잊지 못할 일은 쇼핑 삼아 백화점에 가서

아빠와 엄마 그리고 혜연이, 이렇게 셋이 유아복 코너로 갔을 때 일이었어.

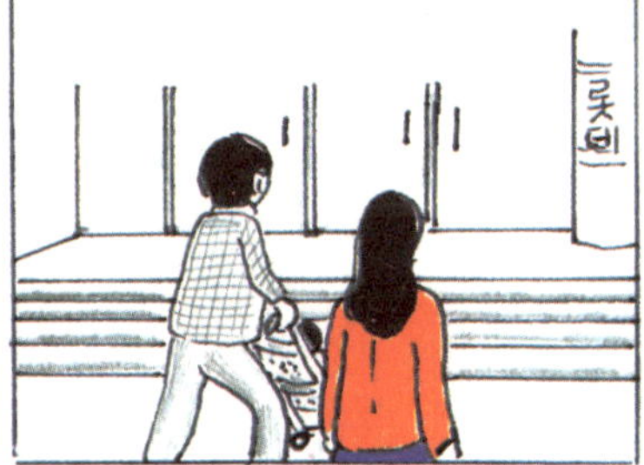

유모차에서 답답해하며 버팅기던 너는 몹시 짜증을 냈지. 엄마는 옷에 정신이 팔리고 아빠는 엄마 있는 쪽으로 곧장 가고 있을 때였지. 유모차에서 네가 밑으로 빠져 땅에 떨어진 것도 모르고 가는데.

엄마가 아기는 어디 있냐며 찾을 때, 뒤 바닥에 있는 너를 보았지.

얼른 가서 너를 바닥에서 들고 어쩔 줄 몰랐지.

그런데 엄마와 아빠는 놀랐으면서도 한편으로는 웃음이 터져 나오더구나. 지금도 이해할 수가 없어. 어떻게 빠져나갔는지를.

네가 배가 고프다고 보채기에 수유실로 가서 준비해간 분유를 타서입에 넣었지.

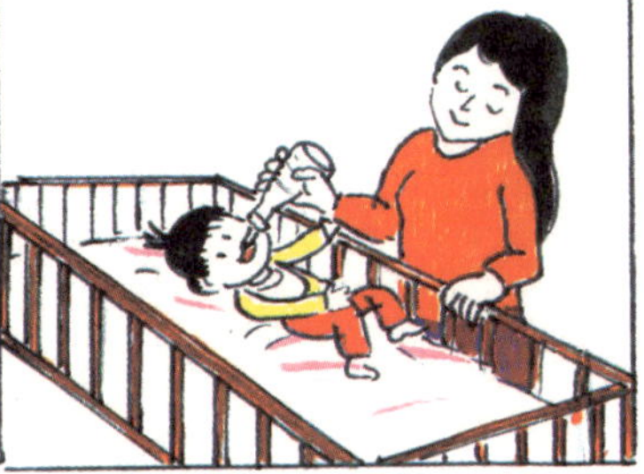

웬걸, 가득 먹은 뒤 바로 응가를 하고 말았어. 일회용 기저귀를 꺼내 엄마는 깨끗이 갈아줬지. 자나 깨나 정성을 다해 엄마는 너를 길렀단다.

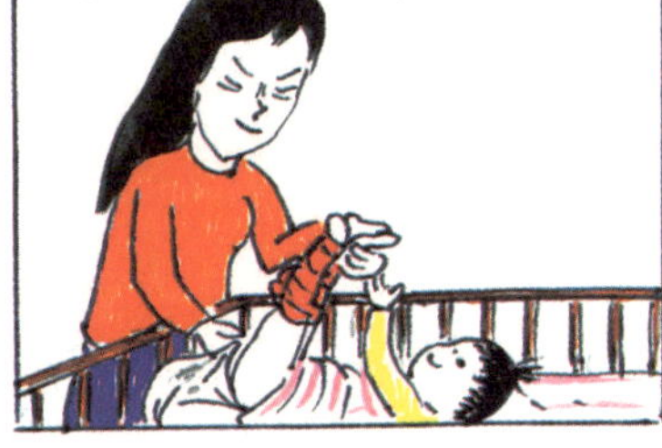

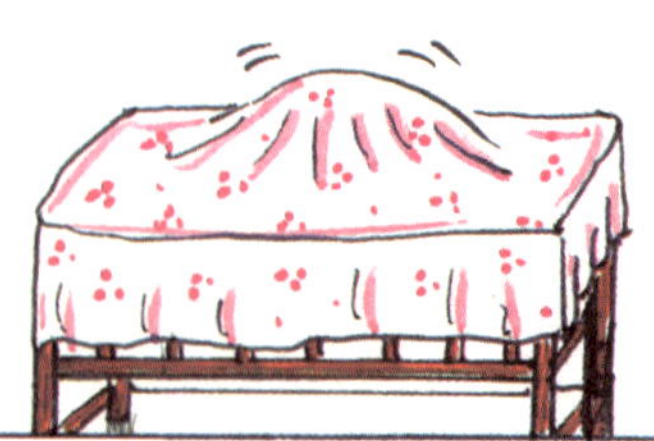

누이면 또 일어나고, 누이면 또 일어났지...
불빛만 조금 있어도 잠을 안 자고 일어나는 너에게
아빠의 비장의 무기가 있었지...
이불로 덮어 불빛을 차단하는 것.
그래도 밀고 일어나는 네가 얼마나 웃겼는지 모른다.
그런데 지금은 어느새 커버렸지.
이젠 지난 시절로 다시는 돌아갈 수 없음을
아빠는 지금도 아쉬워한단다...

오늘 수요일, 처가 접견을 왔다. 지금 사는 집에서 이사를 간다고 한다.

마침 명절 후라 집이 나온 게 있어 오늘 계약하기로 했다고 한다. 자기야 또 사랑하는 딸.

지금까지 컴컴하고 어둡고 좁은 집에서 사느라 너무 고생이 많았어.

정말 아빠가 일 년 넘게 구치소에 있는 동안 그 암흑 같은 곳에서 어떻게 살았니.

정말 고생했어. 이제 조금 넓은 곳으로 이사한다니 아빠의 마음이 한결 가벼워졌어.

혜연이는 여전히 학교가 가까워서 좋고.

너무 늦잠을 자니 그나마 가까운 것이 다행이라 생각해.

이사 가면 넓은 곳에서 공부 열심히 하고 지내. 늘 아빠가 말하지만 제발 운동 좀 하세요.

뚱뚱한 사람은 다 게을러서 그런 거야. 아빠는 날씬한 딸이 되었으면 좋겠어.

굶지 말고 끼니는 꼭 챙겨, 우유도 많이 마시고. 네가 먹는 것이 제일 걱정되는구나.

기다려라, 안녕.

2010.2.17.

빈틈

내일은 엄마가 검진을 예약한 날이다. 혜연이도 자기 몸에 대해 걱정은 되는가보다. 인터넷에서 영양소 함유 음식에 대해 검색한다.

아무리 생각해봐도 영양 부족이 틀림없다. 유난히 편식이 심했던 혜연...
영양제

거기다 날이 갈수록 점점 더한 느낌이 든다. 두려워지는 현실, 도망칠 수도 없고 무조건 버텨 나가야 한다.
영양

다음날 아침 검진 예약 확인을 해놓는다.
여보세요, 9시까지 가면 되죠?

주말이라 차가 막히니 대중교통을 이용하기로 했다.

아니 대체 왜 다들 기어 나와서 이 난리들이야!! 사람 많은 거 질색이야!!

미리 노선을 알아놓은 혜연은 잘 도착했다. 그런데 이건 무슨 소리?
네? 4번 출구라고요? 아깐 1번 출구라고 했잖아요.
①

몇 번 출구인지 전화상으로 잘못 들은 것 같다.
엄마! 반대방향으로 다시 가야 할 것 같아.
뭐라구? 왜?!

사실은 1번 출구라고 한 줄 알았는데 4번 출구래.
얼른 가자. 늦겠다. 이렇게 된 거 어쩌겠어!!

아니 너 요즘 이어폰 귀에 꽂고 다니더니 귀가 이상해진 거 아니야? 그런데 아니~! 이놈의 신호는 왜 안 바뀌는 거야!!

검진센터에 도착한 혜연.
엉~ 1번 출구에서 4번 출구까지 가는 동안 내 뒤에서는 며칠 굶은 맹수가 내 목숨을 노리는 기분이었어!
건강검진센터

잘하려고 했던 것이 그만.
완벽하게 준비를 해도 어딘가 빈틈은 있는 법이다.
안내

올챙이

햇살 좋은 날. 학교 앞 도랑에서 혜연이는 선생님과 함께...
올챙이가 선생님 있는 데로 가요.

자연학습시간에 올챙이를 잡았어요.
혜연아, 봐봐. 너무 귀엽지?
와! 진짜 귀엽다.

올챙이를 어항에 담아 자라는 모습을 관찰하는데 옆 반 선생님께서 알려주셨습니다.

밥을 잘 주지 않으면 건강하지도 않고 다리도 잘 안 나와요.

1주 후
혜연아, 너 올챙이 밥. 한 번이라도 준 적 있어?
아니요?

그러고 보니 올챙이가 2주가 넘게 밥 구경도 못한 거 있죠?
2주가 넘으면 발이 벌써 나왔어야 하는데 이상하다 했지.

불쌍하다 그치? 도랑에서 살았으면 뭐든지 잘 먹었을 텐데, 걱정이네?

선생님 그럼 건더기는 하나도 안 먹고 국물만 먹었나 봐요?
맹물만 먹고 살아 있는 게 참 신기하다.

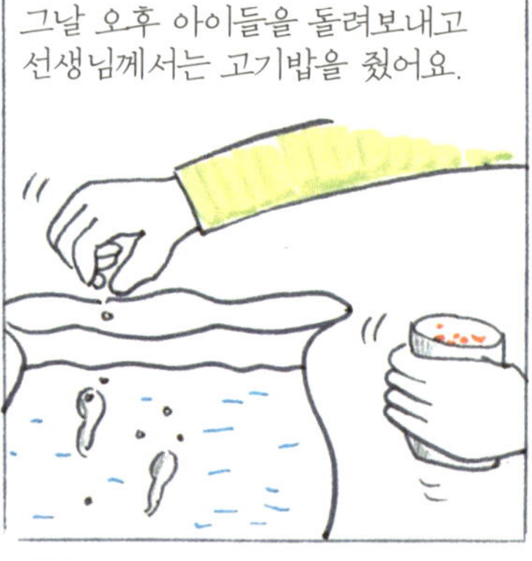

그날 오후 아이들을 돌려보내고 선생님께서는 고기밥을 줬어요.

자기 입보다 커다란 고기밥에 두어 마리씩 붙어서 먹는 모습이 얼마나 귀엽던지

한참을 쪼그리고 앉아서 구경했지요...
뿍

다음날 아침 교실에 들어선 나를 보고 아이들은 인사도 잊은 채 일제히 소리치더군요.
선생님, 올챙이 다 죽었어요.
어머! 왜?

몰라요 그런데
올챙이 몸이 이상해요.

살펴보니 두 마리를 제외하고 모두
배가 터져서 죽은 거예요.

아이들은 갑작스런 올챙이 죽음에
대해 갖가지 추측을 내놓았지요.
선생님. 배가 많이
고파서 그만...
아니야. 맹물만
너무 먹어서야.

그리고 의문사 진상규명위원회
비슷한 걸 열었는데.

사망 원인은 '기포발생기'가 빠졌기
때문이라고 결론이 났어요.

난생처음 겪어보는 일이라
선생님도 사인이 밝혀지기까지
얼마나 가슴을 졸였는지 모른대요.

혹시 선생님이 어제 먹인 고기밥이
발견되면 어쩌나 하고 말이에요.

솔직히 말할까 생각해보았지만
선생님이 준 고기밥 때문에
올챙이 배가 불러
터진 것으로만
알면 어떡하나.

너무나 어이없을 것 같아
꾹 참았답니다.

죽은 올챙이는 햇볕 잘 드는 곳에
묻어주었고

장례식 때 어떤 노래를 불러야
할지 모른다며 자장가를...
잘 자라. 우리 아기-
앞뜰과- 뒷동산에

한차례 대참사가 지나간 뒤, 남은
두 마리 올챙이는 무럭무럭 자라
어엿한 개구리가 되었어요.

더는 아이들이 장례식을 치르지 않도록 고기밥을 줄 때는 잘게 부숴주었죠.

그런데 오늘, 황당한 일이...
어? 개구리가 없어졌어요, 선생님!!
어디 갔지?
황~

교실 몇 바퀴를 돌며 찾았지만 어디에도 없었어요.

개구리들이 어디로 가버렸는지 궁금해하는 아이들에게 이렇게 말해줬어요.
?
사람이 자라면 큰 세상으로 나가듯,
올챙이도 이제 개구리가 되었으니
더 넓은 세상을 찾아 떠난 거란다.
더 크게 자라 우리 교실 창문 앞에서
노래도 불러줄 거야.

칼로 물 베기

요즘 자주 사색에 잠기는 엄마.

청소하는 도중에도
먼 산을 바라보며
진지할 때가 많다.

그러고는 무엇인가 생각난 듯이 쓰고 계신다.

그렇게 죽이니 살리니 해도
그때뿐이란 걸, 우리 가족은 잘 안다.
그래서 부부싸움은
칼로 물 베기라고 하는가 보다.

눈물의 운동화

크리스마스이브, 목사님으로부터 전화가 왔다.

혜연이 선물을 샀으니 만나자고 하신다. 그 일로 엄마는 나가신다.

엄마, 그게 뭐야?
응... 이거 목사님이 네 운동화 사셨어.

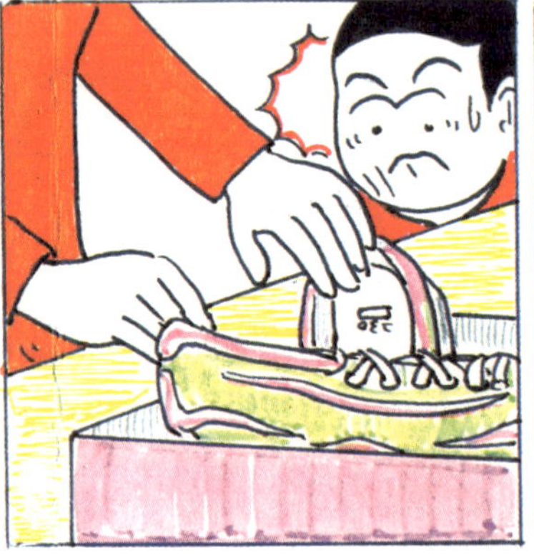

한참 후 선물을 받아들고 집으로 오셨다.
세련된 메이커만 고집하는 혜연. 마음에 들 리가 없다.

목사님이 사주셔서 가져오긴 했는데. 혜연이 네가 신을지 모르겠다.
엄마, 좀... 그~래~

엄마, 그 목사님이 요즘 젊은 세대 감각을 잘 모르시나봐?
엄마가 보기에도 별로인데 자꾸 이 운동화만 고집하시는 거야.

생각해주셔서 사주신 건데 계속 거절할 수도 없고. 끝내 거절한다면 그건 또 예의가 아니잖아.

잠시 침묵이 흐른다.
환불?
교환?

엄마, 그냥 돈으로 달라고 해볼 걸 그랬나? 아니면 환불하지?

얘는, 그걸 말이라고 하니! 영수증도 없고, 또 목사님이 아시기라도 하면... 예배 볼 때 어떡할래?

아빠의 소중한 딸 혜연아, 그리고 연이, 잘 지냈어?

혜연이는 개학한 지가 어제 같은데 벌써 금요일이네. 시간 빠르다.

새로운 친구 사귀고 잘 지내고 있겠지? 엄마 이야기 들어보니 요즘 이가 별로 안 좋다며.

잔소리하는 사람이 없어서 그러나, 늦게까지 안 자고 있으면서 군것질하지?

그래도 자기 전에 이는 필히 닦아야 충치가 안 생기지. 귀찮다고 그냥 자면 당연히 이가 안 좋

아지지. 훗날 죽도록 고생 안 하려면 지금

관리를 잘해. 아빠의 부탁이야 꼭!!

안녕, 또 쓸게...

아빠가~

2010.3.5.

모든 문제의 원인

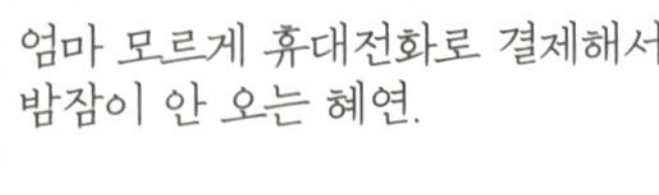

엄마 모르게 휴대전화로 결제해서 밤잠이 안 오는 혜연.

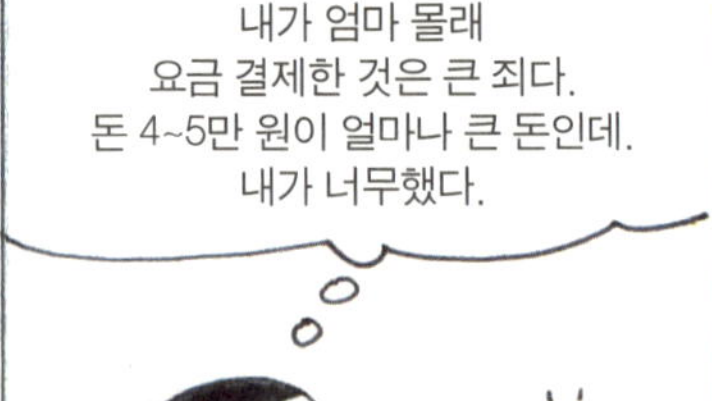

내가 엄마 몰래 요금 결제한 것은 큰 죄다. 돈 4~5만 원이 얼마나 큰 돈인데. 내가 너무했다.

엄마가 그 돈을 벌려면 얼마나 힘들게 고생하며 뛰어다녀야 하는데. 내가 미처 생각하지 못한 것 같다.

혜연아, 제일 나쁜 버릇이 부모에게 거짓말하는 것과 허락도 없이 마음대로 행동하는 거야.

그래. 난 앞으로 그런 나쁜 짓 하는 여자는 안 될 거야!!

그럼 이제부터 취미 생활을 다른 곳으로 돌려보자.

안-되-겠-다

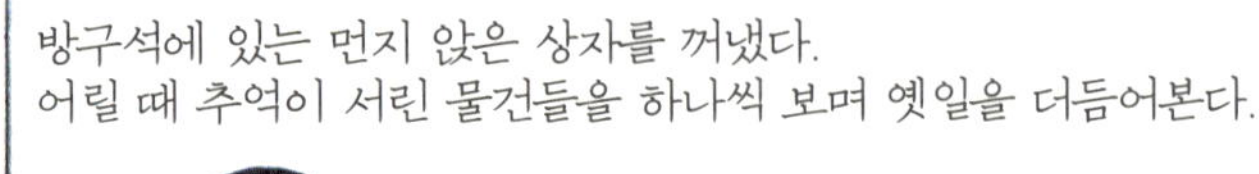

방구석에 있는 먼지 앉은 상자를 꺼냈다.
어릴 때 추억이 서린 물건들을 하나씩 보며 옛일을 더듬어본다.

그 많았던 장난감...

이사 오면서 모두 버리다시피 했다.

히~히 큰삼촌이 선물한 나무로 된 블록.
아빠랑 재미있게 집도 짓고 그랬지...

블럭~

사랑하는 혜연아, 오늘 너를 못 봐서 마음이 안 좋았어. 오늘은 아빠한테 잘못한 게 있어 못 왔지?

그러지 마. 집에 있는 새 노트북 있으면 뭐하니. 컴퓨터같이 생겼다고 다 컴퓨터가 아니야.

조금만 지나면 속도는 느려터지게 되고 짜증도 나겠지. 아빠가 부탁하고 싶은 건,

무슨 일이 있으면 네가 가는 곳을 엄마한테 분명하게 알려줘.

혼날까 봐 거짓말한다든가 나쁜 짓 하면 안 되는 거 알지? 너만 믿는다.

게임하다 보면 욕심나는 일이 많겠지. 그걸 참지 못하고 겁 없이 결제하는 건 나쁜 짓이야.

하고 싶어도, 사고 싶어도 참는 것도 네 인내를 키우는 거야. 앞으로는 조금 더 생각해보고 실천하길~

2010.3.22.

그리움

엄마는 일 가고, 혜연이 혼자 집을 지킨다.

요즘은 집에서 꼼짝도 안 하고 새롭게 꾸며놓은 제 방에서 바쁘다.

그림을 그리기도 하고

지루하면 책도 읽다가
위인전

막간을 이용해 TV를 본다. 마침 혜연이가 좋아하는 '달인'이 방송 중이다(아빠도 좋아한다).
유 달인

또 지겹다 싶으면 컴퓨터로 이동. 모니터를 켜본다. 화면에 보이는 전경. 들에 핀 진달래꽃이 봄이 왔음을 느끼게 한다.
와

총신대입구 산에 아빠와 같이 간 게 아마 이때쯤일 거야.

멀리 보이는 나뭇가지의 새싹과 벚꽃이 누군가를 그립게 한다.

따스한 봄 햇살과 함께 포근함을 느끼며 문득...

아빠의 모습이 떠오른다.
아빠는 지금쯤 어떻게 지내고 있을까?

그리운 마음을 꽃잎에 실어 아빠에게 전해 본다.
아빠
잘지내지
못가 봐서 미안해

무제

내 희망이란 어디까지나 내 마음속에 달린 선택일 거야.
나 스스로 희망이 없다고 생각하면
이곳이 천국이라 해도 지옥처럼 느껴질 것이고
만약 희망을 품고 기다린다면 나 자신을 발견할 수 있어.
그래서 제대로 살 기회도 찾아올 것이라고 나는 믿는다.

약속과 실천

그래... 난 한동안은 아빠 면회를
열심히 갔었다.

하루 일과표를 짜서 벽에 붙여놓고도
여전히 컴퓨터에 오랜 시간 매달린다.
본인이 세운 계획은 지키도록 노력해보자.

초딩의 유혹

검진 결과 과체중으로 판정.
위기감을 느낀 혜연. 다이어트 겸
한강초등학교로 운동을 나왔다.
하나 —
둘 —

그런데 갑자기 나타난
초등학생들이 혜연에게 몰려든다.

중간에 있던 한 남자아이.
야! 너 김혜연이지.
나, 이 학교 '짱'이거든.
너 나랑 사귀자!

뭐? 너랑 뭘 해?
기가 차서 말이...

야. 웃는 거 보니까
네가 싫지는
않은가 보다!
더 밀어붙여!
속닥거리지 마...
다 들리거든.
내 참~
어이없어서~
속닥 — 속닥

옆 친구의 부추기는 말에
힘을 얻은 '짱'은
너! 이제 내가 찍었으니까
다른 애들 만나지 마~!

한마디 던지고 으쓱해하는 뒷모습,
꼬락서니란 가관이다.
어디서 김칫국 마시고 있어.
정말 웃겨!
역시 우리
짱이야!
잘했어!

참 내~ 기가 막혀!
하기는 내 이 잘난
미모를 누가 탓하겠어.
짜식들...
예쁜 건 알아 가지고?

또 운동을 나간 어느 날.
이번엔 여자 초등학생들이 몰려와
길을 막고서...

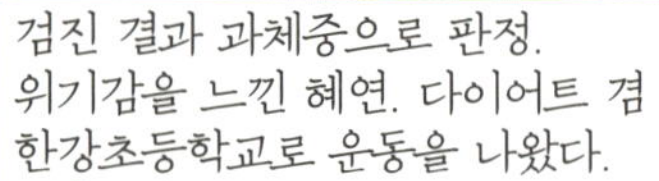

야! 김혜연,
너 우리 학교 남자애 '짱' 알지?

잘~ 모르겠는데.
등치가 크고 키 큰 애~
우리 학교 짱 몰라?
어디서 시치미를 떼!

응~ 그~ 애~
뚱뚱하고 미련해
보이는 애~
내가
점찍었으니까~
꼬리 치지 마!!
알았어?
뭐? 꼬리~

허! 나더러 꼬리 친대...
어이 상실~
봄은 초등학생들에게까지
봄바람을 몰고 오는구나...
~우 쫄~

바람

엄마! 일 안 하고
놀면서 사는 방법이 없을까?
난 엄마가 일 다니는 게
싫어~
뭐?!

있지?~
일단, 네가 부유한
집에서 태어나야 하고...

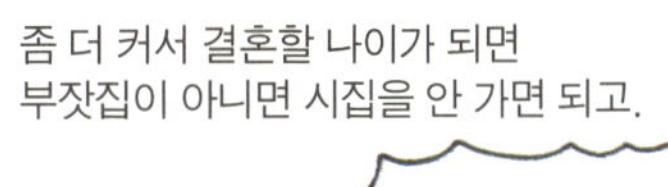
그래서 젊었을 때는 네 맘대로
하고 싶은 것 하면서 놀고.

좀 더 커서 결혼할 나이가 되면
부잣집이 아니면 시집을 안 가면 되고.

어떻게 해서 결혼을 했다 하더라도
아이를 낳아 키울 생각을 하지 말고.

노년이 되어 외로울 것은 불 보듯 뻔한
일이지만 그래도 꼭 참고 살아야지~

이것도 저것도 다 아니면,
일 해가며 먹고살 수밖에!!

이것이 바로 지금 우리가 사는
사회의 현실이야! 혜연아,
엄마가 지금 너무 답답해서
너한테 그만 화풀이를 했구나.
좀 진정한 후에 자세히 설명해줄게~
...
엄마한테
실망했지?
미안.

결론은 맵다!

혜연은 오늘 기분 좋은 일이 있는지 휘파람을 불며 집으로 오고 있었다.
휘~

저만치 앞, 땅에 떨어진 돈이 언뜻 눈에 들어왔다.
앗! 저건 천 원!

빨리 줍지 못하고 주위를 살피며 접근한다.
두리번~
두리번~

음~ 보는 사람은 없겠지?

그때! 맞은편에서 오던 아저씨가 어느새 와서 먼저 줍는다.
호주머니 속에 천 원 한 장이 어디 갔는가 했더니 여기 떨어졌네.

으~ 간발의 차로 놓쳐버렸네. 아깝다.
탁

아빠, 오늘 나 재수 좋다 말았어. 동작만 좀 빨랐어도. 아~으 너무 아쉽다.
왜 또 짜증이 나셨을까. 공주께서~

아빠, 글쎄~ 학교에서 오는 길에 천 원짜리 하나가 떨어져 있는 거야. 주위를 살피며 천천히 주우려고 하는데 마주 오던 아저씨가 재빨리 집는 거야, 자기가 잃어버린 돈이라나 뭐라나~

그건 네 돈이 아니니까 너무 애석해 하지 마. 살다 보면 별일이 다 생겨. 이 경쟁 사회는 남보다 항상 한 발짝 앞서야 살아남을 수 있다는 거야~

그래 이 시간 후로는 내 사전에 남의 눈치만 보며 주저하는 일은 없을 거다! 결정력!! 결단력!! 그게 필요해!

마침 그때 TV 프로에서 퀴즈가 나오고 있었다.
자! 다음 문제. 무지개는 왜 생길까요?
퀴즈 대한 민국
문제 :
아~ 그게~

아~ 나 저거 아는데! 가만~ 답이 뭐더라? 어~ 그게... 저게 뭐였지?

사랑하는 딸. 이제 5월의 푸른 계절이 왔건만 너와 아빠는 여전히 떨어져 서로 그리워하고 있구나.

내일모레면 네가 태어나 11번째 어린이날을 맞이하는데

이렇게 꼼짝없이 갇혀서 상상으로만 너를 안아보니 참 서글프구나.

따스한 봄날 너와 함께 즐겁게 지내야만 하는데. 정말 미안하구나.

올 어린이날은 그냥 그렇게 지내야겠구나. 엄마랑 상의해서 잘 지내.

한참 꿈 많은 시절 너에게 많은 것과 또 넓은 세상을 보여줘야 하는데 기가 막히는구나.

아무쪼록 건강하고 어린이날 잘 지내길. 꼭 좋은 날이 있을 거야. 힘내고~ 또 쓸게.

2010.5.3. 아빠가

책의 용도

한때 혜연이는 책에 관한 관심과
소유하려는 욕심을 가진 적이 있다.

그런데 이사를 오면서
헌책을 모두 버리니
책장이 텅 비게 되었다.

슬그머니 인터넷 도서목록에 있는
베스트셀러 책을 본다.

갑자기 텅 빈 책장을 보자 또 사고
싶은 욕심이 생겼나보다.

그때 뒤에서 눈여겨보던 엄마는

너? 또 쓸데없이
책 사려고 그러지?

책이란 장식품처럼 진열해놓는 게
아니고 얼마나 많이 읽느냐가 중요해.

비싼 돈 주고 사기만 하면 뭐하니.
그 속에 있는 내용을 네 것으로
만들어야지.

어렵게 구입해서 몇 주 있다가 보면
책장 구석에서
굴러다니는 걸.

내가?
언제?

혜연은 학교에서 영어 시간이 되자
얼마 전에 구입한 영어책이
생각났다. 그래서 집에 계신
엄마에게 전화한다.

그책..

엄마, 내 방 책장 위에 전에
엄마가 사준 영어책 있잖아.
그거 거기에 있는지
함 봐봐 빨리... 빨리!!!

네가 와서 찾아 이것아.
나도 집에 들어오면
누구에게도 방해받기 싫다고!
넌 책을 사기만 하면
그걸로 끝이니!!

"""

엄마는 책장이
한쪽으로 기울어졌다고
바닥에 받쳐놓은 것을
까맣게 잊었다.

사랑하는 '자기', 혜연아 그동안 잘 있었어?
엄마 소식으로 혜연이 너의 안부도 전해 듣는다.
아무튼 잘 지내고 있다는 말... 아빠는 기쁘다.
혜연아, 여기에 붙여놓은 클로버와
풀잎은 작년 여름 아빠가 운동할 때
운동장에서 구한 거야.
책갈피에 넣어놓고 잊고 있다가 어제 네가 보내준 엄마와 같이 찍은
사진과 아빠와 찍은 사진들을 펼쳐 보다가 우연히 책갈피에서 발견했어.
생각지도 않은 보물을 발견한 기분이었어. 색도 예쁘게 잘 말랐네?
클로버 세 잎은 엄마, 혜연이, 아빠 이렇게 셋을 의미하는 것 같아...
새로 옮긴 집에서 매일매일 즐겁게 생활하고 있겠지?
언제나 자기와 우리 딸 한번 꼭 안고 지난날을 이야기하나.
매일 손꼽아 그때를 기다려. 황사 조심하고. 엄마와 잘 지내고 있어.
우리 다시 만날 때까지 안녕. 사랑해~ 아빠가.

2010.4.23.

혜연이 키친

엄마는 직장에 가셨다. 배가 몹시 고픈 혜연. 난생처음으로 큰마음 먹고
라면 끓이기에 도전해본다. 이제껏 엄마 아빠에게 얻어먹기만 했지,
직접 끓여 보기는 처음이다.

*주의할 점: 가스 불, 끓는 물 조심

아빠가 끓이던 것을 늘 보기는
했다. 먼저 내가 제일 좋아하는
신라면을 준비하고~

적당한 크기의 냄비에 깨끗한 물을
1/3 정도 채운 다음

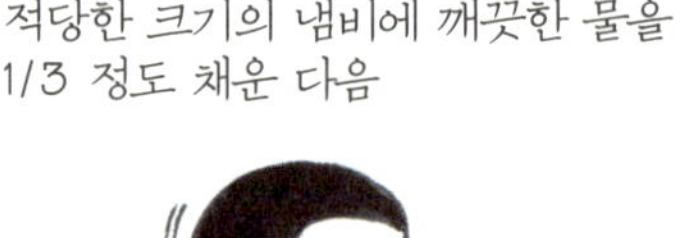

가스레인지 위에 얹는다.

안전밸브를 연 다음~ 레인지에
스위치를 살짝 누르며 돌린다.
음~ 불이 붙었는가를 꼭 확인한다~

물이 끓을 동안, 라면 봉지를 뜯어
놓는다.

물이 끓기 시작하면 라면 넣을
준비 시작~

뜨거운 물이 튀지 않게
조심해서 넣는다~

짜게 먹으면 몸에 해롭다.
스프를 몽땅 넣으면 짜다.
살짝 덜어낸 다음
넣는다.

끓는 라면을 고루 익게
휘~휘 저어주는 건 필수.

222

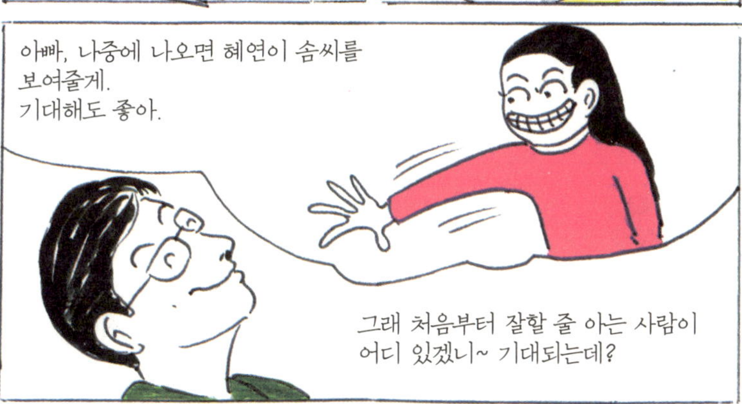

사랑하는 '딸' 혜연아. 오늘따라 더욱 네가 보고 싶구나. 잘 지내지?

아빠가 상상하면서 네가 라면 끓이는 걸 그려봤어. 아직도 안 해봤다면 엄마가 옆에 있을 때 하나씩 해봐.

전에 너와 가게에서 라면 먹던 생각이 많이 나는구나. 넌 노른자와 흰자가 풀어지지 않은

덩어리를 좋아했지. 언제나 너와 함께 옛날 가게에서 놀던 것처럼 해보려나. 꿈만 같구나.

아빠의 특별 부탁인데 손을 항상 깨끗이 씻어. 손에는 대장균이 수억 마리도 넘거든.

네가 감기에 자주 걸리는 이유도 거기에 있어! 학교에서 돌아오자마자 비누로 깨끗이 씻어.

집에서도 구석구석 자주. 특히 음식 먹기 전에, 알았지. 잘해주리라 믿어. 아빠가(자기도). 2010.4.

혜연이의 적

혜연이는 한 가지 큰 고민이 있다. 다이어트.
엉~

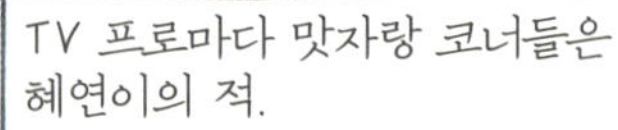

TV 프로마다 맛자랑 코너들은 혜연이의 적.
아
꿀꺽

첫 번째 적은...

바로 너
헬레비전!!

보자기로 단단히 묶어놓고

두 번째 적은 크리스마스, 생일, 신정, 온통 지뢰밭이다.
어떻게 피해 가지?
12 DECEMBER
2009.

피할 수 없는 세 번째 적. 바로 엄마의 집념. 먹을 때 같이 안 먹으면 절대 용납 불허.
어서 먹어 골고루.
깨작 깨작~

엄마! 나 방학 동안 결심한 것은 어떡해!!
이건 살 안 쪄.
갈녀.

크리스마스이브. 그날은 도저히 참을 수 없었다. '케이크와 와인'
예수님 생일인데... 혜연이 맘 다 아실 거야.
케이크가 그렇게 좋아?

사랑하는 '자기' 혜연 그동안 별일 없었지?

며칠 있으면 크리스마스인데 아빠가 우리 가족과 같이 있어주지 못하고 이게 무슨 짓이람.

해마다 트리 만들고 밤새 불 켜놓고 했는데. 이번 크리스마스는 어떻게 보내?

너무 우울하게 보내지 마! 예수님이 기뻐하지 않으셔.

아빠가 전에 총신대 있을 때는 새벽에 집집마다 다니며 찬송도 부르고 했는데.

자기, 혜연아, 우리 조금만 참자. 우리가 만나는 그때 못 해본 것 다 해보자꾸나.

우리 딸, 아빠가 한참 꿈무니에 달고서 다닐 때인데 그 시기를

다 놓쳐버려 아빠는 너무 아쉽고 서운해.

아빠가 없는 가운데 밝게 자라주니 정말 고마워 혜연아! 공부도 잘하고 있다니 더 바랄 게 없구나!

아빠도 쓸쓸한 연말 행복하게 지내야지. 자기와 딸 생각하면서. 건강하게 잘 보내길 빌게.

2009.12.24.

집중력이 부족한 혜연

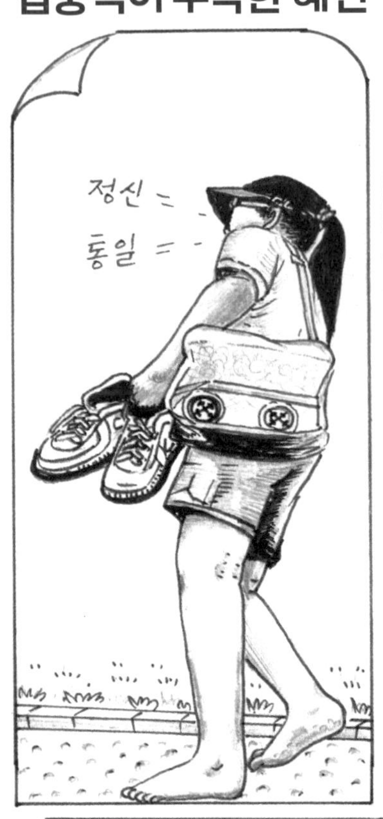

분명 집중력에 문제가 있다.

앗싸!! 90% 이상!
이 정도면 괜찮은데?
공부 좀 하는가
했더니 금세
또 딴짓해.
보통 문제가 아니야.
지금부터라도 집중력을 키워보겠어.
일단 한 시간 동안 앉아서 공부하자.
20분쯤...
아, 깜박했네.
어제 사서 냉장고에
넣어둔
아이스크림
혹시?
엄마가?
아냐. 내가
이러면 안 되지.
집중~ 집중
또 집중해야 해!
아니
쟤가
왜?
아, 내가 자전거
열쇠는 잘 잠갔나?
어쩌지?
혹시!
학교 책상
서랍에
책 놓고
온 거 아냐?
새로 나온
영화 제목이
뭐였더라?
내가 왜 이러지?
멍
히히
맞아!
이래 보여도 난 어엿한
5학년이라고.
더 이상은 안 돼.
쓸데없는 생각하면 안~ 돼!
열심히 공부하자. 나 자신에게
뭔가를 보여줘야 해.
그래! 바로 이거야.
나도 하면 되잖아.
벌써 한 시간이 넘었잖아~
헤헤.
잠시 후...
Z
Z
그냥 평소대로 하지~
내 저럴 줄 알았어.
히
히

크리스마스 1

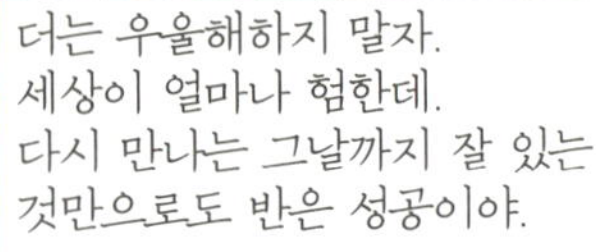

더는 우울해하지 말자.
세상이 얼마나 험한데.
다시 만나는 그날까지 잘 있는
것만으로도 반은 성공이야.

이제부터 계속 명랑하게 보내야
한다. 견디고 이겨내면 내 마음의
키는 더 자랄 거니까.

그래! 나가자!
나가주자! 까짓 거
세상 밖으로 내가
나가주지!!

기차를 타고 조금 멀리 간다.
멀리 보이는 경치가
정말 아름답다.

외로움도 겪어본 사람만이 더
강해진다... 돌아오는 길. 1시간 후.

어떻게든 이 시간을 잘 견뎌내는 게
문제겠지!!
신용산 .역
어?
내려야지

말없이 걷는 혜연. 몸이 멀어지면
마음도 멀어진다던데...

아빠와 혜연이의 거리는 왜 점점
가까워지는 걸까?

집으로 오는 길에 엄마를 만났다.
날도 추운데 어디 갔다 와?
음, 그냥!
여기저기...

요즘 우리 혜연이가 너무 힘이 없어
측은한 생각이 든 엄마의 이벤트.
그래 엄마 곁에서
크리스마스를 즐기는 게
낫겠다.

일단
들어가자!
304

뽀삐! 집 잘 지켰어?
깽 깽

엄마는 오늘 같은 날에 더 사랑을 느끼나 봅니다.

10분은 너무 짧아요

오늘은 아빠에게 면회를 가기로 한 날. 아직 잠에서 덜 깬 듯 하품을 하는 혜연...

그때 거실에서 엄마가 부르는 소리가 들렸어요...
혜연아! 일어났음. 밥먹어!
휙

먹는 거라면 누구한테도 지지 않아요...
어서! 서둘러. 아빠 면회 가야지!
네!

저는 신이 났어요...
엄마! 면회시간이 10분밖에 안 돼. 짧으니까 물어볼 말은 적어가야겠지?

아침을 먹은 뒤 저는 책상 앞에 앉아 하고 싶은 말을 꼼꼼하게 적었어요.

모두 적은 쪽지를 잘 접어서 제가 아끼는 핑크지갑 사이에 넣었어요.
잃어버리지 않게 잘 넣어!

밖의 날씨가 유난히 추워 오리털 잠바로 완전무장을 했어요.
혜연! 왜 이리 급해! 살살해.

든든하게 차려입은 엄마와 저는 면회 가려고 집을 나섰어요.
기도교

요즘 자가용 없는 집이 어디 있냐고 하시겠지만 저희는 없어요. 걸어서 지하철 4호선 역으로 갔어요.
신용산2번출구.
태평양화
신용산역

지하철에 오르니 따뜻하고 사람이 별로 없었어요. 가장자리에 앉았다가

문득 옛날 일이 생각났어요. 지하철만 타면

난간 위에 올라가 앉기를 좋아했어요. 어릴 때가 생각나 한 번 올라가 봤죠.
위험해!
창피하게 얘가 왜이래!

어느새 종착지에 다 왔어요.
엄마와 저는 급히 내렸어요.
Korea

역에서 나가 마을버스로 갈아타야
해요. 그래도 전 힘들지 않았어요.
아빠를 볼 수 있다는 마음에요.

한참을 기다린 끝에 마침 구치소
방향으로 가는 마을버스가 도착해
엄마와 저는 차에 올랐어요.

구치소로 가는 도로 주변에 내려
걸어갔어요.
서울구치소
엄마!
다왔어.

면회시간이 되어 방으로 들어갔어요.
아빠는 미리 와 계셨어요.
반가운 저는 적어간 내용을 모두
이야기하고 싶었어요. 그런데 엄마가
급히 말하는 바람에 전 기회가
없었어요.

화가 난 저는 엄마를 밀었어요.
엄마는 매일 오면서 왜 하필
오늘따라 할 말이 많은지 이해가
안 됐어요. 10분은 너무 빠르게
지나갔어요.

전 몇 마디 말도 못하고 문을
나와야 했어요. 그때 억울한
심정은 말로 표현할 수가 없었어요.
떵 뚱~
으앙~

화가 난 전 밖으로 나오자 문을
발로 차며 짜증을 냈습니다.
혜연아
미안
해~
꽝!

밖으로 나와 도망치듯 달렸습니다.
이때만 해도 난 엄마를 이해하지
못했어요.
혜연아!
그게 말이야
오늘 꼭 해야 할
말이 있었어.
흥

엄마는 차분하게 저를 달래기
시작했어요.
오늘 꼭 해야
할 중요한
말이 있었어!
…

어른들의 중요한 일을 이해하지
못하고 그저 짜증만 냈던 제가
부끄러웠습니다. 시간은 다음에
또 있다는 것을 그제야
알았습니다.
돈가스
홍화

제 맘을 아신 엄마는 제가 가장
좋아하는 짜장면을 사주셔서 그날
일은 눈 녹듯 녹아버렸답니다.
혜연이는
좋아하는 음식
앞에서는 사족을
못 씁니다.

일기

혜연은 빈집을 지키는 일이
허다하다. 엄마에게 문자를
보냈지만 응답이 없다.

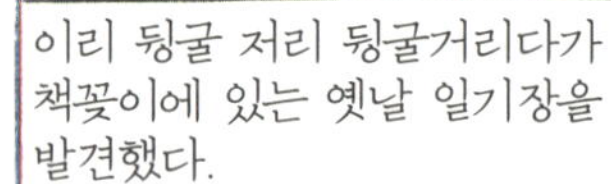

이리 뒹굴 저리 뒹굴거리다가
책꽂이에 있는 옛날 일기장을
발견했다.

일기장을 읽으며
한 장씩 넘기던 혜연.

6학년 언니... 머리 감는 선생님을
보며 어쩔 줄 몰라 했다.

경쟁에서 밀린 다른 언니는
슬픈가 보다.

혜연이의 컴퓨터 고치는 법

이래도 안 되면 엄마가 야단치듯 화를 낸다.

혹시! "다시 한 번 해볼까" 하고 고개를 돌려보다가 이내 포기한 혜연.

힘은 여전하세요

영하 10~20도를 오르락내리락하는 추위와 게으른 혜연이...
혜연아 때 밀러 가야지!
엉

엄마랑 모처럼 사우나에 간다.
때 밀러 가자. 꼬라지가 그게 뭐냐!
으ㅡ으ㅡ이ㅡ

어릴 땐 목욕탕에만 가면 사고를 쳤지...
날이 추우니 옷을 두껍게 입고 가!

온 사방을 돌아다니다 넘어진 적도 허다했고...

어느새 사우나에 도착.
찜질방 옷 두 벌만 주세요.

조금만 뜨거워도 견디지 못하는 혜연.
1반 짱! 김혜연 아니야? 큰일이네 나가야 하는데...
아 뜨거

몇 달 전 혜연이는 뜨거움을 참다가 졸도한 적이 있었다.

실외 수영장에서 튜브를 타고 놀다

튜브가 뒤집혀 물 먹은 적도 많다.

너 수영장에서 튜브 타고 까불다가 물에 빠져 죽을 뻔했던 거 알아?
내가 언제?!
힘ㅋ

요즘 너무 말 안 듣는 걸 생각하면 그때 그냥 땟물이나 실컷 먹게 내버려둘 걸 그랬어.
우-와 엄마꼭
흥~흥

엄마 아파! 좀 살살해.
혜연아 더 불려서 밀어야겠다. 잘 안 밀려. 뜨거운 데 들어가 있어.
아야

이리 줘 엄마. 등 밀어줄게.
밀 줄 알아?

등 밀기는 힘이 보통 많이 드는 게 아니다. 제일 먼저 아래서 위로
꽝~꽝~

다음은 일어서서 아래로... 등 쪽 홈에서 바깥쪽으로 힘껏...
으 싸

우리 딸, 언제 이렇게 큰 거야? 엄마 등을 다 밀고... 힘든데 그만해도 돼.
알았어! 비누칠 마저 하고.

혜연은 마지막으로 비누거품을 낸다...
엄마, 피부가 매끈매끈해!
와! 개운하다. 딸! 그만해도 돼~

혜연은 엄마 등 뒤에서 무언가 생각한다. 언제 엄마 등이 저렇게 왜소해졌지?

전에는 혼자 엄마 등을 민다는 건 상상도 못 했는데... 넓어서...

혜연이를 키우느라 고생하신 엄마! 새해에는 엄마, 아빠에게 든든한 딸이 될게요!!!

요즘 들어 혜연이가 생각할 게 너무 많았어요. 괜히 짜증내기도 하고 화도 냈어요... 조금만 기다려요 엄마...

그때!!
뭐 해!
으 워!
빨리 하고 가야지!

통통 불은 몸은 때가 잘 밀린다.
이제 잘 밀리네. 아~이 드러워!!
아직 힘은 여전하시다.
아~야야 아파! 살살해!!
뿌득~득~

늦잠을 부추기는 친구

혜연은 잠을
너무 늦게 자는
버릇이 있다.

밤 1시가 다 되어서야
잠이 든 혜연.

그러니 늦잠을 잘 수밖에 없다.
지각은 보통이고 엄마가 주는
우유도 마실 시간이 없다고
굶는 게 일상이 됐다.

안 그래도 늦잠 자는 혜연이에게
늦잠을 부추기는 좋은
친구가 생겼다.

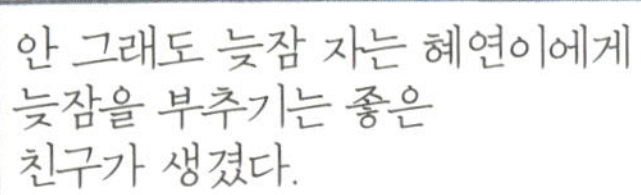

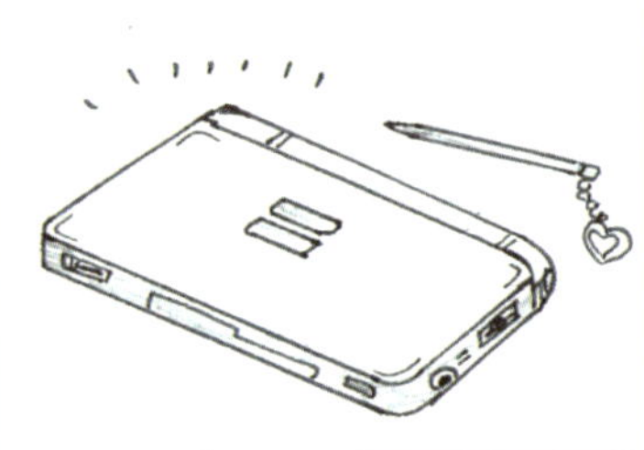

바로 아빠가 선물로 사준
닌텐도 게임기...

외출할 때는 꼭 들고 가는 '집착'

두뇌 트레이닝도 하고 영어 공부도
할 수 있다. 그리고 게임까지 할 수
있다.

특히 무인도 생존 게임은 혜연을
푹 빠지게 한다.

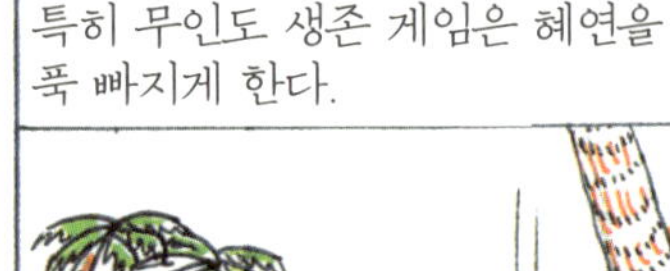

야자수 나무를 흔들어 과일을
따기도 하고

스크린을 열심히 문질러
불을 피운다.

모래를 파헤쳐 조개도 잡는다.

칼슘 보충을 위해 물고기도 잡는다.

생존 게이지가 줄지 않게 물도
수시로 마셔줘야 한다.
고거 참!
미치겠네.
흥~ 흥~

시간 가는 줄 모르던 혜연.
몸이 굳어버렸는지 기지개를 켜본다.
에~그~그~그~
야~

혜연은 오랜만에 밖으로
나와보았다.
아!
시원하다!

그런데 눈에 착시 현상이...
헉!

인도의 가로수가 게임 속의
야자수로 보인다...

눈을 한 번 더 비벼보는 혜연.
혹시!
내 눈이?

주위는 아랑곳하지 않고 가로수로
달린다.
후~우~우~
?

가로수를 안자마자
와오~
열매다~

흔들어 대기 시작한다.
우~우~우~

이제야 제정신이 든 혜연.
...
헉~헉~
어린애가
안됐네~
쫏쩟..
여보! 그냥.
가자구~
무슨 일이든
너무 지나치게 하면
해가 되는 법이다.

강낭콩

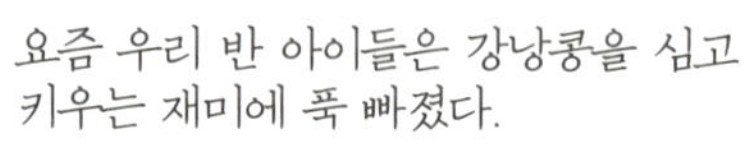

요즘 우리 반 아이들은 강낭콩을 심고
키우는 재미에 푹 빠졌다.

말이 끝나기가 무섭게 아이들의 우레와 같은 박수가 터져 나왔다. 짝짝짝!!!

두 해째 접어든 교사 생활,
아이들에게 배우는 게 참 많다.
강낭콩이 자라는 모습에서
자연을 사랑하는 마음을 배우는
예쁜 아이들...
그 고운 마음씨를 닮고 싶다.

엣지? 꺼벙!

혜연이는 이제 5학년이 된다.
아자! 좋았어!
5학년 새 학기에 도전해 보는 거야!

이제 나도 5학년이 되었으니 변화가 필요해!!

먼저 새로운 변화를 위해서는 머리 스타일부터 바꾸기로 결심한다.

예쁜 머리 스타일이 뭐가 있나 인터넷을 찾아본다.
좋아! 이 스타일이야!

명동에 있는 미용실 위치를 묻는다.
명동 갈국수
세마 헤어
매장

어렵게 찾아간 세마 미용실
어떻게 자를 거니?
드라마 아이리스 김소연 머리로 해주세요

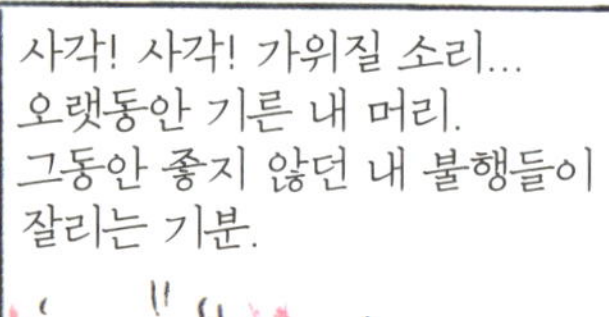

사각! 사각! 가위질 소리...
오랫동안 기른 내 머리.
그동안 좋지 않던 내 불행들이 잘리는 기분.

계속 미용실에서 잘라야만 하는 스타일이 조금 걱정 된다.

머리 모양은 여러 가지가 있었다.
단발머리~

조금 더 어른 기분이 드는 살짝 파마한 머리~

조금만 손질을 게을리하면 스타일이 엉망이 되는 커트 머리~

마침내 내려진 결정에 따라 '아이리스의 여전사' 탄생!

사랑하는 혜연, 심연. 드디어 3월 2일 오늘 5학년으로 올라갔네?

새로 들어오는 1학년 입학식도 했지? 어때, 너 1학년 입학할 때가 생각 안 났어?

그때가 엊그제 같은데... 어느새 5학년으로 올라간다니 세월 참 빠르다.

새로 만난 반 친구도 잘 사귀어 친하게 지내고 학교생활에 충실하길 바라.

아빠 없는 동안 슬기롭게 잘 헤쳐나가길 바란다. 이제 어느새 따뜻한 봄이야.

들에 푸르른 새싹이 활기를 찾아 돋아나겠지? 아빠도 이 새싹처럼, 새로 맞이하는 세상처럼...

하루빨리 밝은 모습으로 너희 둘을 만나고 싶구나. 기다려 연아, 다 잘 될 거야.

건강하고, 오늘도 파이팅이다!! 2010.3.2.

쥐 소동

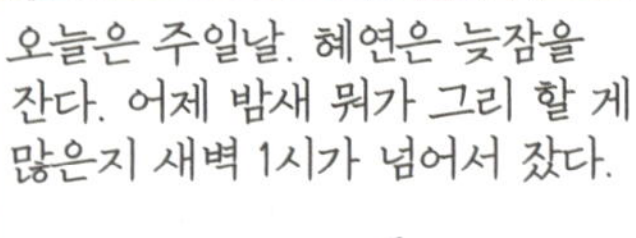

오늘은 주일날. 혜연은 늦잠을 잔다. 어제 밤새 뭐가 그리 할 게 많은지 새벽 1시가 넘어서 잤다.

부스스 일어나 보니 시간은 점심때가 다 되었다.

정신이 몽롱한 게 잠이 아직 덜 깼나보다.
어?

그렇게 비몽사몽 중에 구석진 곳에서 바스락거리는 소리가 났다.
바리락 바스락

혹? 쥐가 내 방에 들어온 거 아니야?
바시락 바시락

에~이 설마, 대낮인데다가 사람도 방에 있는데 그럴 리가, 내가 잘못 들었겠지.

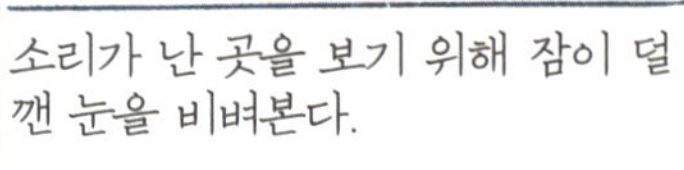

그때 다시 구석진 곳에서 또 그 소리.
뿌시럭

소리가 난 곳을 보기 위해 잠이 덜 깬 눈을 비벼본다.
바시락

놀란 혜연...
엄마야!! 내 방에 쥐가 들어왔다!

요놈의 쥐새끼! 네가 날 얼마나 깔보았으면 내 방까지 들어와!
꽝

그때 놀란 표정을 지으며 들어온 엄마. 혜연은 소리를 질렀다.
무슨 일인데 이 난리야?
나갈
엄마 내 방에 분명 쥐가 들어왔다니까? 저쪽에서 소리가 났어.
아니 어떻게 들어왔지?

2010년 3월 15일 오후 2시.

용산 재판 항소심이 검찰 측의 기피 신청으로 연기되었다가 드디어 다시 시작되었다.

증인으로 나온 용산 경찰서 고위층 간부 3명. 하나같이 발뺌하기에 바빴다.

이제껏 보아왔듯이 그들은 증언을 빙빙 돌리며 시인하지 않으려는 기색이 역력하다.

2시에 시작된 재판이 끝난 후 8시 50분에 구치소에 도착했으니

취침시간이 다 되어서야 돌아온 셈이다.

전에는 방청석을 볼 수 있어 좋았는데 이번에는 자리 배치를 정면을 보게 해놓았다.

그래서 처가 어디쯤 앉아 있는지 볼 수가 없었다. 재판이 끝나고 나올 때 방청석 중간 지점에서

손을 흔들며 맞이하는 처의 얼굴을 대하니 기뻤다. 나를 위해 긴 시간 앉아 있었을 처를 위해서라도

이 재판에서 진실을 밝혀 하루라도 빨리 출소해 만났으면 한다.

엄마 vs 딸

엄마는 저와 대조적입니다. 엄마는 항상 깔끔한 모습에 스스로 미스코리아인 양 옷 한 벌도 조금이라도 마음에 들지 않으면 입지 않는 성격이지요.

반면 저는 털털한 성격입니다. 아무 곳이든 던져놓으면 그것으로 끝입니다.

어느 날 저는 엄마의 얼굴을 자세히 볼 수 있었습니다.

아~ 그야말로 미치겠다... 세상이 너무 각박하다. 먹고살기 힘든 사회. 아무리 애를 써도 헤어나기가 힘들다.

잘 아는 척하는 혜연

어느 날 엄마 꿈속에 제가 화사한 옷을 입고 나타났다고 합니다.

그러더니 이내 멀리 사라져버렸답니다.

다음날 아침. 엄마가 저를 보는 눈빛이 예사롭지 않았습니다. 아무것도 모르는 저는...

엄마가 냉장고에서 꺼낸 건
혜연이가 제일 좋아하는 '백포도주'였다.

사랑하는 딸 혜연아.

못 본 지가 꽤 오래된 것 같구나. 잘 지내지?

엄마가 그러는데 갈비탕 약속했다고. 그런데 그 큰 그릇을 혼자서 다 먹어?

그렇다면 정말 배가 크다. 건강 조심해야지, 밥맛 좋다고 먹다 보면 돼지가 돼.

우리 딸 제주도 간다고 비행기 타고, 와 좋겠네.

네가 엄마 뱃속에 있을 때 타보고 두 번째가 되겠네.

하여튼 조심해서 잘 갔다 와. 좋은 추억이 될 거야.

나이 들어서도 기억에 남는 거니까 추억 많이 만들어. 나쁜 친구는 사귀지 말고.

네가 착하니까 친구도 공부 잘하고 착한 친구 사귀어라. 뒤에서 아빠가 응원해줄게.

공부를 시켜서 하지 말고 알아서 스스로 해. 공부도 '때'가 있으니까.

또 보자. 아빠가.

2010.4.7.

올해 마지막 날

혜연은 방학에도 학교에 간다.
방과 후 컴퓨터 앞에 앉아 새해를
의미 있게 보내는 방법을 고민한다.
뭔가 하고는
싶은데...

첫째, 엄마에게
극장 구경을 가보자고 할까?
요즘 어린이 영화 아바타가
최고 흥행이라던데...
아바타
와

극장표를 검색해보았다.
매진이었다.
으~잉.
다 팔렸잖아?
매진

온누리
송년 기도회
송년 기도회
한 번 가볼까?

할렐루야
할렐루야
찬송을
다 함께...

시간을 보니 너무 늦었다.
아니
시간이~

실망하는 혜연. 그때 메시지가 도착
뭐가 이렇게
되는 게 없어!
위잉

엄만데, 혜연아!
몇 시에 끝나니(준비 끝).
도착했습니다.
메시지가

기대에 부푼
혜연.
올해 마지막 날.
설마... 또 뭐
준비한 거 아니야?

오후 5시 학교를 마치고 집으로
가려고 선생님께 인사를 한다.
조심해서 가.
안녕히 계세요

친구와 인사를 하고
한강초등학교

문 앞에 도착한 혜연.
이번엔
뭘 준비했나!
딸
깍
?

사랑하는 딸 혜연아.

잘 있었어. 아빠는 항상 네가 제일 신경 쓰여.

오늘은 어떻게 지냈나, 밥은 잘 먹었나, 학교는 잘 다니나, 모든 것이 다 걱정돼.

딸, 이게 부모의 마음이야. 알기나 해? 방학도 반 이상이 지났네.

시간이 빨리 지나간다. 방학 동안 시간 내서 엄마보고 영화 구경 가자고 해.

3D 입체영화가 그렇게 실감 나고 재미있다던데 머리도 식힐 겸 가봐.

아빠와 있었으면 벌써 갔을 텐데. 혜연아, 이담에 많이많이 해줄게.

할 것 있으면 하나씩 적어놔. 알았지? 접견 때 보자. 건강하게 잘 지내.

1.13. 아빠

크리스마스 2

크리스마스는 다가오는데 혼자라는 느낌이 든 혜연은 쓸쓸하다.

도대체 이 세상에 태어나 산다는 게 무슨 의미일까? 그래! 그래도 나는 절망하지 말자! 나 자신이 패배자 같은 생각이 드니까.

내게 있어 고독은 어떤 의미일까?

이 초라하고 궁핍한 세대에 태어나 지금 내가 기댈 곳은 엄마의 품밖에 없다.
엄마! 사랑!

기댈 곳이 한군데 더 있었는데... 잠시 혜연의 곁을 떠나 있다...
그래! 난 괜찮아! 엄마가 곁에 있으니까!
난! 외롭지 않다!

이것이 바로 부모 자식 간의 애틋한 마음이 아니겠는가?
근데 엄마는 혜연이가 생각하는 만큼 나를 사랑하는 걸까?
?

왠지 모르게 나는 어딘가 허전하다...
엄마는 내 마음을 모른다...

난 지금 마음이 텅 빈 것 같다. 어쩜 엄마는 내 마음을 이리도 몰라주는 걸까?

어떤 때는 혜연이 마음을 이해해주는 것 같기도 하지만 때로는 차갑고 무시당하는 기분은 왜일까?

그래서 더욱 견디기 힘든 것 같다.
으~앙~

혜연아? 너 갑자기 왜 그래?

그래 맞다!
나는 지금 공부할 나이라는 걸 깜박 잊고 있었다.

네 번째 이야기.

아내, 그리고 혜연이 엄마

내일의 희망

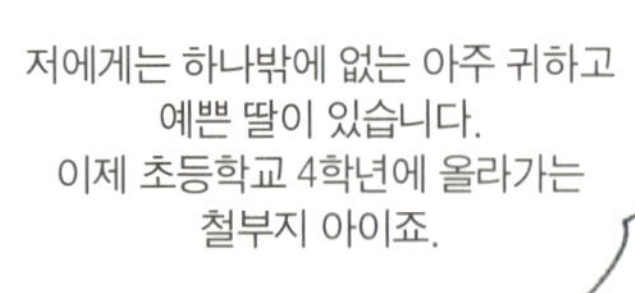

저에게는 하나밖에 없는 아주 귀하고 예쁜 딸이 있습니다.
이제 초등학교 4학년에 올라가는 철부지 아이죠.

주위를 둘러보면 새 학기에 맞추어 분주하게 준비하는 아빠, 엄마가 많이 보입니다.

우리 딸아이도 해마다 아빠가 모든 걸 준비해 주었는데. 올해는 아빠가 계시지 않습니다.
아빠, 이거 너무 커!
그래?

전 올해가 딸 혜연이에게 가장 미안하고 마음이 아플 한 해가 될 것 같습니다.

혜연이 아빠는 지금 서울구치소에 수감되어 있습니다.
171

혜연이가 초등학교 3학년이던 지난해 겨울... 장사하던 가게에서 이렇다 할 보상도 없이 쫓겨날 처지에 놓여 철거에 반대하는 투쟁을 하게 되었습니다.
진보당

최후의 수단으로 망루에 오를 수밖에 없었던 그날. 살인정권에 의해 무참히 짓밟혔고. 대형 참사로 이어지고 말았습니다.
진보당!!

잊히지 않는 2009년 1월 20일 새벽... 씻을 수 없는 아픈 상처를 가슴에 안은 채, 남편은 구속되고 말았습니다.

갑작스레 저와 딸만 남겨두고 언제 다시 만날지 기약도 없이 그곳으로 멀리 가버렸습니다.

며칠 후 면회를 가서 본 아빠의
모습은 한없이 처량했고,
야윈 얼굴을 보았을 땐
너무 안타까웠습니다.

아빠가 떠나고 남겨진 빈자리는
상상도 할 수 없을 만큼 컸습니다.

아직 아빠가 멀리 일하러 갔다고
믿고 싶다는 어린 딸. 이제는 제가
한집안의 가장 역할을 해야 하고,
아빠의 짐까지 짊어져야 하는 것이
현실이 되고 말았습니다.

그리고 면회실에서 만난 아빠는
원만하게 해결되기를 바랐죠.

아빠가 지금이라도 문을 열고
들어 올 것 같은지 내내 문 쪽을
바라보는 딸.

이렇게 우리 가족은 유독 시리고
추웠던 2009년 겨울을
보냈습니다.

2009년 2월 12일 저와 딸은
아빠가 계신 서울구치소에
다녀왔습니다.

비록 아빠는 곁에 없더라도
꿋꿋하게 살겠다고 다짐하며
집으로 돌아왔습니다.

남은 우리에게는 차가운 눈을
녹이는 햇볕처럼 따스한 일들만이
기다리고 있을 거라는
기대를 했죠.

무슨 일이 있더라도 우리 모녀는 서로 의지하며 살자고 꼭 안으며 말했습니다.

그렇게 일상으로 돌아가 저는 중단했던 일을 다시 시작하기로 했습니다.
공부 열심히 해, 파이팅!
엄마도...

2009년 3월 8일 그날도 저는 어김없이 출근했습니다. 그날 학교에 갔던 딸아이가 전화를 자주 했습니다.
엄마, 어디야? 언제 와? 응...

그날 늦은 시간까지 일하고 있었죠... 딸아이는 울면서 또 전화했죠.
엄마! 나 혼자 무서워. 빨리 와~

다음날 출근했죠. 일을 막 시작하려 할 무렵 전화가 한 통 왔습니다.
혜연이 어머님 안녕하세요.! 담임인데요, 혜연이가 좀 이상해요.

전화기 너머로 들려오는 내용은 차마 믿고 싶지 않은 소식이었습니다.
예?!! 우리 혜연이가요?

청천벽력 같은 소식을 들은 저는 떨리는 마음을 부여잡고 학교로 달려갔습니다.
선생님!!

곁에서 항상 손과 발이 되어주던 아빠를 그렇게 떠나보낸 후 아마도 정신적인 충격이 컸나봅니다.
혜연아, 빨리 병원에 가보자. 응? 어서...

저는 딸을 데리고 병원으로 한걸음에 달려갔습니다. 가는 순간에도 기도를 멈추지 않았습니다.

분명히 큰 이상은 없을 것이라고,
금방 괜찮다고 밝게 웃으며
말할 것이라고...

그러나 정신과 전문의 선생님의
말을 듣는 순간 가슴이 무너져
내리는 것만 같았습니다.
마음속 큰 충격과 스트레스로 인한
정신적 이상증세입니다.
빨리 치료를 받으셔야
할 것 같습니다.

그날... 이제껏 건강해 어떤 병도
걸리지 않았던 아이였는데,
부모의 잘못으로 어린 딸에게
상처를 안겨줬다고 생각하니
원망스럽고 또 딸이
너무 안쓰러웠습니다.

이 세상 어떤 것보다도 사랑스런
딸아이의 머리를 쓰다듬으면서
말했습니다.
혜연아, 왜 우리에게
이런 시련이
주어지는지 모르겠구나.

뒤늦게 이 소식을 들은 아빠는
아무것도 해줄 수 없는 안타까움에
소리 내어 울었습니다.
자기야~ 우리 딸 어쩌면 좋으니.
이 못난 아빠 때문에.

저는 면회 갔다 돌아오는 길에
이 썩어빠진 정부를 경멸하고
원망의 눈초리를 보냈습니다.

수개월 동안 힘겹고도 아픈
상처를 겪는 딸을 간호한 뒤
저는 딸과 단둘이 외로움과
적적함을 달래가며 살았습니다.

잠들었다 눈을 뜨면 이 모든 현실은
여전히 그래로였죠.

딸아이에게 잘 잤느냐며 얼굴을
쓰다듬어주실 아빠가 옆에
계실 것만 같았습니다.

이 모든 것이 실감 나지 않았고
마치 꿈을 꾸는 것 같았습니다.
그렇게 지금 아빠가 없는 현실이
많이 혼란스러웠고 너무나도
슬펐습니다.

어느 때보다도 큰 그늘이
되어주셔야 할 아빠는 이제 저희
곁을 떠난 지 여섯 달째 접어듭니다.
여전히 딸은 아빠를 그리워하지만
전 아무 내색도 하지 못했습니다.

매일 하늘을 보며 아빠를 그리워
했지만 이젠 내 곁에서 딸을
응원해주고 사랑해주던 아빠
대신, 점점 증세가 나아지는 딸
혜연이 덕분에 힘이 생겼답니다.

아빠에게만 의지할 줄만 알았던...
그래서 홀로 할 수 있는 일이
없었던 딸아이는 이번 일을 계기로
마음이 조금 단단해졌습니다.

현실을 원망하고 미워만 했던
어리석고 어렸던 생각과 마음의
키도 1년이 넘고 2년이 다가오면서
훌쩍 자랐습니다.

그리고 저 자신과 한 가지
약속을 굳게 했습니다.
아빠밖에 모르던 한없이 착한
제 딸이 바르고 예쁘게 크도록
옆에서 많은 사랑과 도움을
주겠다고요.

멀리서 지켜보고 계실 아빠에게
절대 부끄러운 모녀가 되지 않을
것을 약속했습니다.

딸의 의젓한 말을 듣고 있으면
없던 힘도 생기고 편해집니다.

세상이 그렇게 각박하고 모진 것
만은 아니구나. 비록 아빠는 곁에
없지만 딸아이를 홀로 키우며
지금은 행복합니다.

거센 비를 맞고 곳곳에 상처가 난
나무 사이로 바람이 스며들어
그곳을 어루만져주는 것처럼 제
곁에 있는 딸이 제 마음의 상처를
곧 아물게 해줄 것이라 믿습니다.

요즘 들어 긍정적으로 마음먹고
밝게 살아가려고 노력하는
딸아이의 모습을 발견할 때마다
대견한 마음에 미소가 절로
지어집니다.

때로는 엉뚱할 때도 있지만요.

캄캄한 어둠 뒤에 새벽이 찾아오듯이
저에게도 매일 새벽이 찾아옵니다.

새벽이슬을 머금은 파란 잎들에게
아침 해가 따스한 햇볕을 비춰주는
것처럼.

저에게도 곧 그런 따스한 햇볕
같은 일들이 찾아오리라 믿습니다.

그리고 지금 아빠를 옆에서 볼 수도,
손으로 느낄 수도 없지만
셀 수 없이 많은 희망의 조각들이 언제나
저와 딸아이 앞에 있다고 생각합니다.
아빠가 출소하는 그날을
묵묵히 기다리렵니다.

오늘도 하늘이 유난히 맑습니다.
앞으로도 끊임없이 맑을 것임을
믿어 의심치 않습니다.

마음의 병

혜연이는 아빠와 헤어진 후 마음에 병이 생겼다.

엄마가 외출할 때마다 어디 가느냐고 자꾸 묻는다.
엄마, 어디 가?

마음이 불안정한 상태다.
시장에 잠깐 갔다 올게.

엄마 어디 가려고?
교회에 예배드리러.

잠시라도 옆을 떠나지 못하게 한다.
엄마, 어디 가?

병원에 가는데 너도 같이 가보자! 엄마가 보기에 너 좀 이상해.

굉장히 의지했던 사람이 곁에서 갑자기 떠나서 생긴 병이에요.

정신적 충격으로 생긴 스트레스 때문에 발생한 병입니다. 치료가 필요해요.

치료를 받기로 하고 집으로 돌아온 엄마는...
아무래도 안 되겠다.

그날 스케줄을 적어 벽에 붙인다.

엄마, 어디 가?

여기 보렴. 엄마가 가는 곳을 적어놓을 테니 이제는 안 물어봐도 돼. 알았지?

그때는 왜 그랬을까?

어릴 적 누군가 내게 사랑하는
사람이 누구냐고 물으면
첫 번째는 아빠이고.

두 번째가 엄마라고 답했어요.

대답 속에 엄마는
늘 두 번째였어요.

내가 뱃속에 있을 때
딸이길 간절히 바랐던
엄마는

내가 태어난 날 얼마나 기뻤는지
모른다고 하셨어요.

그 뒤 성장하면서 아빠와 함께
가게에 있는 때가 많았고 늘
곁에는 아빠가 있어주었죠.

가장 역할을 도맡아 하시던 엄마는
온갖 고생을 하시며 직장을
나가셨죠.
한강갈비

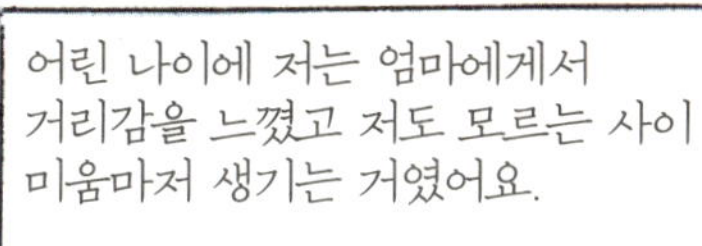

어린 나이에 저는 엄마에게서
거리감을 느꼈고 저도 모르는 사이
미움마저 생기는 거였어요.

그러던 어느 날 우연히
집 근처에서 엄마를 보았어요.

늘 어렵고
무섭게만 느껴졌던
엄마가

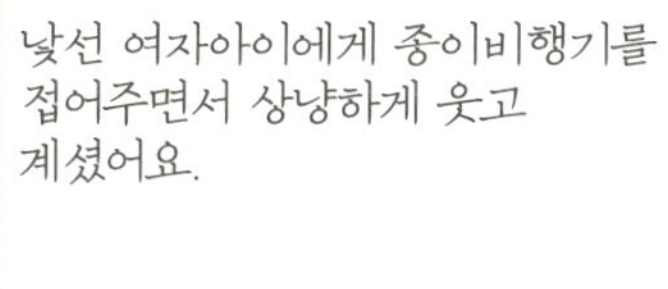

낯선 여자아이에게 종이비행기를
접어주면서 상냥하게 웃고
계셨어요.

순간 그때부터 엄마에 대한 연민이
생기기 시작했어요.

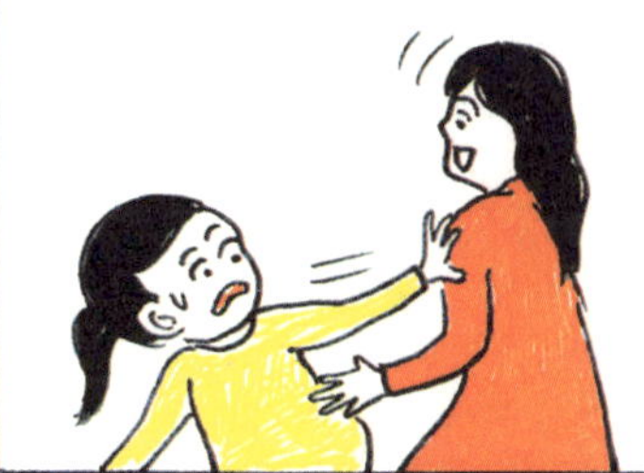

세월이 흘러 이제 저는 의젓하게 성장했죠. 그러던 어느 날 아빠는 용산 사건으로 저와 헤어지게 되었어요.

저는 구치소라는 곳이 무엇을 하는 곳인지도 몰랐어요.

아빠와 갑자기 헤어지게 된 저는 너무 외로웠고 버려졌다는 소외감마저 느꼈어요.

엄마와 단둘이 남은 저는 힘든 나날을 어떻게 보냈는지도 잘 모르겠어요.

일 년이 넘은 지금 늘 저의 곁을 지켜주시는 건 엄마뿐이죠.

지금 생각해보면 어릴 적 이유 없이 엄마를 밀어내고 가까이하지 못했던 제가 너무 부끄럽습니다.

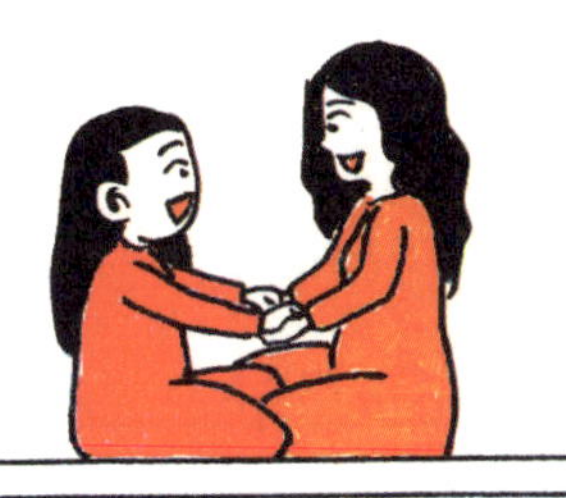

이제는 제 곁에서 늘 함께하며 저를 걱정해주시고

저의 손과 발이 되어주시는 엄마가 고맙고 감사해요.

엄마, 지난 일은 다 잊어버려요. 어릴 땐 엄마가 이렇게 좋은 걸 몰랐었어.

아빠가 오실 때까지 힘내자, 엄마. 지난 일은 미안했고 사랑해~ 엄마~

보통, 아이와 엄마는 일방통행이다.

만나는 친구는 누구고 선생님은 어떻고...
주로 엄마가 아이의 일상을 살피고
이야기도 듣는다.

더불어 엄마의 일상도 들려주자.
요즘 엄마는 어떤 강의를 듣고
선생님은 어떻고...

아이들은 또래의 세계밖에 알지 못한다.

하지만 엄마 아빠의 세상을 듣게 되면
생각의 켜가 두터워진다.

서로를 알게 되면 소통이 가능해져
대화가 끊이지 않게 된다.

늦게 가는 시계

집 안에만 있어 답답해하던
딸아이에게 기분전환을 위해
운동 겸 산책을 나가자고 했습니다.

우리는 시티파크를 지나 계속
걷기로 했죠.

한참 만에 박물관 앞 호숫가까지
오게 되었습니다. 이것저것
구경하고는

다시 집으로 돌아오는 길이었습니다.

초등학교 4학년인 딸보다 훨씬
작은 아저씨 한 분이 옆을
지나갔습니다. 그러자 딸은
그분을 뚫어져라 쳐다보며

큰 소리로 물었습니다.
엄마! 저 아저씨는
키가 왜 작아요?

저는 당황해서
저분은 우리와 조금
다를 뿐이란다.

화제를 다른 쪽으로 돌렸죠.
그러자 딸은
아~ 그렇구나.

하고는 아무렇지도 않은
표정이었습니다. 안 되겠다 싶어
딸을 불러 세워놓고 말했죠.

장애는 조금 불편할 뿐이야.
절대 불행하거나 불쌍한 것이 아니야.
정말 불쌍한 사람은 마음의 장애를
가진 사람이란다. 알았니?

TV나 책에서
주워들은 말이지만
한편으로 이런
생각을 하는
나 자신이
자랑스러웠습니다.

그러던 어느 날 딸아이 학교에
갔다가 같은 반 학생 중 말을
약간 어눌하게 하는 아이를 봤죠.

혜연아, 안녕.

감기가 다 나았다고 하니까 너무 좋아.

아빠가 얼마나 걱정을 했는데... 오늘 엄마가 아빠에게 왔다 갔어.

너무 늦잠을 자 학교도 늦는다며?

엄마 들어오기 전에 잠을 청해봐.

제발~ 아빠가 있는 방 조그만 창문 사이로 눈부신 햇살이 방 안 가득히 퍼질 때 아빠는 혜연이에

게 만화를 그려... 허무하게 보내고 있는 시간들 사이로 그래도 남은 것이 있다면 가족에 대한

애착과 사랑들이야.

많은 생각 속에서 점점 그리움이 더해만 가. 우리 서로 사랑하자.

나중에 아빠가 더 잘할게. 자기야, 혜연아 안녕. 또 쓸게.

'두부 한 모' 상담원

재료를 남기지 않으려고 한 시간 넘게
일주일치 식단을 짜고...

장을 보고 오니 제법 그럴듯했다.
된장

내심 만족해하고 있었는데 일곱 살 된 딸아이가
식단을 읽기 시작했다.
두부된장찌개, 두부부침, 두부조림...
엄마는 맨날 두부만 먹어?
두부가 얼마나
몸에 좋은데...

싸니까 그러는 거면서. 난 다 알아.
돈까스 먹고 싶어요.

아이의 말이 틀린 건 아니지만 두부도 이미
서민 음식이 아니다.
15년 전 두부 한 모에
500원이었는데...
500 원

강산이 한 번 하고 반이 바뀌는 동안 두붓값이
오른 건 당연한데...
왜 이렇게 많이 오른 거야!

그때 휴대전화 진동음이 방바닥을 때렸다.
우~우 웅~
우~우 웅

생명보험 상담원입니다.
보험이 많아서요.
죄송합니다.

전화를 끊고 상담원 전화번호를
내 휴대전화에 저장했다.
이름은 '두부 한 모'라고.

언젠가 경제적 여유가,
마음의 여유가 생긴다면
두부 한 모 상담원에게
꼭 전화를 걸어 볼 생각이다.

주부 사퇴!

오늘은 엄마 이야기를 하려고 한다.

엄마는 집안의 모든 일을 도맡아 한다.
엄마! 나 배고파.

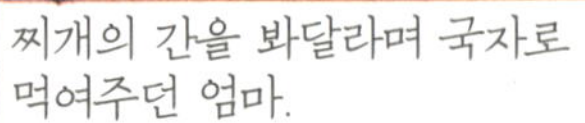

찌개의 간을 봐달라며 국자로 먹여주던 엄마.

설거지가 산더미처럼 쌓인 날이 있었다.

엄마는 우두커니 서서 곰곰이 생각했다.
이러다 결국 나는 밥만 하다 죽겠구나.

엄마! 왜 그래. 무슨 고민 있어?

그러나 대꾸도 안 하는 엄마의 묵묵부답.

나에겐 적잖은 충격이었다.
이렇게 평생 밥만 하다 죽다니.
말도 안 돼.

돌발적인 엄마의 행동.
나, 오늘부터 주부 사퇴야!
앗

갑자기 장롱 속 베개를 내려

거실로 나가는 엄마!

그릇은 깰지언정 엄마를 도우려는 그 마음은 갸륵하지 않나요.

고기 좀 부탁해

이젠 꽃이 만발하고 따스한 게 완연한 봄이다.

오늘은 엄마가 쉬는 날. 혜연이에게 묻는다.
혜연아, 엄마 따라 같이 밖에 안 나갈래?
난 집이 좋아.

이제 혜연이는 조금 컸다고 엄마랑 같이 다니기를 좋아하지 않는다.
엄마~ 구경하고 일찍 와~
그래 될 수 있음 일찍 올게.
똑-똑

엄마가 김치찌개 끓여놓을 테니 전기솥에 밥 퍼서 먹어라~ 찌개는 덜어서 데워 먹고.

엄마. 좀 색다른 반찬은 없어? 또 김치찌개야?

엄마, 어디로 가는데? 이렇게 찌개를 많이 끓여. 얼마나 늦게 오려고 그래~ 그냥 가까운 데 한 바퀴 돌고 오면 안 돼?

응... 나가봐서. 혹시 늦을지도 몰라서.

히~잉~ 몰라! 그럼 난 심심해 어떻게~ 그런데 찌개는 지겨워. 전에 언젠가 한 번 잔뜩 끓여놓고 나갔었잖아!

내가 그랬었나? 나도 정신이 깜박깜박하나 봐~ 왜 이러지?

아직 이 나이에 치매도 아니고. 요즘 내가 머리를 너무 안 써서 녹슬었나?
긁적- 긁적-

엄마는 나가면서 식탁 위에 살며시 쪽지를 써놓고 가셨다.

쪽지를 발견한 혜연.
어? 이게 뭐야?

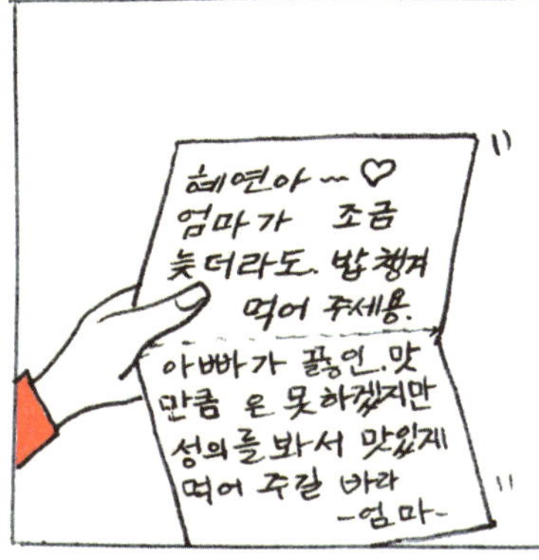

냄비에 가득하게 끓여놓았다.

어! 그런데 무슨 김치찌개에 돼지고기가
하나도 안 들어갔어!!

엄마는 집으로 오는 길에 메시지를
받았다.

드디어 엄마가 집에 도착하셨다.
시커먼 비닐봉다리 하나 들고서.

신이 난 혜연.

붕어빵

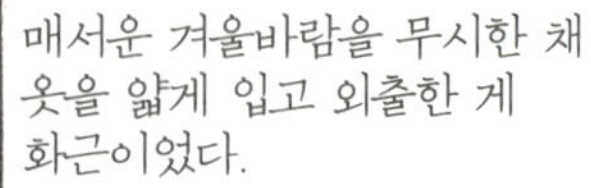

매서운 겨울바람을 무시한 채
옷을 얇게 입고 외출한 게
화근이었다.

어젯밤부터 목이 따끔거리더니
이튿날 감기에 걸렸다.

에-취

콧물을 훌쩍거리며 아침밥을
준비했다.

흥~

초등학교 3학년인 딸아이가
쪼르르 달려와 내 이마를
짚어보았다.

엄마, 감기 걸렸어?
이마가 뜨거워~

아이를 학교에 보낸 뒤 혼자 밥을
먹자니 서러워서 가슴이
아려왔다.

오늘따라 곁에 없는 자기가
무척 그립다. 나 지금 몸이
좀 안 좋아. 보고 싶다
자기야.

아플 때가 사람이 가장 그립다더니
그 말이 딱 맞았다.

기침은 점점 심해지는데 그렇다고
병원 갈 상황도 아니었다.

한숨 자면 괜찮겠지 싶어 이불을
뒤집어쓰고 누웠지만 자꾸 터져
나오는 기침 탓에 깊이 잠들 수도
없었다.

콜록! 콜록!

힘겹게 몸을 일으켜 약통을
뒤졌지만 흔한 종합감기약조차
없었다.

그때 초인종이 울렸다.
띵- 똥-

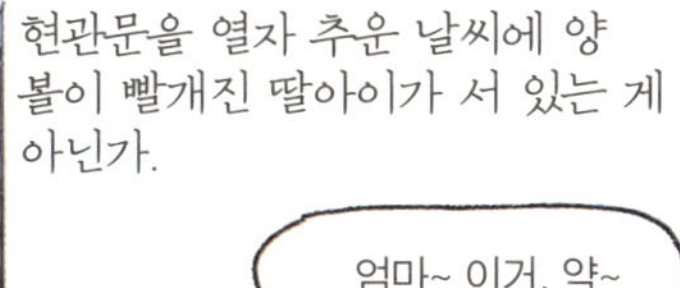

엄마~ 이거, 약~

현관문을 열자 추운 날씨에 양볼이 빨개진 딸아이가 서 있는 게 아닌가.

딸아이가 품속에서 약봉지를 꺼낸 뒤
자~ 이 붕어빵도~

약국 옆에서 팔기에 같이 안고 온 거야~ 식을까 봐 뛰어왔어.

얼마나 뛰었을까. 간간이 숨을 헐떡이며 말하는 딸아이가 기특하고 사랑스러웠다.

이제 숙제를 해야 한다며 제 방으로 들어가는 딸아이.

양손에 약봉지와 붕어빵을 들고 있자니 나도 모르게 감동의 눈물이 왈칵 쏟아졌다.

평소에 쓰디쓴 약이 인상을 찌푸리게 했는데 쓰기는커녕 달기까지 했다.

난 붕어빵을 한 입 베어 물었다.

세상의 어떤 빵보다 달고 맛있고 따뜻했다.

시장길 옛 추억

오랜만에 마트가 아닌 시장에 들렀다.

반찬거리를 찾아 이곳저곳
다니다보니

한 아이가 골목에서
엄마에게 혼나고 있었다.

순간 나는
옛날 생각이
났다.

누구나 어렸을 때
학교에 가기 싫어
핑계를 댄 적이
있을 것이다.

하지만 나는 누구보다도 학교에
가기를 좋아했다.
아버지 직장을 따라

한적한 시골 바닷가로 이사했다.

내가 다닐 학교는 시장 옆에 있었다.

아침 시장을 가본 사람은 알
것이다. 그곳이 얼마나 활력이
넘치는지.

특히 이른 아침, 바다에서
갓 잡아온 펄떡대는 생선은

어린 나의 눈을 한참이나
잡아두었다.

시장에는 그 외에도 많은 것이 있었다.

집에서 키운 토끼를 팔러 오신 아줌마는

토끼가 간이 울타리를 넘어가지 않게 단속하느라 정신이 없었다.

밤새 만든 묵을 들고 나와 한쪽 길가에 자리 잡고 앉아

맛 좀 보라며 지나가는 사람들의 입에 밀어 넣는 할머니도 계셨다.

하지만 나를 더 흥분시키는 일이 있었다.

시장을 통해 집과 학교를 오가는 길이 하나가 아니라는 사실을 알게 된 것이다.

수많은 샛길이 있고 그 길마다 다른 시장 풍경이 나타났다.

한참을 이리저리 구경하다 보면 어느덧 해가 저물어간다.

나는 늘 시장 입구에서 어머니 손에 붙들려 혼났다.

세상살이에 지쳐
무기력해질 때마다
시장에 가야겠다.

어릴 적 떨어뜨린
추억의 부스러기를
찾을 수 있을지도 모르니까.

운동화끈 묶어주는 여자

지난겨울. 아이에게 예방주사를
맞히려고 오랜만에 외출했다.

처음 글씨를 쓰는 아이처럼 외출
준비가 서툴렀다.

필요한 물건만 챙긴다고 넣은
가방이 금세 임산부처럼
불룩해졌다.

문득 예전에 조카 물건으로
가득 찬 언니 가방을 보고
피난
가느냐고
놀려대던
기억이
떠올라
살짝
미안
해졌다

부랴부랴 운동화를 꺼내 신고
밖으로 나왔다.

얼마쯤 걸었을까...

저 앞에서 걸어오시던 아주머니가
나를 지나치는가 싶더니

뛰어와 다급하게 나를 불러
세우셨다.
잠깐만요.
네?

운동화끈이 풀렸어요.
잠시만 기다려요.

그분은 멍하니 서 있는 내 앞에
쪼그리고 앉아

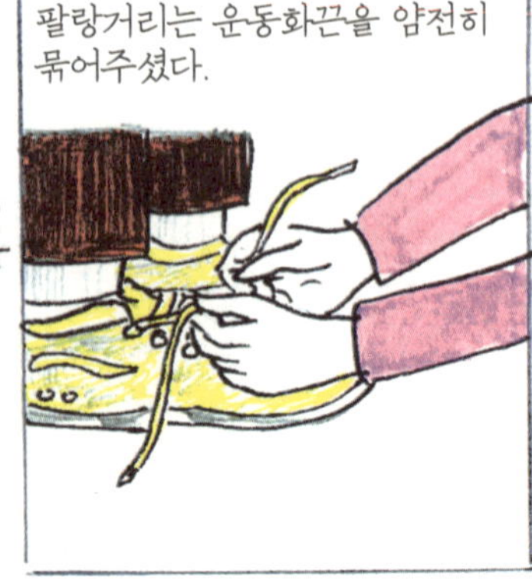

팔랑거리는 운동화끈을 얌전히
묶어주셨다.

다 됐어요. 엄마가 끈을 밟아 넘어지면 아기도 큰일 나요. 조심해서 가요.
감사합니다.

낯선 사람의 안전을 위해 가던 길을 되돌아와 운동화끈을 묶어주신 아주머니…

그분의 배려 덕분에 하루 내내 마음이 훈훈했다.

그 뒤에 비슷한 일이 있었다. 시장가는 길에 만난 친구…

나와 한 달 차이로 아이를 낳은 친구와 같은 방향으로 길을 걷는 중이었다.

앞서가던 친구의 운동화끈이 풀린 걸 발견했다.

나는 끈을 묶어 주며 전에 만났던 아주머니 이야기를 들려주었다.
며칠 전 아기 예방주사를 맞히러 가던 중 웬 아주머니가 내 운동화끈을…

그러자 친구가 말했다.
나도 그런 일 겪었어.
그래?

나도 예전에 한 아주머니가 신발 끈이 풀렸다면서 묶어주셨거든.

이 동네 사신다고 했는데. 혹시 같은 분 아니야?
어머, 그런가보다.
우리는 같은 분이라고 생각하기로 했다. 그리고 우리도 그런 사람이 되자고 다짐했다.

내가 왜 남이야, 엄마 딸이지

그날 밤늦게 엄마가 친구와 통화하는 소리에 놀라 잠이 깬 혜연.
남들은 1년, 2년이 잠깐이라지만 지내봐라, 긴 시간이야!

엄마의 통화는 계속되었죠.
이제 그만 혜연이 아빠를 내보내 줬으면 좋겠어! 죄 없는 사람을 가둬놓고 이게 무슨 짓인지 몰라.

혜연은 엄마 방문을 두드려 봅니다.
꽝꽝꽝

누구야?
엄마가 크게 떠드는 바람에 잠이 깨버렸어! 누군데 아빠 이야기를 해?

왜 남의 전화를 엿듣고 그래!!
엄마도 참 내가 왜 남이야. 엄마 딸이지.

빨리 가서 다시 자~ 참견하지 말고.
아~함. 끄려.

그래도 혜연이는 엄마 편입니다.

엄마 피곤하실 텐데 일찍 주무세요.

무제

혜연아, 공부 열심히 하고 있겠지?

인생이란 이름의 꽃

따뜻한 봄날, 엄마와 난 산책을 했다.
담벼락에선 개나리가 활짝 피어나 반갑게 우리를 맞아 주었다.
충남상회
희.의.상실.po.T
금일휴업

어머... 색 좀 봐.
노란 게 너무 예쁘다.

어떻게 된 게 이번 겨울은
5월이 다 됐는데 왜 이렇게
추운지 모르겠어, 그치?

엄마, 개나리는
봄에 제일 먼저 피는
꽃이지?

진달래가 피면 개나리는
벌써 시들어서 지고 말지.

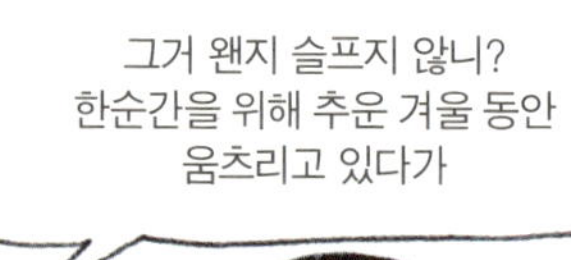

그거 왠지 슬프지 않니?
한순간을 위해 추운 겨울 동안
움츠리고 있다가

세상에 나와 잠깐
얼굴 비췄다가 사라지니까.

엄마는 그것이 왜 슬프게
느껴지냐 하면,

엄마가 살아온 인생이
그와 비슷한 것 같아서 그래.

엄마가 혜연이 너보다 먼저
세상에 태어났잖아.
그 뒤 이 엄마는
개나리처럼 시들어 버리고,

뒤에 피어난 진달래처럼
혜연이 네가 태어나
벌써 이만큼 성장했잖아.

지금껏 살면서 뭘 했는지 몰라.
어릴 땐 아무것도 모르고 자라
학교 가랴, 공부하랴, 정신이 없었지.

성인이 되고 보니 취직하고
생활고에 허덕이며 먹고 살기 바빠
어느새 이리 시들어버린
꽃처럼 되었는지.

그래서 엄마의 인생이
너무 허무하다고 생각해.

지금 네 꽃이 활짝 피었을 때
정신 바짝 차려, 알았지?
그런 게 바로 인생이란 거야.

그럼 내 인생은 엄마처럼
빨리 시들지 않게 해야지?

그날 밤...

무제

자기야~
혜연아~
건강하게 잘 지내~

아, 그랬었지

심연은 친구와 약속한 장소로 나갔다.
어서 와, 친구야. 정말 오랜만이다.
그래, 우리 언제 보고 못 봤지?

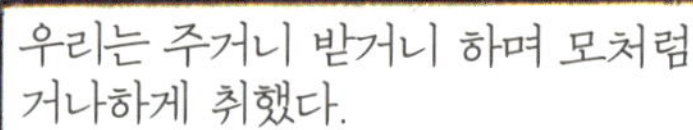

우리는 주거니 받거니 하며 모처럼 거나하게 취했다.
꿀꺽~ 꿀꺽~
야! 너 잘 마신다.

늦은 시간이 되어서야 자리에서 일어나 친구는 택시를 타고 사라졌다.

홀로 남은 연이는 휘청거리는 몸으로 전철역으로 갔다.
비틀~
비틀

화장실 앞에 도착한 연이는 뭔가 생각한다.
W.C 화장실
전에 남편이 가방을 들어 주었을 때가 생각난다.

쓸쓸한 마음으로 전철에 올라 자리를 잡았다. 그런데 자기 집 안방인 양 코까지 골며 자는 사람이 있다.
드르렁

이제껏 우리 부부는 취하도록 마셔본 적이 한 번도 없었지 아마?
드르렁

기분은 좋은데, 왜 이렇게 허전하지~

전철에서 내렸다. 갑자기 백에서 무언가를 찾는다.
부스럭

혼자 집을 보는 혜연이가 생각났다.
뚜~ 뚜~
전화 한 번 해볼까?

혜연아! 딸, 뭐 하고 있니?
아빠는?

엄마! 술 취했어? 아빠가 지금 어디 있어? 떨어져 있은 지 일 년이 넘었는데!!
엉?
아~ 그랬었지!

"

무제

사랑하는 딸 혜연, 그리고 자기 잘 지내?

안녕! 너희가 염려해주는 덕에 아빠도 건강하게 지내고 있단다. 아빠는 혜연이가 토요일에
아빠 보러 온다고 그랬다고 엄마한테 말을 듣고 기뻤어요. 혜연이는 아빠 없다고 생활 엉망으로
하지 마. 이젠 어엿한 숙녀가 다 되었잖아? 앞일은 알아서 잘해야지 부탁한다. 네 엄마를...
대부분 사회에 있는 사람들은 이곳 구치소에서 죄수복을 입고 살아가는 수형자들은 최악의 상황에
서 살아갈 거라고 생각할지 모르지만 꼭 그렇지만도 않은 거 같아. 자유가 없는 이곳은 최악의
환경이고 절망적인 곳임은 분명해 그러나 희망은 환경과 조건, 그리고 신분에 상관없이 누구나
가질 수 있지. 나도 그중에 한 명이지. 사회에, 여론의 힘으로 재판 결과도 잘 나오겠지만
마음을 좋은 방향으로 잡고 나가는 것이 최우선이라고 봐요. 연이야 또 혜연아.
만나는 그날까지 안녕~ 2010.2.11.

행운의 여신은 내 편

9시가 다 되어서 일어난 혜연이는
오늘도 지각이라며 징징 짜고
학교에 갔다.

서둘러 집 안 청소를 하고
출근 준비를 한다.

어제 포근했던 날씨만 생각하고
얇고 가벼운 옷차림으로 출근한다.

밤새 비가 온 다음이라 날씨가
꽤 추워졌다.

시간에 쫓겨 급하게 전철역으로
갔다.

사람이 많은 이 시간 모두
출근하느라 바쁘다. 사람에 밀려
안으로 들어갔다.

일단 아무 곳에 자리를
잡고 서
있었다.

잠깐 머뭇거리는 사이 내려야 할
삼각지역을 지나쳐버렸다.

한참을 걸어 다시 반대 방향
전철에 올랐다.

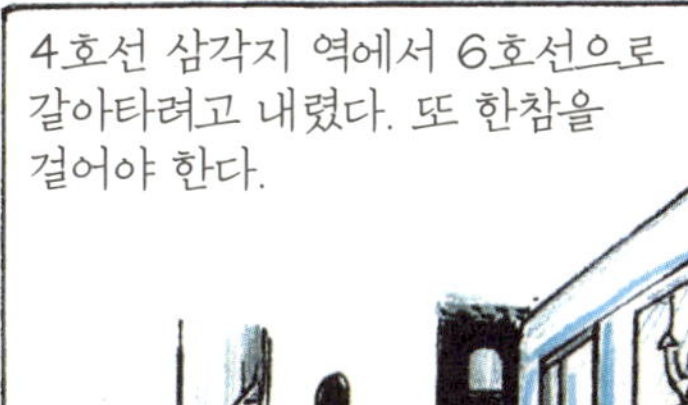

4호선 삼각지 역에서 6호선으로 갈아타려고 내렸다. 또 한참을 걸어야 한다.
삼각지

한참을 기다려 6호선에 올랐다. 여기도 마찬가지. 자리가 없어 중간쯤 자리를 잡아 섰는데 옆에 아가씨가 TV를 보고 있었다.

조금 서 있다 자리가 나서 앉았다. 휴대전화로 TV를 보던 아가씨도 동시에 앉았다.

아침에 울고 간 딸 혜연이가 생각 났다.
큰일이네. 툭하면 지각이나 하고. 집이라도 멀었으면 큰일 났겠네.

그때 전화 진동벨이 울린다. 그렇지 않아도 궁금했는데. 혜연이 전화다.
웅~ 웅~

엄마~ 나야. 나 지금 쉬는 시간이야. 엄마~ 지금 뭐 해?

호호~ 우리 딸 엄마 안부를 다 묻고 웬일이야? 엄마 지금 출근하지~ 아침에 지각해서 괜찮았어?
응. 나 말고도 다른 애도 지각했더라고. 괜찮으니까 신경 쓰지 마~

옆의 아가씨가 싫은 눈초리를 보낸다.
엄마가 걱정할까 봐 전화했어. 잘했지?
어머~머~머. 우리 딸 진짜 다 컸네. 공부 열심히 하고 이따 맛있는 거 사줄게~
화이팅~

그런데 전화하는 소리를 못마땅해 하던 아가씨의 비명.
꺼렵이대
헉!
지~역

밉상을 부리던 그녀... 고소한 기분은 왜일까. 오늘 아침부터 운이 없었는데 이쪽 편에 앉아 다행이다.
찌적~
남의 불행을 보면서 오늘 행운의 여신은 내 편인 것 같은 기분은 왜?

배때기에 기름칠하는 날

슬슬 배가 고파오는지 오늘따라 유난히 말이 많은 엄마와 혜연.
엄마~ 나 요즘 계속 아침도 거르고 점심은 학교에서 주는 거 먹고 나머지는 대충 라면으로 때우니 영양실조 일보 직전이야.

엄마가 직장에 나가고 나면 집에는 먹을 게 너무 없어.

그럼! 오늘 우리 생각난 김에 배때기에 기름칠 좀 해줄까?
앗싸!! 그래, 그게 좋겠다.

엄마~ 뭐 먹을 건데, 피자?
그런데 피자 먹은 지가 오래돼서 종류도 잘 모르겠네? 한 판에 얼마지?

엄마 난 그래도 어릴 적부터 먹었던 불고기 피자가 좋더라. 소자는 13,000원 대자는 18,000원 정도 할걸?
와~ 그래?

말이 끝나기 무섭게 전화를 건다.
네 미스터피자죠? 여기 한강로 3가 OOO번지인데요. 불고기 작은 거로 보내주세요.
야~ 오이피클 2개, 콜라 대자로 부탁해.

오이피클 2개와 콜라는 서비스죠?
배고파 죽겠다 야! 총알처럼 달려오라고 해~

피자가 식기 전에 총알처럼 달려오랍니다. 우리 엄마가요~
네! 알겠습니다.

한참 후.
피자 배달~ 왔습니다~
네!!

주문하신 대로 총알처럼 왔습니다.
M 피자

아직도 피자가 식지 않았을 겁니다.

와~
죽인다~

피자와 오이피클을 받아든 혜연.
뭔가 빠진 것 같은 허전한 느낌이
들었다.
콜라

아저씨!!
왜
없어요?

왜
그러시는데요?
콜라가 왜?
없어욧!!

죄송합니다~
너무 총알처럼 오라고 하시길래,
그만 깜박 빠뜨렸나봅니다. 죄송합니다.
죄송으론
안돼요~

콜라는 서비스 품목이었다.
그럼~
어떡하죠.

그러면 이 돈 다 받으시면 안 되죠.
콜라값을 빼주세요.
그건
안 되는
데요.

그럼! 피자 가는 데
콜라 따라가는 것이 기본 아니에요.
목이 막혀 어떻게 먹어요.

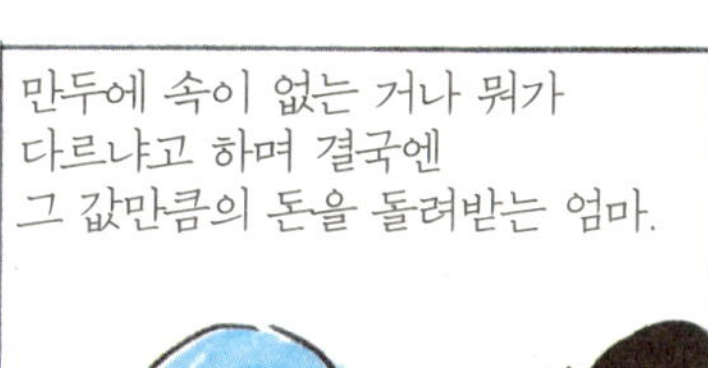

만두에 속이 없는 거나 뭐가
다르냐고 하며 결국엔
그 값만큼의 돈을 돌려받는 엄마.

콜라값 2,500원
천 원

와 대단해. 무서운 아줌마다.

짤 깔 깔~
히~히~
엄마.
2,500원은
내일 치
내 용돈으로
주면 안 돼?

단독, 빌라, 아파트

둘째 주 토요일 오후. TV를 보다가 그만 소파에서 잠이 든 혜연. 엄마는 출근한다.
혜연아, 우리 딸 정말 미안해 엄마가 제대로 신경 써주지 못하고. 그렇지만 우리 가족을 위해서 부지런히 돈 벌어야지 이해해줘...
잠에 곯아떨어진 딸 혜연이의 측은한 모습을 보며
혜연아, 엄마는 나간다. 다이어트 한답시고 굶지 말고 밥 잘 챙겨 먹고 있어. 밤에 너무 늦게 자면 더 살이 찐대~ 일찍 자...
빨리 아빠가 나오셔야 네가 더 공주 대접을 받겠구나. 쯧쯧, 가여운 것.
엄마는 바쁘게 서두르며 버스 정류장으로 가는 길에
우연히 혜연이네 반 친구들을 보았다.
얘, 너 혜연이 이사 간 거 알아?
진짜? 걔 65번지에 살았잖아. 언제 이사 갔대?
아냐, 어제 우리 동네로 이사 왔어. 우리 엄마가 그러는데 수정 APT로 왔다던데?
정말? 그 아파트면 방도 3개고 거실도 우리 학교 운동장만 하다던데 와~우.
우리 반 누가 이사 갔다는 소리 듣고 누군가 했는데 혜연이라서 놀랐어.
좋겠다, 혜연이는. 엄마 아빠가 돈이 많아서. 에휴~ 난 이게 뭐야.
소문 들었는데 대출받아서 산 거래~ 너도 대출받아 좋은 데로 이사 가자고 해봐.
얘들 좀 봐라~ 못하는 소리가 없네.
너네 엄마가 잘못 안 것 아냐?
우리 집은 방 하나에 거실 하나 있는 것도 화장실만하다~ 요놈들아...
그건 모르지?
너네엄마가 거짓말 하겠어?
맞아! 정말 이라니깐.
헐~
너도 너네 아빠한테 이야기해봐. 좋은 APT로 이사하자고.
아빠한테 이야기해봤는데 "네까짓 게 뭘 안다고!" 하며 야단만 맞았어. 흥~
그랬어? 얼마나 속상하니. 그래도 단독주택보다는 빌라가 낫고 빌라보다는 아파트가 낫잖아?
그야 그렇기는 하지만. 지금 형편에 꿈도 꾸지 말래...

자기야 너무 보고 싶고 사랑한다. 항상 엄마와 아빠의 희망이며 기쁨인 우리 딸 혜연이도

너무 보고 싶고 사랑하는 거 알지? 난 매일 열심히 일하며 정신없이 지내면서도 한편으로 많이

외로움을 느껴. 자기와 딸 혜연이만 생각하면 마음속 아픈 괴로움은 모두 사라져 버리지.

사랑하는 우리 가족과는 멀리 떨어져 있지만, 언제나 자기의 모습과 혜연이의

미소는 내 영혼 가까이에 있어. 자기의 예쁜 미소 부드러운 손길이 생각나는 지금.

우유냄새 풍기며 아빠 품에 안겨 잠들던 귀엽고 예쁜 아빠의 딸이 몹시 보고 싶은 지금.

너희 둘은 내 삶의 전부란다. 생각에 생각을 또 마음에 담아 두는 것조차도 아빠에겐

큰 아픔으로 다가오는구나. '자기와 우리 딸' 멀리 헤어져 있을 때 아빠에게 있어서는

그 어떤 즐거움도 아무런 의미가 없단다. 또 이렇게 헤어져 있는 것이 자기가 내 인생에

얼마나 얼마나 중요한 사람인가를... 또 내 딸을 얼마나 사랑하는지를 이렇게 떨어져

있기 전에는 왜 몰랐을까.

BMW

오늘은 어릴 때부터 이웃에서 살던 가장 친한 친구를 오랜만에 만났다.
요즘 어떻게 지냈어?

어머! 오랜만이다. 너는 어떻게 지냈어?
잘~ 지내.

자, 여기! 내 사무실 전화번호야. 자주 연락해.

너 여기 다녀?
연이는 은근히 기가 죽는다.

애, 전에 수진이 결혼식에 난 못 갔어. 해외출장 가 있었거든.
응~ 그래!

갑자기 손을 흔들며 차를 부르는 친구.
자기야! 여기야, 여기~ 여기라고~

BMW를 타고 등장한 남자.
연이야 어디까지 가? 같이 타고 가자~
아니야, 나 들를 데가 있어.

자기야! 어릴 적부터 같이 자란 친구야. 태워다주라~
오케이

차를 타려고 한 발 내디딘 친구. 무언가 움찔한다.
?
절-컥

으으식!!
개똥이다!!

연이는 친구의 으스대는 꼴을 생각하면서 고소한 느낌마저 든다.

으앙~ 어떡해. 탈거야~
안 돼!!
어째 기분이 묘하네!
차를 타려는 친구. 똥냄새 난다며 못 타게 하는 남친. 연이는 슬쩍 자리를 피한다.
THE END

엄마의 마음

혜연은 체험학습 갈 때 입고 갈 옷을 고른다.
옷은 괜찮은데 가방이 유치원 때 쓰던 가방이네?

헤~ 헤~ 엄마 가방이 있었지!

엄마 내일 체험학습 가는데 엄마 가방 좀 가져가면 안 돼?
그래라, 가져올게.

가방을 건네주려다 흠집을 본 엄마는
어?

이거 어디서 긁힌 거야!! 저번에 네가 가져갔을 때 그랬지?!

이 가방이 얼마나 소중한 건데. 아빠가 엄마 생일 기념으로 조르고 또 졸라 받은 명품 가방인데!!

혜연아!! 아니 저것을 어떡해!! 당장 주리를 틀어버려!!!
엄마야

흑흑, 속상해!
문득 보고 싶은 남편 얼굴을 떠올린다.

그 옛날 혜연이가 어릴 때 아빠와 찍은 사진을 액자에 넣어 엄마에게 주셨다.

깔끔한 성격인 엄마가 청소할 때마다 애지중지하며 닦던 액자...
엄마 예쁘다.

그런데 혜연이가 그만 액자를 가지고 놀다가 떨어뜨려 깨뜨리고 말았다.
쟁그랑

아이고~! 이것아. 넌 왜 말썽만 피니!!
으앙

이렇게 눈이 많이 오는 날이면 구치소에 있는 아빠 생각에 엄마의 마음은 더 가라앉는다. 혜연이도 동감...

사랑하는 딸 혜연이와 자기에게.

정말 이처럼 귀한 자기 곁에 있어 주지도 못하고, 또 딸아이에게도 못 할 짓을 하고 있군요.

내가 집을 비운 후 벌써 겨울이 두 번째 지나가고 있어요. 유독 추위를 많이 타는 자기와

혜연이인데 그나마도 옆에 없어서 미안해요. 작년에 처음 이 일을 당할 때 자기는 겁먹은 얼굴로

매일 울며 다녔지. 그때에 비해 지금의 자기와 혜연이는 무척 담대해졌지. 평생 이 사람이 없었으면

큰일 날 것처럼 이 사람을 그리도 의지하고 앞장세웠던 자기인데, 내가 없는 지금 그 마음고생이

얼마나 심하였는가를 나도 알고 있어요. 그런 자기를 생각하면 가슴이 메어집니다. 자기 고마워요.

내가 자기를 사랑하였다고 생각했는데 내가 자기에게 사랑을 받기만 했군요. 이젠 자기에게

모든 것, 아니 아주 작은 것일지라도 모두 다 드릴 것 같아요. 결과가 어떻게 되든 그것을 받아들이

고 살기로 해요. 혹한에 딸아이 잘 보살피고 집안일 다 잊어버리고 새 출발 하기로 해요.

내 사랑하는 마음, 우리 가족에게 큰 힘이 되길 빌며. 서울구치소에서 아빠가.

2010.2.8.

잠시 동안 아빠는 곁에 없지만, 이렇게 마음 아픈 상처의 시련 속에서 점점 성장해 가는 게 아닐까요.

메시지가 도착했습니다

겨울 방학이 끝났다. 혜연은 학교로 가고...
엄마는 혜연이 방을 치우며 정리한다.
책으로 엉망이 된 책꽂이를 정리하고
어머, 이 먼지 좀 봐~
투덜 - 투덜~
침대 밑 구석구석을 치우다가
잠시 생각에 잠긴 엄마.
엄마는 너무 깔끔해서 지저분한 것을 보면 참지 못한다.
아니 얘가 누구를 닮아 이래?
자기! 밖에서 돌아왔으면 곧바로 씻어야지?!!
엄마는 혜연이가 아빠를 닮았다고 생각하는 것 같다.
엄마는 늘 깨끗하게 치우라고 야단친다.
그날도 학교에서 돌아오자마자 혼났다.
혜연아, 너 방구석이 그게 뭐냐?
그러니까 쥐새끼까지 너보고 친구 하자고 네 방까지 들어오지!! 그래, 안 그래? 응?
엄마야~ 알았다니까!
그 후 폭격은 잠잠해 졌다.
지나면 별것도 아닌 걸 가지고 화도 많이 냈다.

가족이란 이름으로
함께했기에
더 큰 나무가 되고 꽃피우고
열매를 맺을 수 있었습니다.

홀쩍~
흑, 흑
엄마를 힘들게 해서
미안해...

딸에게 들려주고픈 아름다운 이웃들의 이야기

메일로 보낸 엄마의 편지

나는 엄마 생신 때나
어버이날에 편지를 드렸다.

평소에는 멋쩍어서 하기 힘들었던
말을 편지에 썼다.

그래서 나도 엄마에게
편지를 받고 싶었나보다.

가끔 엄마에게 편지를 써달라고
하면 늘 하시는 말씀이

엄마는 초등학교만 다니셨다.

옛날에는 다들 가난하게 살았으니
놀랄 일도 아니다.

적어도 나는 그렇게 생각했고
엄마도 그렇게 생각하시는
줄 알았다.

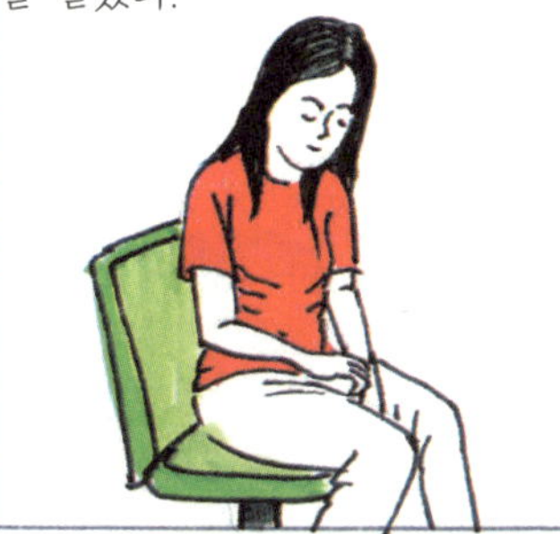

서울에서 자취하며 학교에 다니던
어느 날 엄마가 전화하셨다.

무언가 대단하지만 부끄럽고
중요한 고백을 하는 사람처럼
머뭇거리셨다.

엄마는 소녀처럼 조용히 웃으며
말씀하셨다.

친구가 그라는데 못 배운 사람들 가르쳐주는 학교가 있단다.

나는 아무 대꾸도 못했다. 당황스럽게 갑자기 터져 나오는 눈물을 엄마에게 들키고 싶지 않았다.

학교에 다닐 거라는 한마디가 내게 가슴 뭉클한 충격을 주었다.

그 말은 곧, 가난과 속 썩이는 오만가지 일들로 찌들어 사시던 엄마가 희망을 찾아 길을 떠나겠다는 선언 같았다.

나는 목을 가다듬은 뒤 반색하며 결정을 적극 응원했다.
엄마~ 잘했다.

그렇게 엄마는 여중생이 되었다.

내가 집에라도 내려가면 엄마는 교과서와 영어 공책을 보여주셨다.

영어 공책 안에는 영어 단어와 문장이 꿈틀꿈틀 적혀 있었다.
Study(공부).
Excuse me (실례합니다).

엄마는 설레는 목소리로 더듬더듬 읽으셨다.
스터디~ 익스규즈 미~

나는 문득 궁금해서 여쭈었다.
잘 읽네, 근데 이렇게 자주 쓰는 단어를 이제사 알았으면 TV 볼 때 무슨 말인지 모르는 것도 있었겠네?

아이구야~ 많았지. 왜 야 강호동이 '서프라이즈' 했는데 그게 '놀라다'라는 뜻이라며? 알아들으니까 얼마나 반갑든지...

순간 몰려드는 측은한 마음에 또 한 번 눈물을 참아야 했다.

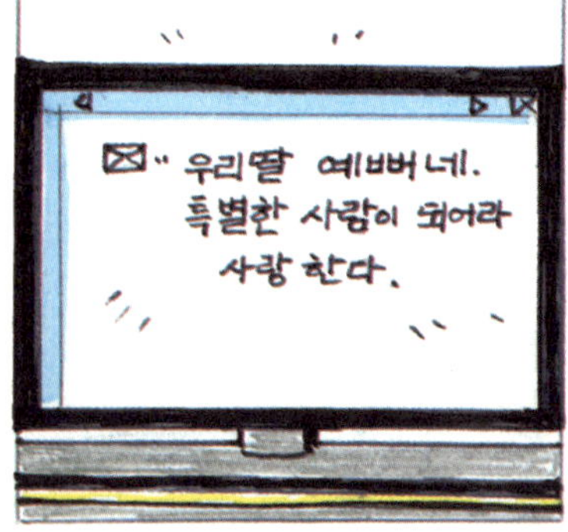

나는 그렇게 엄마에게 편지를 받았다.
꿈에도 상상 못한 메일로 말이다.

엄마의 편지는
내 '편지 보관함'에
고이고이 저장되었다.

빵 터진 웃음

맞벌이하느라 여섯 살짜리
딸아이를 친정어머니에게
맡깁니다.

모처럼 쉬는 날, 친정어머니는
아이와 목욕탕에 갔습니다.

요금을 내고 탈의실에 들어서는데

딸아이가 신발을 벗어두고 그냥
들어가는 겁니다.

친정어머니가 한마디 하셨죠.
야야~ 신발 들고 가야제.

그러자 딸아이가 하는 말...
아고! 내가 정신이 없어가지고
우짜노~

어찌나 큰 소리로 말했는지 안에
있던 사람 모두 웃음이 '빵' 터지고
말았습니다.

영문도 모르는 아이는
아무렇지도 않았지만
친정어머니는 몹시
쑥스러워하셨답니다.

ㅎㅎ
깔깔=

엄마의 한

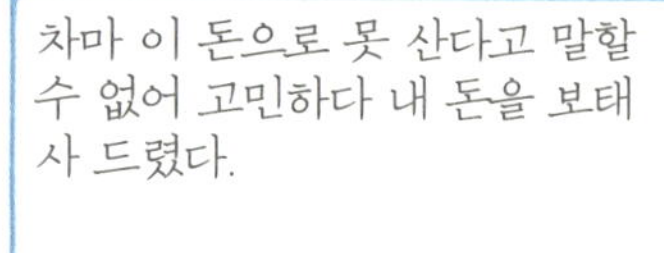

어머니는 한참을 멍하니 계셨다.
그러더니...

한탄을 하셨다. 난 후회했지만
이미 영양크림은 신줏단지처럼
고이 모셔졌다.

나는 거짓말을 했다.
화장품도 6개월 넘으면 변질된대요. 그러니 그 전에 써야 해요.
그러냐?

그래서인지 어머니는 요즘 제법 열심히 바르신다.
톡. 톡

거울 앞에 앉은 어머니를 보고 있자니 어머니는 미안한 듯 말씀하셨다.
얘야, 나 죽어도 울 것 없다. 네가 최선을 다해 효도했으니 말이다.

난 우리 엄마한테 따뜻한 밥 한 번 못 해드린 게 한이다.

나한테는 이 세상을 떠나는 게 슬픈 일이 아니야...

내 저승 가면 엄마한테 밥해드릴 수 있으니까.

어머니도 딸이었구나 싶었다...
하지만 어머니. 저승에는 살아생전 어머니를 힘들게 했던 시어머니도 계시니 빨리 가야겠다는 생각은 하지 마세요.

화가 난 엄마

며칠 전 회사 동료와 회식하는데 문자메시지가 도착했다.
메시지가 도착했습니다~

한참 문자메시지 보내는 재미에 빠진 엄마였다.
세쩨뭉 사랑한다.
"엄마"

그런데 여느 때와 다른 진한 애정 표현에 긴장했다.
아빠와 다투셨나?
가만, 집에 내려갔다 온 지 얼마나 됐지?

문자메시지 한 통에 좌불안석하자 모두 야단이다.
뭘 그리 망설여.
'나도 사랑해요' 라고 보내.

하지만 결국 엉뚱한 답장을 보내고 말았다.
엄마, 한잔했어?
뚜 - 롱
떵
떠 - 덩

몇 분이 흘렀을까. 엄마의 답장이 이어졌다.
매정한 딸년들!!

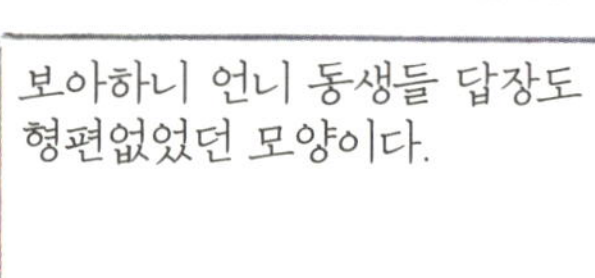

보아하니 언니 동생들 답장도 형편없었던 모양이다.

뒤늦게 통화 버튼을 눌렀으나 아뿔싸, 엄마의 휴대전화는 꺼져 있었다.
지금은 전화를 받을수 없으니 메시지를…

다음 날 출근 준비를 하는데 전화벨이 울렸다(아빠였다).
따르릉

누가 내 속으로 난
자식 아니랄까 봐
하나같이 똑같냐!

이런 식으로 할 거면
어버이날도 올 필요 없다는
엄마의 엄포에 가슴이 철렁했다.

어느새 마음과 손의 거리를
바짝 좁힌 나는
문자메시지를 입력했다.

한 손이라도 행복한 엄마

결혼하고 8년이 넘도록 임신이
안 돼 힘든 나날을 보냈다.

그런데 9년째 되는 해 쌍둥이를
임신했다. 아빠는 매일 새벽에
출근한다.

헌데 기쁨도 잠시. 한 손만 쓸 수
있는 내가 두 아이를 어떻게
키울지 두려움이 밀려왔다.

나는 생후 16개월 때부터
소아마비를 앓아 한 손과
다리가 불편하다.

아이들이 유치원에 입학했을 때다.
하늘유치원

인형을 가지고 수없이 연습했는데
도 한 손으로 머리 묶는데 오랜
시간이 걸리고 예쁘게도 잘 안
된다. 내 머리는 아빠가 출근하기
전 매일 묶어주셨다.

아이들은 유치원에 늦는다고
가끔 짜증을 낸다.
엄마! 지금 늦었단 말이야,
빨리 묶어! 줘-
응? 어...
그래...

그렇게 아이들을 보내고 나면
그날은 종일 마음이 아프다.

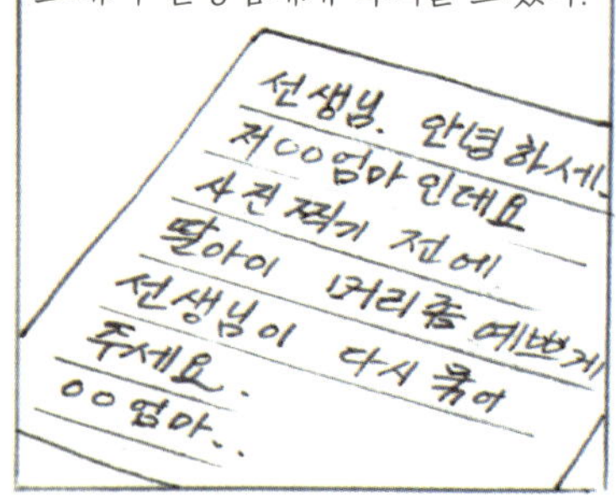
졸업사진을 찍는 날도
몹시 걱정이었다.
그래서 선생님에게 쪽지를 보냈다.
선생님. 안녕하세
저 ㅇㅇ엄마 인데요
사진 찍기 전에
딸아이 머리좀 예쁘게
선생님이 다시 묶어
주세요.
ㅇㅇ엄마..

그런데 집으로 온 아이들 머리가
아침과 똑같은 게 아닌가.

왜 그런가 했더니...
엄마. 엄마가 묶어준 게
더 예뻐서 내가 쪽지를
선생님께 안 전했어...

그 말을 듣고 일곱 살 딸아이가
무슨 생각을 했을지 짐작했지만
더 이상 물어보질 않았다.

그 뒤로는 저희들끼리 머리를 묶고
다녔다.

초등학교 1학년 때 아이 친구들을
집으로 초대해 떡볶이, 피자,
닭튀김을 해주었다.

그러자 친구들이
와~ 너희 엄마는 손도 불편한데
음식 잘하신다. 우리 엄마는
두 손인데도 안 해줘.

나는 물었다.
너는 엄마가 안 창피해?
난 엄마가 자랑스러워.
한 손으로 못하는 게 없는데
뭐가 문제야. 다른 엄마들하고
똑같아. 그러니 자꾸
그런 말 하지 마, 알았지?

아, 나는 행복한 엄마다.

요즘은 복지관에서 컴퓨터를 배운
뒤 자격증을 따서 봉사하러
다닌다.

당당하게 살라던 신부님 말씀에
힘입어 배울 수 있는 것은
다 배운다.

한 손과 발로도 무슨 일이든
할 수 있다.

아이들에게 노력하며 밝게 사는
모습을 보여 주자고 다짐한다.

다행히도 아이들은
뭐든 열심히 하는
나를 자랑스러워한다.

우리
엄마! 최고
와

나눔

지난 주말 시골에 있는 엄마가 봄을 가득 담아 오셨습니다.

버무리를 해먹던 생각이 나는 쑥...

간장에 넣어 밥 비벼 먹으면 최고인 달래까지...
이제 곧 남의 식구 될 텐데 이렇게 정성 들여 해다 바치면 뭐하노.

하며 뚝배기에 이것저것 넣어 영양밥을 짓던 엄마가 말씀하셨습니다.

은행은 지난번에 네가 주워온 거야?
응.

순간 한 할아버지가 생각났습니다.

시골에 갔던 지난해 가을

아침 일찍 산책을 다녀오는데...

바람 때문인지 은행이 여기저기 떨어져 있었습니다.

냄새는 고약했지만 기관지에 좋다는 엄마 말이 생각났습니다.

그래서 은행을 줍는데 할아버지
한 분이 앞에서 주우셨습니다.

순간, 할아버지보다 먼저 많이
주워야지...

하는 욕심이 생겼습니다.

그래서 얼른 앞지르며 은행을 줍는데 뒤따라오던
할아버지가 물으셨습니다.
아가씨, 은행 많이 주웠어?

많이 못 주웠는데, 왜 그러세요.
어디 한번 보세.
아이고~
나보다 많네.

그러면서 할아버지는 손에 있던
은행을 주셨습니다.
무슨 영문인지 몰라 우두커니
서 있자...

이왕이면 많이 주운 사람한테
몰아주면 요긴하게 쓸 수 있잖우.

하시며 빙그레 웃고 가셨습니다.

할아버지의
아름다운 나눔에
내 행동이
몹시 부끄러웠습니다.
할아버지
다음 가을에 만나면
제가 주운 은행
다 드릴게요.

가슴속 깊이 묻은 아이

결혼한 지 15년째. 중학교 2학년인 딸을 하나 키운다.

그런데 마흔 살이 넘어 덜컥 임신을 하고 말았다.
이제 낳아 언제 키우나.

밤잠을 설친 다음 날이었다.

급하게 서둘러 병원을 가보기로 했다.

초음파 검사를 하던 의사 선생님이 놀라며 말씀하셨다.
자궁에 혹이 있네요. 아주 크고 개수도 많아요.

이 정도면 임신을 유지하기 어렵겠는데요. 제가 소견서를 써드릴 테니 큰 병원으로 가보시는 게 좋겠네요.

그때만큼은 별일 없이 아이를 낳았으면 좋겠다는 생각이 간절했다.

다행히 큰 병원 의사 선생님은 무사히 아이를 낳을 수도 있으니 희망을 가져보자고 했다.

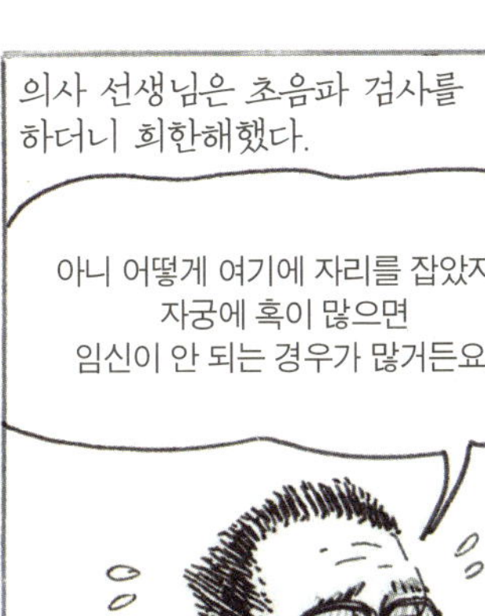

의사 선생님은 초음파 검사를 하더니 희한해했다.
아니 어떻게 여기에 자리를 잡았지? 자궁에 혹이 많으면 임신이 안 되는 경우가 많거든요.

그 뒤 몸 관리를 잘하라고 해서 한 달간 꼼짝하지 않았다. 어느 날 밤중에...
자기야, 나 딸기가 먹고 싶어.
응, 알았어.

딸도 수시로 전화해서 뭐가 먹고 싶으냐고 물어보았다. 정말 행복한 호강을 누리던 어느 날...
엄마, 뭐 먹고 싶은 거 없어?

하혈이 심해서 병원에 가니 유산이라고 했다. 눈물을 펑펑 쏟았다.

혹 때문에 자궁적출술을 한 뒤 내게 친정 엄마가 말했다.
아이가 네 뱃속에 병 있다고 알려주러 왔나보다.

그 말에 또 울었다. 첫 아이를 낳고 배가 불러도 살찐 탓이겠거니 했지 자궁에 혹이 다섯 개나 있을 거라고는 꿈에도 생각 못 했다.

의사 선생님은 혹이 크고 많아 변이될 수 있다면서
지금이라도 발견한 게 천만다행이에요. 그렇지 않았으면 큰일 날 뻔하셨어요.

아주 잠시지만 나를 찾아온 아이를 가슴속 깊이 묻었다.
바람결에라도 고맙고 사랑한다는 말을 전하고 싶다. 그리고 언제까지나 기억할 거라고...

천천히 자라는 아이

서랍을 정리하다가 나온
막대사탕을 무심코 올려 두었더니

어느새 다가온 지수는 묻는다.

지수 말을 웃어넘기며 다시 서랍
정리에 열중한 지 3분쯤.

지수는 여전히 사탕을
만지작거렸다.

지수는 쑥스러운 미소를 지으며
친구들 틈으로 섞여들었다.

그러나 잠시 뒤 어느새 다가와
말하는 지수의 한마디.

지수는 생각과 마음이 아주 천천히
자라는 아이다.

조금만 섭섭해도 눈물이 핑 돌고,

신나는 음악을 틀어주면 누구보다
먼저 몸을 흔들고,

게임에 몰두하면 자기 이름도
까먹는 아이...

지수의 밝고 사랑스러운 성품은
부모님 덕분이 아닐까 싶다.

걱정하고 다그치기보다
아이의 자연스러운 성장을 믿고
돕는 지수 어머니처럼
천천히 자라는 아이 부모님들이
행복하셨으면 좋겠다.

사랑받는 아이는
부족하거나 더뎌도
참으로 사랑스러운
아이로 자라니까.

부끄러운 인내심

어린이집에서 네 살배기 아이들을 가르칠 때 일이다.

예슬이라는 여자아이가 있었는데...

행동이 느리고 말수가 적어 친구들과 잘 어울려 놀지도 못하고

늘 구석진 곳에 앉아있었다.

다른 아이들은 연필잡기도 연습해보고...

가방 정리도 척척 해보며

그림 그리기 등 다채롭게 활동하는데...

예슬이만큼은 하나에서 열까지 모든 것을 도와줘야만 했다.

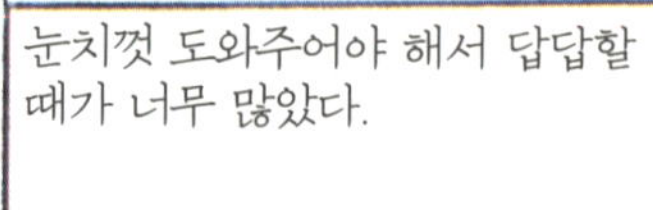
그나마 도와달라는 말조차 하지 않아 일일이 물어보거나 해야 했고...
도와줄 일 없니?

눈치껏 도와주어야 해서 답답할 때가 너무 많았다.

그러던 어느 날이었다. 아이들에게 동요를 가르치려고 피아노를 치는데...

하지만 이젠 예슬이가 일깨워줘서 더 좋은 선생님이 되려고 늘 노력하고 있단다.
예슬아~ 고마워.

사람을 진심으로 대하는 아저씨

고된 일과를 마치고 집으로 가는 길엔 어김없이 배에서 천둥이 친다.

지하철역 밖에는 손가락이 몇 개 없는 아저씨가 하는 떡볶이집이 있다.

하지만 혼자 길거리에서 음식을 먹는 일이 그리 쉽지는 않았다.

야근하고 집으로 가던 어느 날. 도저히 유혹을 뿌리칠 수 없어 허겁지겁 떡볶이를 시켰다.

얼마나 배고팠던지 떡볶이가 나오기도 전에 튀김 몇 개를 집어 먹었다.

그리고 4,000원을 내밀자 아저씨는 다시 2,000원을 주셨다.

뭐가 잘못되었나 싶어 여쭈었다.

아저씨는 악한 손님도 선한 손님도
똑같이 대하는 마음을 지니신 것이다.
갈수록 험하고 삭막해지는 세상.
아저씨의 웃음을 보며...

사람이 사람을 진심으로 대하는 자세는
무엇일지 생각해보았다.
나도 저 아저씨와 같은
마음을 품고 살기로 다짐했다.

토끼 새댁

신혼 때 우리는 극도로 가난했다.

남편은 특별한 기술 없이
미싱공장에서 보조로 일했다.

어느 날 도시락을 들고 찾아갔다
자욱한 먼지 속에서 무표정한
얼굴로 일하는 남편 모습에
충격을 받았다.

그날 밤 남편에게 조용히 물었다.
자기가 제일 잘하는 게 뭐야?
난 할 줄 아는 게
아무것도 없는데...

신께서 인간을 만들 때
단 한 가지라도 잘하는 것을 주셨대.
잘 생각해봐.

순간 남편이 즐기던
컴퓨터 게임이
떠올랐다.
자기야.
컴퓨터를 잘하니까
그 방면으로 공부하는 건
어때?

얼마 뒤 남편은 한 대학의 컴퓨터
학과에 지원했다.
자기야~
합격 통지서야!
합격 통지서

당장 월급은 없고 공부는 해야 하는
상황이 되어 버렸다.
대박이야

남편은 새벽 4시에 일어나
대형 슈퍼마켓에서 화장실
청소를 한 뒤 등교한다.
종일
공부하고
청소를
했지만
형편은
나아지지
않았다.

그러던 어느 날 동네 채소가게에 갔다. 번번히 적은 돈을 들고 찾아가 감자 몇 알을 사오던 곳이다. 계산하고 발걸음을 돌리는 순간 가게 밖에 수북이 쌓인 채소가 눈에 띠었다.
아줌마 이게 뭐예요?
시든 채소 버린 거야.
야채

나는 잠시 머뭇거리다가...
아주머니, 이거 가져가도 돼요?
마음대로 가져가~ 어차피 시들어 팔지 못하니까. 토끼 키우나 보네?

나는 묵묵히 채소를 골라 집으로 가져왔다.

뻣뻣한 배춧잎과 무잎을 삶았다.
보글~보글~

송송 썬 뒤 기름에 달달 볶아 간장을 살짝 두르니 훌륭한 반찬이 되었다.
오~ 고소한 냄새.

시든 채소는 하루쯤 찬물에 담가 두었다가 보면 싱싱하게 살아나 즐겨 먹을 수도 있다.
어머나~ 싱싱해라. 우리 형편도 이렇게 살아났으면...

반찬 걱정이 사라지니 한 시름 던 기분이었다. 몇 달이 지난 어느 날 채소가게 아저씨가 우리 집 근처로 배달을 오셨다.

작고 남루한 아파트에서 톡 튀어 나오는 나와 마주친 아저씨는...
새댁 여기 살...
B동

하다가 얼버무리셨다. 내가 살던 곳은 애완동물을 키울 수 없는 아파트였기 때문이다.
으~ 난 몰라~ 어떡해.

다음 날 채소 가게에 가니 시퍼렇게 싱싱한 배추와 당근이 가지런히 쌓여 있었다.

아쉬운 마음에 오던 길을 뒤돌아서 몇 발자국 걷자 바쁜 척 일하던 부부가 동시에 나를 부르셨다.
새댁~ 오늘은 채소 안 가져가? 토끼 줘야지!

내 기분을 상하지 않게 하려고 노력하시는 아저씨와 아주머니를 돌아보며 볼멘소리로 말했다.
이제 아시잖아요. 제가 바로 토끼라는 걸요. 저렇게 싱싱한 채소를 일부러 내놓으시면 저 다시 못 와요.

콧등이 시큰해지며 눈물이 볼을 타고 흘러내렸다.

그러자 가게 아주머니가 달려와 안아주셨다. 그분의 눈에도 눈물이 그렁그렁 고였다.
이렇게까지 배려하시면 전 미안해 다시는 못 와요.

그래도 가져가. 새댁은 내가 본 토끼 중 가장 예쁜 토끼야.

우리는 서로 마주 보며 빵 터지게 웃었다. 남편이 대학을 졸업할 때까지 나는 그 가게를 드나드는 토끼 노릇을 했다.

어느새 채소 요리의 대가가 되었다.
여보~ 나 첫 월급 받았어.
어머나~ 자기야~

첫 월급을 받은 날. 가게에 찾아가 선물을 드렸다. 아름다운 마음씨를 닮은 토끼 저금통이었다.
부자 되세요. 아주 착한 부자요.
이제는 나는 더 이상 토끼 노릇을 하지 않지만 그분들의 따뜻한 배려를 영원히 …잊지 못할 것이다.

대신 벌 받아드립니다.

초등학생인 친척 동생은 소문난 개구쟁이랍니다.

한번은 이모에게 혼나고 우는 동생이 안쓰러워 같이
놀이터에 갔어요.

아이스크림을 사주자 냠냠 먹던 녀석이 갑자기
손가락으로 미끄럼틀을 가리켰어요.

누나, 나 같은 초등학생이
잘못했을 때 대신 벌 받아 주는
사람도 있나봐.
나 저거 신청할래!

그곳을 보자 손바닥만 한 스티커에 '벌초 대행'이라고
적힌 것이 아니겠어요.

벌초대행

동생의 해석은 혼나는 '벌' 초등학생 '초' 대신해주는
'대행'으로 해석을 했나봐요.

진짜 뜻을 말해 주려다가
귀여워서 머리만 쓰다듬어 줬답니다.

그분의 아름다운 향기

초등학교 1학년 때 시골에 살던 무렵의 일입니다.

그 시절 가장 잊지 못할 기억은 '서리'였습니다.

사과가 막 익기 시작할 무렵이었지요.
어느 집 담장 너머로 보이는 탐스러운 사과.

며칠 전부터 눈여겨보다 서리하러 갔습니다.

언제나 그랬듯이 제가 앞장서서 담장 위로 올라갔죠.

들킬세라 정신없이 사과를 따서 담장 아래 친구에게로 던졌습니다.

마지막으로 내 몫의 사과를 따가지고 만족하며 내려올 때였죠.

주인아주머니가 등 뒤에서 우리를 부르는 것이었어요.
야!
도망쳐!!

나는 소리치며 허둥지둥 담장 위에서 내려와 앞선 친구들을 쫓아 달리려는데

학생-
학생
아주머니 목소리가 보통 서리하다 들켰을 때 야단치는 어른들의 목소리와는 사뭇 달랐습니다.

반복해서 부르시는 아주머니의 음성을 끝까지 외면할 수 없어 발걸음을 돌려 다가갔습니다.

그러자 아주머니는 다정한 목소리로 말했습니다.
사과가 아직은 덜 익어서 먹으면 배탈 난단다. 나중에 익으면 와서 따 먹으렴.

그 순간 죄송한 마음과 엄청난 면죄부를 받은 것 같은 감사함이 들었습니다.

그리고 지금껏 경험하지 못한 아름다운 세상을 만난 듯한 기쁨이, 어린 가슴에 스며들었습니다.

아주머니의 얼굴은 기억나지 않지만 고우신 마음만큼은 지금도 제 가슴에 변함없이 남아 있습니다.
저도 그분처럼 다른 사람에게 아름다운 향기를 남기고 싶습니다.

평생 처음 써 본 편지

어느 날 편지가 왔습니다.

어머니에게서 생전 처음으로 편지가 왔습니다. 어머니는 글을 떠듬떠듬 읽기만 할 뿐 쓰신 적은 없었습니다.

그런데도 이 못난 아들에게 사랑을 전하려고 글쓰기를 배우셨답니다.

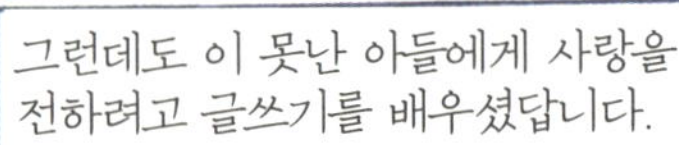

그렇게 시작되는 편지를 읽으며 눈물을 많이도 흘렸습니다.

78년 만에 처음으로 편지를 쓰시는 어머니의 모습을 떠올리니 가슴이 아렸습니다.

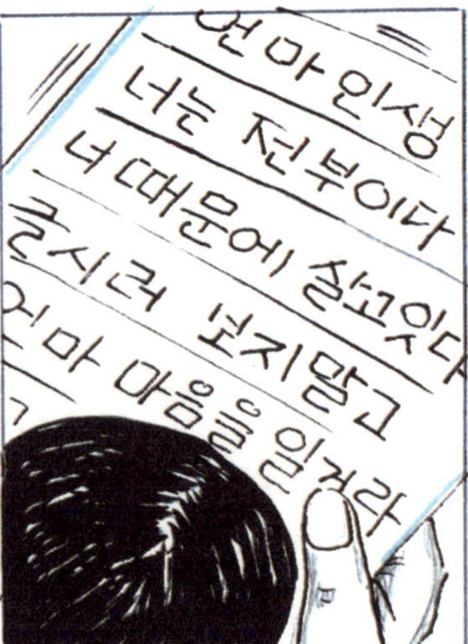

어머니 마음을 조금이나마 헤아리며 어떤 일이 있어도 다시는 이곳에 들어오지 않겠다고 결심했습니다.

그 큰 사랑 이제야 깨닫습니다.
어머니 마음 아프게 하지 않겠다고.
마음을 다잡으며 기도합니다.

부디 어머니께서 건강하게 오래오래 사시기를.

이웃과 나눈 행복

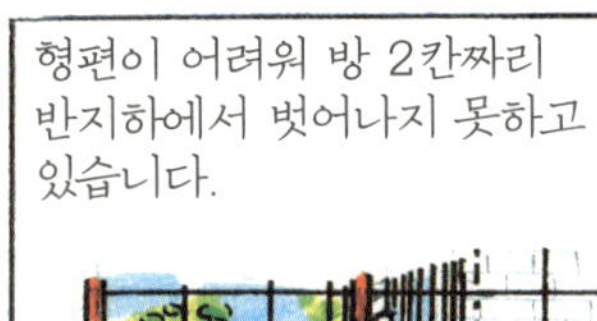

형편이 어려워 방 2칸짜리 반지하에서 벗어나지 못하고 있습니다.

7년이나 지내면서도 괜한 자격지심에 옆집에 누가 사는지 관심도 없고 아는 이웃 하나 없이 그럭저럭 살았지요.

그러다 작년 봄. 화원에 들러 고추와 상추 모종을 샀어요.

집 앞 공원에 심었더니 무럭무럭 잘 자라더군요.

어느 날 볼일 보고 오는데 아기를 업은 젊은 여자 분이 고추를 따고 있었습니다.

아기 엄마는 기어들어가는 목소리로 어쩔 줄 몰라 했지요.

하지만 나 자신이 정말 한심하더군요.
다 먹지도 못할 거면서 그렇게까지 무안을 주지 않아도 될 것을...

올해는 같이 모종을 심었습니다.
이웃과 나눈다는 것이
이렇게 행복한 것인지
예전에는 미처 몰랐습니다.

내 이웃에 누가 살고 있는지도
모르고 사는 삭막한 세상...
이제부터는 좀 관심을 가져야겠어요...

엄마표 사과

늦은 저녁, 장을 보고 돌아오는 길이었습니다.

할머니가 사과를 팔고 계셨습니다. 작은 바구니에 사과가 서너 개 담겨 있고 종이에는 3,000원이라고 적혀 있었습니다.

그런데 쳐다보는 사람이 한 명도 없었습니다.

나라도 사드려야겠다. 할머니가 힘드시겠네.

가까이 다가가니 사과가 조금 이상해 보였습니다.

할머니~ 사과가 크기도 제각각이고 빛깔도 볼품없고 벌레까지 먹었어요. 왜 이래요?

내 생각을 읽기라도 한 듯이 할머니가 말씀하셨습니다.

이거 유기농 사과야~ 자식들 주려고 농약을 한 번도 안 쳤어! 그래서 벌레가 먹은 거라고.

나는 사 들고 집으로 돌아와 사과 봉지를 열었습니다. 그런데...

어머!! 벌레 먹은 자리가 너무 커. 이걸 그냥 어떻게 먹으란 거야?

벌레 먹은 자리를 과도로 다 도려 내자 사과는 절반도 안 남았습니다. 그때 옆에 있던 친구가

야~ 어디서 벌레 먹은 사과를 사왔냐?

친구는 한소리 했습니다. 왠지 난 울컥해 한마디 했죠.

야~ 벌레가 아무 사과나 먹는 줄 알아? 맛있는 사과만 골라 먹는다고. 알지도 못하면서...

순간 어릴 적 생각이 났습니다. 어머니께서는 먹성 좋은 나와 남동생 때문에 과일과 간식거리를 냉장고에 채워 넣느라 늘 동분서주하셨습니다.

그리고 가짜 사과 대신
엄마표 사과라고 불렀습니다.

매일 먹는 사과인데도
할머니에게서 산 사과가
다른 것보다 유난히 맛있습니다.
오랜만에 먹어본
엄마표 사과이기 때문인 것 같습니다.

엄마와의 추억

방학식 날 다리를 다쳐서 개학식
날까지 꼬박 방 안에 누워 보낸
그해 여름이 아련히 떠오릅니다.

동생은 밖에 나가서 신나게
뛰어놀고

방에서 선풍기를 친구삼아 누워
있던 내 곁에는 늘 엄마가
계셨습니다.

장녀인 나는 철없이 오해하곤
했습니다.
엄마는 동생들만
예뻐해!

하지만 아픈 내 곁에 그림자처럼
계신 모습에서 엄마가 모든 자식을
똑같이 사랑하신다는 걸 알았지요.

동생이 밖으로 나가면 어김없이
둘만의 시간이 시작되었습니다.
엄마는 머리를 예쁘게 묶어주고

재미있는 동화책도 읽어주고
동화책

내가 좋아하는 맛있는 간식도
해주셨습니다.
엄마~ 엄마가 모든 걸
다 해주니까
내가 공주가 된 기분이야~

하지만 어떤 날엔 흉터가 마음에
걸려 엄마에게 따지듯이 묻기도
했습니다.
엄마! 나 이제 치마는
못 입는 거야?
걱정 마. 새 살이
다시 돋아나
예쁜 다리가 될 거야.

하면서 기도해 주셨습니다. 엄마의
손길이 다정히 머물던 상처는
나날이 아물었습니다.

세월이 지난 지금은 아무렇지도
않게 웃으며 내보일 정도의
흉터만 남았지요.

엄마와 지낸 그해 여름... 평생
잊을 수 없는 추억으로 마음속에
자리합니다.

그리고 그때 오지랖이 넓던
그 꼬마가 어느덧 예비 엄마가
되었습니다.

매일매일 뱃속에서 움직이는
아기의 체온을 느끼며 행복하게
지냅니다.

예전의 나처럼 철없는 아이가
되지 말고 예쁘고 착한 아기가
태어나길 기다리며

엄마의 따뜻한 사랑을
추억할 수 있어 행복합니다.

엄마처럼 나도 좋은 엄마가 될게요.
사랑해요...

시어머님은 나의 큰 스승

아침 식탁에 갓 쪄낸 옥수수가 올라왔습니다.

어머님이 밭에서 따 오셨습니다.
뭐니 뭐니 해도 옥수수는 바로 쪄야 제맛이 나거든.

바쁘다는 핑계로 밭일을 제대로 돕지 못했는데 달고 구수한 옥수수를 먹으니 부끄러웠습니다.

작년 이곳으로 왔을 때 집 옆에 작은 텃밭이 있었습니다. 농사를 좋아하시는 어머님은 텃밭의 잡초를 뽑고...

빈틈없이 씨앗을 뿌리고 채소를 가꿔 가을 김장까지 하셨지요.

생각해보니 어머님과 지낸 20여 년 동안 늘 농사를 지으셨군요. 덕분에 봄부터 가을까지 싱싱한 무공해 채소를 마음껏 먹고 이웃과도 나누었지요.

제가 시집왔을 때 어머님 나이는 쉰셋이었지만 유난히 얼굴에 주름이 많았던 것 같아요.

결혼한 지 4년 만에 남편을 여의고 남매를 키우느라 빨리 주름살이 생겼다는 얘기를 듣자 어머님이 살아오신 험난한 세월이 그려지더군요.

제가 결혼 예물로 TV를 사려고 했을 때 하시던 말씀은...
아가~ TV는 사지 않아도 된다. 이제껏 없이도 잘 살아왔단다.

또한 채식만 하시고 육류, 생선 심지어 멸치조차 드시지 않는다는 말에...
어머님은 대체 무엇으로 국물 맛을 내고, 반찬을 만드는 걸까?

조미료를 넣지 않은 나물반찬

아침마다 영양 보충을 위해 만드는
콩국 등 모든 것이 생소했지만
입맛에 꼭 맞아 공책에 만드는
법을 적어 두었답니다.

다시마, 무, 양파 등
채소만으로도 구수한 국물 맛이
난다는 것도 처음 알았지요...

열무김치에 토마토를 갈아 넣어
만든 물냉면...

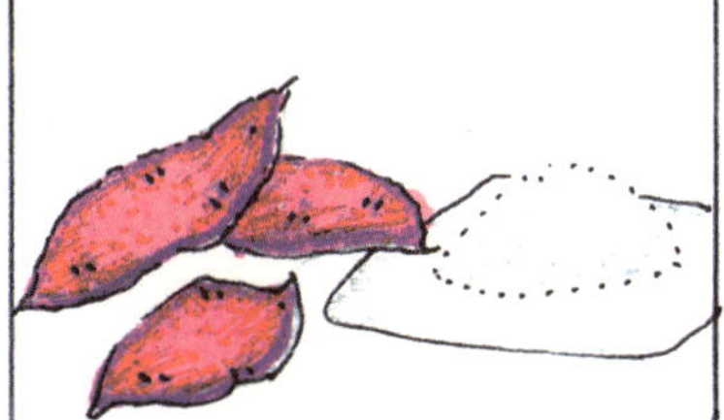

삶아서 으깬 고구마에 고춧가루와
소금을 넣어 만든 된장...

검은 콩, 다시마, 양파, 무를 우려내
소금을 넣고 끓인 채소간장 등
생전 처음 보는 요리법에 놀랐지요.

당시 제 얼굴에 여드름이 많이 나고 피부도
긁으면 빨갛게 부어올랐는데, 어머님께서
해주신 현미밥에, 채소 반찬으로 식사하자
두 달도 안 돼 깨끗해졌어요.

시댁의 독특한 생활방식 가운데
또 한 가지는 간식을 먹지 않는
것이었어요.

남편의 설명은

여보~ 우리가 간식을 안 먹는 이유는
음식을 먹은 후 소화되는 데
4~5시간이 걸리는데, 그 사이 간식을
또 먹게 되면 소화의 리듬이 깨져
위나 장에 부담을 주게 되거든...

게다가 아침에 일어나자마자
물부터 마시고

이런 여유의 시간을 갖도록
집안일을 도와주시는 어머님이
참으로 감사합니다.
생각해보면 제 삶의 방식이나
철학은 대부분 어머님에게 배웠고,
이 모든 것을 자녀에게도
물려주고 싶습니다.
저의 큰 스승 어머님,
감사와 존경을 전합니다...

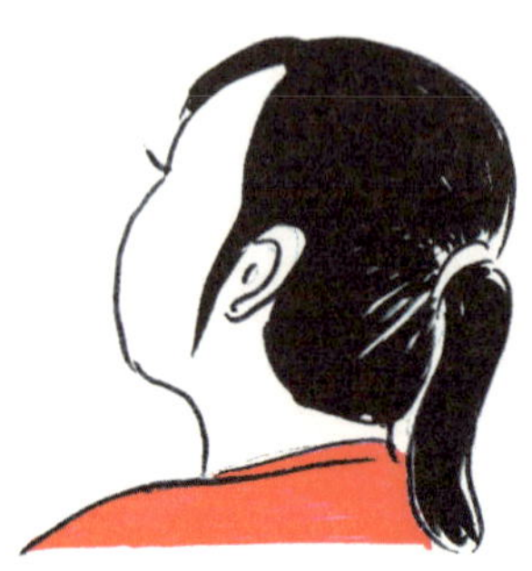

내 남편만 아님...

출근한 남편에게서 전화가 왔습니다.
지금 은행에 다녀와야겠네. 현금이 필요해. 집으로 데리러 갈게. 딸깍!

딱 세 마디를 하더니 전화를 찰칵 끊었습니다. 소파에 누워 느긋하게 TV를 보려던 나는 갑자기 땡칠이처럼 바빠졌습니다.
스---윽
스--윽

숨 돌릴 새도 없이, 밖에서 들리는 소리에 신발을 질질 끌며 엘리베이터를 탔습니다.
땡·병

남편은 성질이 엄청 급합니다. 말이 끝나면 무엇이건 즉각 실행해야 합니다.

이런 남자하고 살면서도 살이 찌는 걸 보면 거의 기적에 가깝습니다.

남편과 은행에 갔는데, 한 아가씨가 전화하는 소리를 들었습니다.
애, 어떡해. 너희 집 근처 다 왔는데 슬리퍼끈이 떨어졌어.
신용대출
공중

곁눈으로 슬쩍 보니 끈이 하나뿐인 샌들을 신고 가다가 끈이 빠져버린 모양입니다.

하지만 친구는 아직도 잠자리인 듯 준비하고 나오려면 한참 걸리겠다고 했나 봅니다.
그래?

볼일을 끝내고 남편 차에 오르면서 이야기했죠.
참, 안됐다. 그 아가씨. 슬리퍼 끈이 떨어져서 안절부절못하고 있더라고.
그래? 나한테 강력접착제 있는데, 고쳐줘야겠네.

나는 부랴부랴 은행으로 다시 들어갔습니다.
아가씨, 내가 아까 본의 아니게 전화 내용을 들었거든. 남편이 접착제로 붙여준다는데, 괜찮겠어?
정말요? 고맙습니다.

남편은 은행으로 들어와 샌들을 고쳐준 뒤 씩~ 웃으며 차에 올랐습니다.
우리 남편 참 멋지지?
네, 정말 멋있으세요.
이 남자 내 남편만 아님 참 멋진데 말입니다...

입금자명 '미안하다'

대학 합격통지서를 받은 날, 아버지께 말씀드렸다.

아버지는 애통한 눈물을 흘리셨다.
못난 아비라서 정말 미안하구나.

그러면서 내 손을 붙들고 힘없는 목소리로 말씀하셨다.
우리 딸. 대학 생활 1년만 늦게 시작하면 안 되겠니?

서러워 목 놓아 울면서도 아버지 손을 뿌리칠 수 없었다.
흐 흑

그렇게 계절을 네 번이나 보내고서 대학에 입학하게 되었다.

나는 4년간 열심히 아르바이트해 등록금과 약간의 여윳돈을 마련했다.
아버지가 더 이상 못난 아비라고 생각하지 않으시도록 해야지.

그런데 어느 날 아버지께서 내 가방 안에 하얀 봉투를 깊숙이 넣어주셨다. 등록금이었다.

수년간 딸에 대한 미안함이 한으로 남았을 아버지 생각에 뜨거운 눈물이 흘렀다.

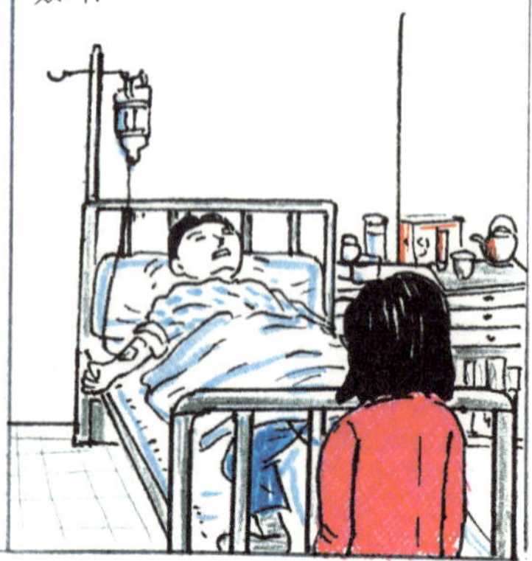

대학 입학 후 반년이 지날 무렵, 아버지는 교통사고와 갑작스런 건강 악화로 병원 신세를 지셔야 했다.

메시지를 보며 얼마나 울었는지 모른다.

아버지가 보고 싶은 오늘…

적은 용돈이라도 보내드려야겠다.

입금자명은 '사랑합니다'로 말이다.

마음이 예쁜 아이

우리 동네에 작은 아이가 있습니다.

한 번은 지나가다 아이와 마주쳤습니다.
꼬마야 너 몇 학년이니?
초등학교 3학년이에요. 안녕하세요?

하고는 그냥 가버리는 거 있죠. 쑥스러움을 많이 타는가 봐요. 그런데 그 아이가 참 재미있는 게 인사를 90도로 하는 거예요.

허리를 숙이는데 여기서 봐도 저기서 봐도 90도예요. 옛날에 본 바른생활 교과서가 생각나더군요.
바른생활 5

어느 날은 아이가 걸어가다가 길가에서 군고구마를 샀어요.
아저씨, 군고구마 좀 주세요.
군고구마

그러더니 하나만 제 몫으로 챙기고 나머지는 경비실 아저씨에게 드리는 게 아니겠어요.
아저씨 군고구마 좀 샀어요. 따끈할 때 드세요.
어유~ 이거 고마워서 어쩌지?

그때의 경이로움이란, 볼 때마다 마음이 가는 아이였어요.

하루는 아이가 아파트 입구에서 어머니에게 야단을 맞았어요.
너! 어디서 뭘 하다가 이렇게 늦게 들어오는 거야!

살며시 다가가 물어보니 집에 늦게 들어왔다는 거예요.
○○아파트

아이는 집으로 오는 길에
무거운 짐을 옮기는 할머니를
도와드리느라 늦은 거였어요.

아이의 둥근 얼굴이
밤하늘 달처럼 환하게 빛났습니다.

교복 입은 춘향이

수능을 앞두고 건강이 나빠져 병원에 다닐 때였다.

온갖 걱정에 정신을 놓아버렸는지 지하철역 에스컬레이터에 신발 앞부분이 껴서 빠지지 않았다.

울면서 소리쳤지만 모두 외면하고 지나쳤다.
좀 도와주세요!

그때 한 할머니가...
여보게 젊은이, 이 학생 좀 잡아 보게 어서요.

청년들에게 도움을 청하신 할머니 덕분에 겨우 신발을 뺐다.

갈기갈기 찢긴 신발과 피로 흥건한 양말... 아픈 것보다 사람들의 무관심이 더 무서웠다.

할머니는 나를 역내에 있는 쉼터로 데려가셨다.

그리고 역무원에게 상처 부위를 소독하고 연고를 발라달라고 부탁한 뒤
학생이 계단에서 다쳤는데 빨리 치료 좀...

매점에서 양말을 사와 직접 신겨 주셨다.

나는 그날 이후 '춘향이'라는 별명을 얻었다.

자율학습 시간에 늦을까 봐
고맙다는 인사도 제대로 못 드렸지만
할머니의 따뜻한 마음을
잊지 않으려고 꽃신을 깨끗이 닦아
내 방 피아노 위에 올려놓았다.

나는 지금 더없이 행복하다.

어느덧 함께 기뻐하고 위로하며
서로의 삶을 채워 준 지 7년이 되어 간다.

그를 쏙 빼닮은 아들까지 낳은 지금
더없이 행복하다.

아직도 퇴근할 때면 그를 볼 생각에
설레는 나는 참 행복한 사람이다.

천사들의 합창

매주 한 번씩 공부방으로 어린 친구들을 만나러 간다.

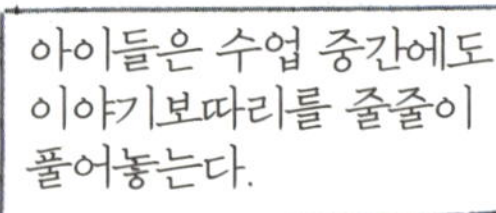

아이들은 수업 중간에도 이야기보따리를 줄줄이 풀어놓는다.
선생님 저는 얘가 자꾸 못살게 괴롭혀서 미워요.

저마다의 투정과 자기 이야기를 하느라 진도는 거북이걸음이다.
선생님~ 어려운 영어는 왜 배우는 거예요?

그럴지언정 맞장구치며 아이들과 하나가 된다. 매우 중요한(?) 이야기를 귀담아들어 줄 누군가가 필요하기 때문이다.

지난번에 한 아이가 공부하다 말고 내 눈을 빤히 쳐다보며 말했다.
선생님~ 저는 아빠가 없어요~

그렇다고 "부모님이 이혼하셨니? 아니면 돌아가셨어?"라고 대놓고 물어볼 수가 없었다.

내 무심한 질문이 이 아이에게 큰 상처가 될 수도 있을 거야.

나는 아이의 손을 잡고 말했다.
그래? 선생님도 아빠가 없단다. 작년 가을에 돌아가셨거든.
영어

너도 기억나지? 왜, 그때 선생님이 결석해서 수업을 못 했잖아.

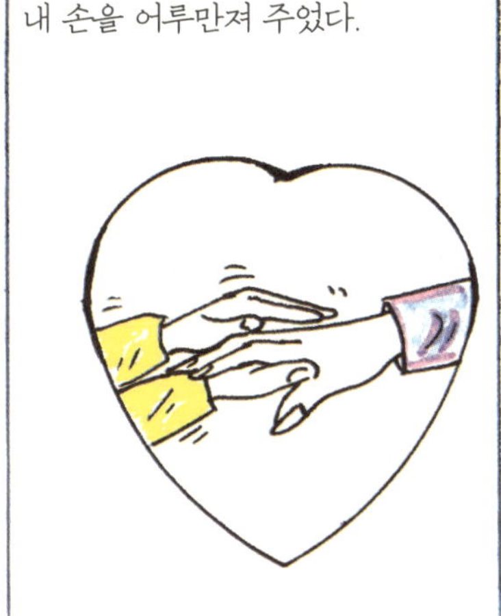
하면서 고사리 같은 손으로
내 손을 어루만져 주었다.

아이는 어른들보다 따뜻한
아빠의 손길이 더욱 필요하다.
그런데도 아이는 자기와 같은
처지라 생각하며 나를
어루만졌다.

아이들은 그래서 천사다.
어른처럼 계산적이거나
이기적이지 않고 서로의 아픔을
보듬을 줄 안다.

수업이 끝나도 헤어지기 싫어
아이들이 옷자락을 잡고
매달린다면 그건 사랑이
부족하다는 뜻이다.

한 명씩 돌아가며 안아주며
이젠 가도 된다고 인사한다.

천사를 만나고 돌아오는 길...
가슴이 촉촉하고 따뜻하다.

아이들이 아름다운 꿈을 꾸며
높이 날 수 있도록
내가 조그마한 디딤돌이
되었으면 좋겠다.

선생님은 너무 늙었는데?

내 꿈은 교사였다. 하지만 가난한 형편 때문에 공부를 계속할 수 없었다.

그래도 아이들과 함께하고 싶어서 방과후 교사, 복지원 교사 모집공고 글을 보고 이력서를 제출했지만 번번이 실패했다.

그러던 중, 환갑이 다 되어 꿈을 이뤘다. 교육청에서 고령 여성을 대상으로 한 하모니교육에 지원해 유치원에서 아이들을 돌보게 된 것이다.

이름 하여 하모니 선생님이다. 아이들 식사를 돕고.

간식을 만들고

청소도 한다.

아이들이 얼마나 귀엽고 예쁜지... 아이들이 내게 묻는다.

아이들은 정말로 그런 줄 안다. 식사시간에는 서로 자기 옆으로 오라며 손짓한다.

또 어떤 아이는 내 수저도 갖다놓는다.

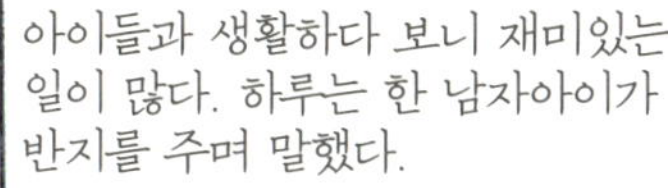

생기를 선물 받으니
내 젊었던 시절로 다시
되돌아간 듯하다...

뒤늦게서야 이루어진 내 꿈...

영원했으면 좋겠다.

엄마, 내가 채워줄게

집으로 가는 길에 가온이와 같은 반인
호원이를 만났다.
안녕하세요.
아줌마, 며칠 전에
제 동생이 태어났어요.
호원이는 동생이 생겨 좋겠네?
아들 가온이가 대뜸
엄마,
나도 동생 낳아줘!
호원이 엄마는 젊은데
엄마는 내년에 마흔이야.
나이 많아서 아이 낳으면
엄마도 아이도 위험해서 안 돼.
그럼 입양하면 되잖아.
그러고 싶은데 입양한 아이를 가온이만큼
사랑할 자신이 없어서 포기하려고.
엄마, 제발 동생 좀...
그 아이에게 상처 주면 안 되잖아.
그럼 엄마는 나를 사랑하는 거
반만 사랑해줘.
나머지는 내가 채워줄게!

엄마의 아픈 마음

대학 시절 그 흔한 소개팅이나 연애 한 번 한 적이 없다.

사회생활을 시작한 뒤에야 남자친구를 만나 연애한 지 어느덧 6년.

결혼을 재촉하는 남자친구의 성화에 못 이겨 엄마 아빠에게 결혼 이야기를 꺼냈다.
엄마, 아빠 나 이제 결혼할 때가 된 것 같아.

바로 승낙할 거라는 예상과 달리 엄마는...
아직은 안 된다.

선을 그으시는 엄마의 반응에 놀랐지만 당황스러워 그러시나보다 하며
그래, 생각할 시간을 좀 드려야겠다.

얼마 뒤 조심스럽게 다시 결혼 이야기를 꺼냈다.
엄마... 결혼하면 안 돼요?
아직은 안 돼.

엄마의 대답은 한결같았다. 서운한 마음이 쌓여가는 어느 날 남자친구와 결혼 문제로 다퉜다.
흥!

그 뒤 엄마를 꼭 설득하겠다고 마음먹었다.
오늘은 엄마를 꼭 설득해야지.

그런데 잘 이야기해보겠다는 다짐도 잠시, 나도 모르게 그동안 쌓인 감정이 터져 나와 이성을 잃은 목소리로 말했다.
도대체 결혼을 못 하게 하는 이유가 뭐야! 응? 엄마!!

돈 더 벌다가 서른쯤 해.
그러면 안 되겠니?

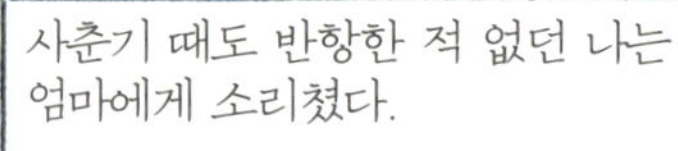

사춘기 때도 반항한 적 없던 나는
엄마에게 소리쳤다.

내가 대단한 사람도 아닌데.
나이 서른에 어떤 남자가
나랑 결혼한대?
그리고 돈을 더 벌라고?
지금껏 내가 놀았어?

한 번 터진 감정은 쉽게 추스를
수 없었다. 급기야 그동안 못한
말까지 쏟아졌다.

대학 다닐 때 아르바이트 안 하고
매달 용돈 받는 친구들이 얼마나
부러웠는지 엄마가 알아?
나는 용돈 벌어 썼잖아.

그래도 난 엄마, 아빠
원망하지 않았어.
알아?

지난 6년간 매달
월급 절반을 엄마에게 주면서도
불평 한 번 안 했다고.

게다가 내가 비싼 혼수를
해달라는 것도 아니고
내가 번 돈으로 결혼하겠다는데
무슨 돈을 더 벌란 말이야!

나는 목이 터져라 소리치고
바닥에 주저앉아 펑펑 울었다.

엄마나 더 벌어
야 봐줄 건데!!
엉~엉~

그러자 엄마는 내 손을 잡고
떨리는 목소리로 말씀하셨다.

네가 하고 싶은 거 포기하고
취업 때문에 전문대 간 거 다 알아.

그마저도
넌 엄마한테 부담될까 봐
야간수업으로 바꾸고
낮에는 아르바이트한 것도 알아.

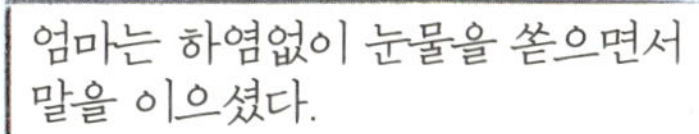

그저 내 마음이 전해지길 바랄 뿐이었다.

그동안 애써 감춘 엄마의 아픈 마음.

내 조카, 아니 내 아들

2년 전 명절 때 일입니다.
일찍 곁을 떠나신 부모님
차례상을 준비하려고 시장에
갈 채비를 하는데...

누군가 초인종을
눌렀습니다.
찾아올 사람이
없는데 누굴까?
띵똥~ 띵똥~

궁금해하며 문을 여니 초췌한
모습의 매제였습니다.

제 동생은 만삭이 되기 몇 달 전
악성 뇌종양으로 세상을
떠났습니다.

큰오빠인 내게 핏덩어리 아들만
남겨둔 채 말입니다.
응애~ 응애~

매제가 큰 충격을 받아 당분간
아내가 조카를 맡아 키우기로
했습니다.
으 -앙

하지만 매제는 십 년이
다 되어가도 아무 연락도 없었고
5년
10년

열 살인 딸아이는 조카가
친동생인 줄 알고 남매처럼
지냈지요.

그래서인지 매제의 얼굴을 보는 순간 화가 치밀었습니다.
그동안 아이를 잘 키우겠다는 결심으로 열심히 돈이라도 벌었나
살펴보니 그것이 아니었지요. 초라한 행색에
낮술을 했는지 정신이 혼미한 상태로
대뜸 조카를 끌어안아 무릎 위에
앉히더군요.
이놈이오?
엄마~

놀란 조카는 싫다며 아내 품으로
파고들었습니다.
엄마,
저 아저씨
무서워~
훌쩍

매제는 엊저녁부터 술만 마셔 속이 쓰린가 봅니다.
저...
밥 한술만 주세요.

뚝배기 된장찌개에 밥 한 공기를 뚝딱 해치우고 속에 있는 말을 꺼냈습니다.

아이를 데려가기 위해 가구 공장에서 일했고,

그곳에서 필리핀 여성을 만나 살림을 차렸는데

고생하며 일해 모아둔 통장과 옷가지를 챙겨 도망갔다는 겁니다.

그래서...
내가 그 여자를 찾으려고 전국 방방곡곡 안 돌아다닌 곳이 없어요.
그런 일이 있었군요.

이제라도 아빠 노릇을 하면 술도 덜 마시고 마음을 다잡을 것 같아 아들을 데려가려고요.

그때 잠든 조카 얼굴 위로 뚝뚝 떨어지는 아내의 눈물을 보았습니다. 결혼한 뒤로 처음 본 눈물이었지요.

아빠가 자기 아들을 데려간다는데 누구라도 할 말은 없을 겁니다.

하지만 조카를 친동생으로 아는 딸아이와 우리 부부를 친부모라 믿는 조카 녀석이 걱정이었습니다.
엄마~

처음 본 아저씨를 아빠라고 부르게 해야 한다니 앞일이 태산처럼 느껴졌습니다.

끈끈한 정으로 맺어진 가족이라는 울타리를 한순간 쉽게 끊으려는 매제가 참으로 야속했습니다.

이런 시련을 겪은 조카 녀석이 어느덧 여덟 살이 되어 초등학교에 들어갑니다.

밝고 건강하게 잘 자라준 내 조카,
아니 내 아들아.
우리에게 큰 기쁨과 사랑을 줘서 고맙다.

이번 휴일에는 아들과 여동생이
잠든 공원묘지에 다녀올까 합니다.

한참 걸릴 거야

생각하지도 않고 바로 답하더군요...

여왕님 레벨1

지금 나는 우리 집 여왕님의 아침 준비로 바쁩니다.

여왕님은 뜨거운 것을 싫어하기 때문에 밥과 국을 미리 떠먹기 좋은 온도로 유지해놓습니다.
호ー호

오늘 아침은 닭볶음탕입니다.

바쁜 여왕님이 손으로 뜯기 힘들 것 같아 저는 비닐장갑을 끼고 살점을 미리 발라냅니다.

여왕님이 식사하는 동안 나는 긴 머리카락을 말립니다.

수건으로 여왕님 머리카락을 비비자...
엄마! 머리카락 상하잖아. 탁탁 두들겨야지!!

가르마는 6:4 정도로 알지?
아무렴요.

시간은 벌써 7시 20분이 지나네요.

내 손길은 더욱 바빠집니다. 여왕님이 양치하는 동안 난 블라우스 단추를 잠급니다.
치카
치카

여왕님이 팔을 들어 올리네요.
참 내 정신 좀 봐. 소매 단추를
채우지 않아 그런 거군요. 단추는
바깥쪽 걸로.

나는 혹시라도 잊은 게 없나 한 번
더 물어보고 여왕님의 입에서
없다는 말이 떨어지면 현관으로
달려가 신발을 신기 편하게
놓습니다.

어제는 내 잘못으로 여왕님이
스쿨버스를 놓쳤습니다.

그래서 오늘 아침은 특별히 긴장
할 수밖에 없습니다. 여왕님은
레벨1(고1). 이웃 언니 말로는
레벨3이 되면 여왕님의 기침
소리에도 온 식구가
벌벌 떤답니다.

부랴부랴 설거지를 끝내니
또 한 명의 예비 여왕이 내게
인사하네요. 그녀는 마이너리그
레벨1(중1) 입니다.

싱긋 웃고 가는 눈길이 예사롭지
않습니다. 곧 자기도 여왕이 되니
그리 알라는 눈길인 것 같아
간이 다 오그라듭니다.

일요일이 되면 그나마 여왕님에게
한마디 할 수 있습니다. 여왕님이
기거하는 방문을 여니 속옷과 겉옷,
수건, 머리방울, 화장품이 딩굴딩굴
합니다.

여왕님 왈...

이제 여왕님은
자칭 '신'이라고
선포하는 걸까요?

끝나지 않은 용산… 진실을 위한 싸움의 기록

2009.1.19.	용산4지구 철거민 세입자 20여 명 강제철거 중단과 철거민 주거생존권을 요구, 한강로 변 남일당 건물 4층에서 망루 농성 돌입, 경찰 1,600여 명 배치, 강제진압 시도.
2009.1.20.	새벽, 경찰 특공대의 살인진압으로 망루 농성 중이던 철거민 5명과 경찰 1명 사망. 당일 저녁 용산에 수만의 시민이 모여 추모대회와 행진 진행.
2009.1.21.	100여 개 노동종교시민사회단체 등 '이명박정권 용산철거민 살인진압 범국민대책위원회(약칭 용산범대위)' 결성.
2009.2.9.	검찰, 철거민 7명을 구속 기소하고, 15명을 불구속 기소하는 짜맞추기 수사결과 발표.
2009.3.28.	문정현 신부 등 천주교사제단 용산참사현장에서 매일 생명평화미사 시작.
2009.4.22.	유가족 및 용산범대위 대표단, 대정부 요구안을 거부한 정부에 항의하며 참사현장 무기한 농성 돌입.
2009.6.15.	천주교정의구현전국사제단, 시국선언 발표 후 용산참사현장 무기한 천막 기도 돌입.
2009.7.20.	참사 6개월, 서울광장에 분향소를 차리기 위한 천구의식을 진

행. 경찰 원천봉쇄.

2009.9.4.	수배 중이던 용산범대위 공동집행위원장 박래군, 이종회, 전국 철거민연합 남경남 의장 3명 명동성당으로 장소를 옮김. 용산 유가족도 순천향병원 장례식장을 정리하여 용산현장으로 옮기고 현장 투쟁력 강화.
2009.10.18.	'용산철거민 사망사건 국민법정' 진행. 이명박 대통령, 오세훈 서울시장 등 기소인 전원 유죄 판결.
2009.10.28.	용산 1심 재판 선고, 망루 생존 철거민에 전원 유죄 판결 5~6년 형 선고.
2009.11.14.	용산참사 300일 추모대회. 300일을 앞두고 300인 1인 시위, 대표단 단식 전개.
2009.12.30.	정운찬 총리 정부의 책임을 인정하고, 재개발 정책의 개선을 담은 유감을 표명하는 사과문 발표. 용산범대위는 장례 협상 타결 수용.
2010.1.9.	'용산참사 철거민 민중열사 범국민장' 염수(서울역광장), 노제(용산), 마석모란공원 안치.
2010.1.25.	1주기 추모제(20일)를 끝내고, 유가족, 철거민, 범대위 참사현장 철수.
2010.3.29.	용산참사 진상규명 및 재개발제도 개선 위원회 발족.
2010.5.31.	용산 항소심, 망루 생존 철거민에 유죄 판결 4~5년 선고.
2010.6.24.	헌법재판소, '용산참사 수사기록 공개 거부는 위헌' 결정.
2010.9.28.	구속철거민들, '검찰의 수사기록 공개 거부' 관련, 국가 상대 손해배상 청구소송 '승소'.
2010.10.20.	고법, 용산4구역 관리처분 무효 판결.
2010.11.11.	대법, 망루 생존 철거민 7명에 원심(4~5년) 확정판결.
2010.11.30.	참사현장 '남일당' 철거에 따른 긴급기자회견.

2011.1.20.	용산참사 2주기 범국민추모제.
2011.2.18.	5년형으로 구속된 용산4상공 이충연 위원장에게, 위증죄 적용 징역 4개월 추가 선고.
2011.4.7.	용산철거민, 쌍차노동자 DNA 불법 채취 규탄 기자회견
2011.4.18.	강제퇴거금지법 1차 쟁점포럼 개최(이후 5월, 6월, 7월 연속 쟁점 포럼 개최).
2011.4.23.	용산투쟁 관련 벌금 마련을 위한 후원주점 개최.
2011.4.28.	서울연극제, 용산참사 관련 연극 〈여기, 사람이 있다〉 공연 (4/28~5/2).
2011.6.16.	용산철거민, 쌍차노동자 DNA 불법 채취, 헌법소원.
2011.10.11.	강제퇴거금지법 필요성과 가능성 토론회(국회).
2012.1.18.	용산참사 3주기 추모 콘서트, 박원순 시장 참석. 시정 책임자로서 유가족에게 사과.
2012.1.18.	용산참사 재발방지를 위한 '강제퇴거금지법' 발의.
2012.1.19.~20.	용산참사 3주기 추모대회 및 추모제.
2012.2.2.~7.	박원순 시장, 조계종 총무원장, 용산참사 구속철거민 사면 청원서 청와대에 제출.
2012.2.14.	용산 진압책임자 김석기 총선 공천 반대, 새누리당사 앞 기자회견.
2012.2.23.	용산참사 구속자 가족, 사면촉구 청와대 앞 기자회견.
2012.3.12.	용산다큐 〈두 개의 문〉 배급위원회 구성. 초청 상영회 개최.
2012.3.23.~27.	인디다큐페스티발, '용산 특별전' 개최.
2012.4.7.~10.	용산참사 유가족, 김석기 경주총선 출마 선거사무소 앞 천막농성 돌입.

2012.4.12.	경주 선관위, 용산참사 유가족 선거법 위반으로 고발.
2012.4.30.	김석기(용산), 조현오(쌍차) 처벌 촉구 기자회견 및 서명운동 돌입.
2012.5.14.	경찰, 용산 유가족에 선거법 위반 혐의 소환장 발송. 유가족 소환 불응 입장, 경찰청장에 공개편지 발송.
2012.5.22.	용산, 쌍차 구속자, 석가탄신일 사면 촉구 기자회견 및 청원서 제출.
2012.6.21.	용산 다큐 〈두 개의 문〉 극장 개봉. 7만 관객 동원 흥행.
2012.6.28.	쌍차(S)-강정(K)-용산(Y)의 연대. SKY공동행동 출범 시국회의.
2012.7.9.	용산참사 유가족, 현병철 인권위원장 재임반대 기자회견 및 인권위 면담요청 농성.
2012.7.10.	중부상자 2명, 항소심 개시.
2012.7.20.	구속철거민 석방, 진상규명 촉구 촛불문화제(남일당 참사현장 공터).
2012.7.23.	민주당, 용산참사 구속철거민 사면촉구 결의안 국회 제출.
2012.8.2.	구속철거민, 광복절 사면촉구 기자회견.
2012.8.16.	구속철거민 석방, 진상규명 촉구 촛불문화제(대한문).
2012.8.20.	용산 살인진압 책임자 김석기 등 고발, 시민 760명 고발장 접수 기자회견.
2012.9.3.	용산참사 유가족, 김석기 낙선운동 관련 검찰 소환장 발송. 유가족 출석불응, 한상대 검찰총장에 보내는 공개 답변 제출.
2012.9.5.	용산-쌍차 외면하는 박근혜 규탄 기자회견.
2012.10.5.~11.4.	SKY 공동행동, '생명평화대행진' 전국 행진.
2012.10.26.	구속자 8명 중 2명, 3년 9개월 만에 가석방 출소.
2012.11.5.~12.31.	용산-쌍차-강정-탈핵, 대한문 '함께살자 농성촌' 선포. 농성 돌입.
2013.1.20.	용산참사 4주기.

딸에게 보낸 편지

아빠는 요즘 많은 것을 깨우치고 있단다.
갇힌 것이 벌이 아니라
그리운 것이 벌이라고 생각한다.